MARIA LAURA BERLINGUER

LA CENA DELLE ANIME

Sa chena pro sos mortos

HarperCollins

ISBN 979-12-5985-460-5

© 2025 Maria Laura Berlinguer

Pubblicato in accordo con Tizian&Canali Agenzia Letteraria

© 2025 HarperCollins Italia S.p.A.
Viale Monte Nero 84 - 20135 Milano
www.harpercollins.it
Prima edizione HarperCollins
settembre 2025

Questo libro è prodotto con carta FSC certificata e da fonti controllate con un sistema
di controllo di parte terza indipendente per garantire una gestione forestale responsabile.

A mia nonna, che mi ha insegnato ad amare le storie e le parole.
A mia madre, che ha nutrito la mia sete di sapere.

Nei freddi autunni davanti al focolare, gli anziani raccontavano ai bambini che la morte non segnava la fine della vita, ma l'inizio di un viaggio nel quale le anime dei cari continuavano a esistere.

Quando le giornate si accorciavano e la terra era pronta per la semina, il confine tra il mondo dei vivi e quello dei morti si assottigliava, permettendo alle anime di tornare nelle loro case.

Se tutto ciò che accadeva durante sa chena pro sos mortos *fosse reale o solo una credenza popolare, Iride Dessì ancora non lo sapeva.*

PADRIA, OTTOBRE 2022

1

Il giorno del funerale del padre, Iride Dessì si rese finalmente conto che la gente del paese la evitava.

Aveva sempre notato, certo, le occhiate furtive delle donne e gli inequivocabili gesti scaramantici degli uomini quando li incrociava per strada. Tuttavia, né lei né il padre avevano mai dato peso ai pettegolezzi e alle dicerie che circolavano. O perlomeno così aveva sempre voluto credere.

Davanti alla chiesa di Santa Giulia, ferma sul sagrato, Iride fissava il portale, unica macchia scura sulla facciata di pietra calcarea. Incombente e misterioso, il varco austero la attendeva, come una soglia verso l'ignoto.

Dietro di lei si muoveva silenziosa Tata, che, intuendo come al solito i suoi pensieri, le posò una mano sulla spalla.

«Coraggio» le disse, «dobbiamo andare, la gente ci sta aspettando.»

Iride annuì e, raccolte le ultime forze, entrò nella chiesa seguendo il feretro.

Lo aveva lavato, vestito con l'abito di fustagno color nocciola, il panciotto chiaro con la catena dell'orologio a cipolla, i capelli bianchi ben pettinati e la barba candida. Nonostante la morte avesse irrigidito il corpo, un sorriso di pace gli increspava le labbra. Cercando di non versare una lacrima, lo aveva accarezzato per l'ultima volta.

Mentre percorreva la navata dal pavimento in vetro, protezione moderna per le antiche vestigia sulle quali la chiesa era stata edificata, salutò con un cenno i presenti e loro, a uno a uno, voltarono il capo verso di lei ma quasi evitandola, con gli occhi sfuggenti di chi nasconde o nutre un timore.

Dietro di lei sempre Tata, *tzia* Manuella, come la chiamava la gente.

Gli abitanti di Padria erano lì per dare l'ultimo saluto a Vincenzo Dessì, uno degli uomini più illustri del paese, discendente di un'antica famiglia. Tenendosi a debita distanza per rispetto, si erano assiepati nei banchi a sinistra dell'altare, lasciando vuota la fila di destra, dove sedevano i pochissimi amici e i conoscenti.

Iride avanzava con atteggiamento solenne, riconoscendo via via il vicino, la verduraia, il panettiere, il sindaco e i notabili del paese. Arrivata davanti al feretro appoggiato sul pavimento nudo, si accomodò nella panca di destra. Tutti gli occupanti delle file, seguendo un liturgico segnale, la imitarono.

Respirò piano e girandosi, attirata dal rumore delle persone che si sedevano, lo vide. Piero Alivesi, il compagno di giochi della sua infanzia, era qualche banco dietro di lei. Nonostante il momento, il cuore prese a battere con tutta la forza di un tempo.

«La grazia del Signore nostro Gesù Cristo, l'amore di Dio Padre e la comunione dello Spirito Santo siano con tutti voi.»

Mentre il sacerdote recitava il saluto iniziale, Iride tornò con lo sguardo sul padre chiuso nel feretro.

«E con il tuo spirito» rispose il paese riunito sotto lo stesso sacro tetto.

La perdita era un vuoto che non si colmava, ma al dolore si accompagnava un profondo senso di disagio. Negli ultimi anni era tornata a Padria una sola volta all'anno, restando il minimo indispensabile, con il desiderio di ripartire al più presto. Se non fosse stato per il funerale e per tutti gli adempimenti successivi, non si sarebbe fermata a lungo. La morte del padre, invece, la costringeva a fare i conti con tutto ciò da cui aveva tentato di prendere le distanze. Aveva creduto, un tempo, che lasciando il paese avrebbe trovato quello che cercava. Ma i suoi sogni non si erano realizzati. E il peso di quel fallimento l'aveva tenuta lontano dall'isola, che adesso sembrava ricordarglielo.

«Concedi al nostro fratello Vincenzo, che si è addormentato in Cristo, di risvegliarsi con lui nella gioia della risurrezione.»

«Amen» risposero i compaesani con i volti chini e le mani giunte.

Liturgia, omelia e infine il *Padre Nostro* si susseguirono, ma Iride continuò a non provare il minimo desiderio di partecipazione. Un'estranea, ecco cos'era. Un'estranea che nascondeva il proprio senso di colpa. Ora, però, ogni parola e ogni sguardo le rammentavano gli anni trascorsi senza fare quasi mai ritorno.

Si alzava, si sedeva e si inginocchiava imitando gli astanti, un'onda che la guidava senza che potesse o volesse opporre resistenza.

Aspersione e incensazione, canti e preghiere conclusero

la funzione aprendo lo straziante rito dei saluti, durante il quale tutti avrebbero dovuto stringerle le mani, pronunciare parole di conforto, baciare le guance. Invece, la maggior parte di coloro che avevano occupato la fila di sinistra uscì lentamente, evitando di avvicinarsi. Solo in pochi andarono ad abbracciarla. Iride non si stupì: il distacco che aveva avvertito all'inizio del funerale ora si rivelava in tutta la sua realtà.

Una mano amica la chiamò con un impercettibile colpetto sulla spalla. Tata le sorrise e con un cenno del capo indicò l'uscita. Insieme seguirono il feretro nella triste processione che precedeva la sepoltura. La bara venne caricata sul carro funebre, diretto al cimitero. Incamminandosi verso l'auto, Iride alzò la testa e incrociò ancora una volta lo sguardo di Piero Alivesi. Avanzava verso di lei, senza distogliere gli occhi dai suoi. Mentre percorreva i pochi metri che li separavano, le sembrò che tutto si offuscasse, la chiesa, il paese, i suoi abitanti.

«Ciao» la salutò con voce bassa e chiara, senza i convenevoli di rito, «come ti senti?»

Stava fermo davanti a lei, senza nascondersi, lontano dall'atteggiamento di chiusura degli altri. La guardò serio e le strinse la mano.

«Piero» rispose con un sussurro, abbassando la testa, «come mai sei qui?»

«Mi faceva piacere salutarlo per l'ultima volta.»

«Quanto tempo... Ma come l'hai saputo?»

«È stata mia madre ad avvisarmi. Puoi immaginare, quelli della sua età sono rimasti davvero in pochi» disse lui con un sorriso.

Erano passati così tanti anni, eppure, mentre la mano di

Piero restava stretta nella sua, il suo cuore aveva ripreso a battere forte.

«E dove vivi ora?» gli chiese per sottrarsi all'imbarazzo.

«Vivo e lavoro a Nuoro, sono uno psichiatra. E tu, Iride?»

«Sono tornata qui, per il momento» sussurrò lei abbassando di nuovo lo sguardo.

«Forse era destino che ci rivedessimo. Ricordo ancora tuo padre e le storie bellissime che ci raccontava...» continuò lui.

Iride sorrise un po' impacciata, poi, senza riuscire più a proferire parola, si congedò ritraendo la mano e spostando la borsa da una spalla all'altra.

Guardò un'ultima volta Piero che si allontanava e si avviò verso l'auto dove l'aspettava Tata.

2

Il portone si chiuse con un tonfo sordo dietro le loro spalle.

Ora che tutto era finito, il silenzio si impossessava delle stanze. Quel silenzio, che un tempo l'accoglieva come una folata di aria fresca, adesso le suscitava solo un senso di solitudine e rimpianto. Come un banco di nebbia, saliva dal pavimento in cotto per avvolgere l'intera casa; si estendeva fino agli alti soffitti, lambiva l'ombra di un affresco sopravvissuto all'umidità; avviluppava le vetuste scale che conducevano allo studio del padre; si avvinghiava alla balaustra di ferro, testimone muta di giochi felici di bambini, fino al giardino interno, un tempo cuore pulsante della vita familiare. Tata lo aveva trasformato in un rigoglioso erbario salvando anche la fontanella al centro della vasca circolare. Ma dei pesci rossi, che in passato sguazzavano felici, non c'era più alcun segno.

La dimora in trachite e calcare, con gli architravi scolpiti dai *picapedras* locali con motivi della scuola catalana, chiudeva la sua porta per inghiottirle. Una piccola ruga spuntò in mezzo agli occhi di Iride quando ripensò all'inaspettato incontro con Piero, e all'emozione che aveva provato quando i loro sguardi si erano incrociati, come se il tempo non fosse passato. Eppure, il tempo per lei era trascorso, consumato da una storia sbagliata.

Riandò con la mente ai loro giochi insieme, nel giardino interno della casa, nei pomeriggi assolati che scandivano le loro vacanze, alla ricerca della foglia più lucida o delle bacche mature. In quel luogo segreto e magico, dove tutto pareva sospeso, Piero anticipava i desideri di Tata, selezionando gli aromi più adatti alle sue preparazioni. Ricordava bene che la madre di Piero non voleva che frequentasse la loro casa, da cui cercava sempre di tenerlo lontano. All'epoca, Iride aveva pensato di non esserle simpatica. Adesso, però, comprendeva che forse c'era dell'altro. Ma cosa fosse non lo sapeva ancora.

Non era solo Tata ad amare Piero. A volte le era sembrato che suo padre si divertisse di più con lui che con lei, come se tra loro ci fosse una complicità profonda, un legame che superava la semplice simpatia.

Eravamo così diversi, riflettè. Avevano ricevuto un'educazione opposta, eppure lui si muoveva con naturalezza tra gli adulti di casa sua, partecipava alle conversazioni e, con sorprendente sicurezza, esprimeva sempre quello che pensava senza il minimo timore o soggezione. Forse, proprio per questo, già allora ne era rimasta affascinata.

Chissà com'era andata la sua vita, si chiese, chissà se era sposato, se aveva dei figli.

In cucina, le mani di *tzia* Manuella si muovevano svelte: frigorifero, piano di lavoro, pentole, lavandino. Andò verso la madia e l'aprì per prendere un involucro grande come un neonato. Un panno di lino bianco avvolgeva il *chibarzu*, il

17

pane di grano duro a lievitazione naturale, dalla forma tonda e dalla crosta croccante. Lo tagliò a fette spesse, che dispose su una teglia condendole con sale e olio. Più tardi le avrebbe fatte tostare sulle braci ardenti e, sopra la graticola, avrebbe messo le bistecchine ad arrostire.

Si lasciarono scaldare dal fuoco che crepitava nel grande camino, Iride seduta sullo sgabello basso, Tata davanti al lavello, mentre lavava la borragine, la asciugava e la gettava in una pentola di acqua bollente salata. Dopo qualche minuto, la scolò e la condì in una ciotola di terracotta con olio, sale e limone.

«Tra poco sarà pronta la cena» le disse senza voltarsi, continuando a muoversi indaffarata.

Iride si alzò lentamente e uscì dalla cucina. Attraversò il cortile passando davanti alla lavanderia, alla dispensa e a quelle che erano state le stalle, dove Vincenzo conservava gelosamente una vecchia carrozza e un carretto, simboli di agio dei secoli precedenti.

Spinta da un impulso, rientrò nell'andito e salì le scale. Titubante, si fermò davanti al rifugio del padre, il suo adorato eremo, e quasi temendo di violare un'intimità ormai persa, con un leggero movimento, socchiuse la porta. Dietro le doppie ante, una volta decorate a mano, ma ormai sbiadite e segnate dal tempo, si celava il suo regno. La grande libreria, la scrivania in rovere, e sul piano di cuoio verde, con leggeri fregi dorati, le bollette e la corrispondenza inevasa. Restò sull'uscio a contemplare le fotografie ingiallite, figure familiari immortalate in pose statiche.

Come farò?, si chiese scoppiando in un pianto dirotto.

Dalle pareti della grande stanza, i volti degli antenati la osservavano in silenzio.

3

La donna batteva la mano contro i vetri. Nonostante gridasse e agitasse le braccia, Iride non riusciva a sentirla. Udiva soltanto il rumore minaccioso dei colpi sulla finestra.

Si sedette sul letto, cercando di capire chi fosse. Vedeva la bocca spalancata e i denti bianchi. La luce della luna illuminava lo scialle di seta viola che le copriva la testa, ma il viso, familiare, rimaneva nell'ombra. Poi udì quel lamento straziante che sembrava l'ululato del vento quando si incanala nelle gole del Meilogu, la sua terra. Sentiva il gemito correrle sotto la pelle, un brivido che la faceva tremare lasciandola attonita e smarrita.

Tentò a fatica di riemergere dal torpore, ancora sulla soglia tra il sonno e la veglia. Poi, lentamente, il mondo reale prese forma.

Di nuovo quel sogno angosciante.

La casa era avvolta nel silenzio assoluto, interrotto solo dal verso stridulo di *s'astore*, il falco pellegrino. Iride, da sempre terrorizzata da tutto ciò che volava, non era in grado di controllare quel disagio. Forse era soltanto il verso del rapace a darle i brividi, o forse aveva freddo, pensò, tentando di giustificare quell'incubo ricorrente, mentre recuperava le coperte scivolate da un lato del vecchio letto in ferro battuto. Gli occhi si abituarono piano piano all'oscurità, mostrandole gli stucchi e i delicati disegni degli affreschi ormai sbiaditi; la luna entrava dalle imposte socchiuse illuminando i vetri del lampadario a forma di fiore. Il grande rosone sembrava sorreggere l'intera volta, solo, al limite delle sue forze.

Restò immobile, quasi senza fiato, mentre i ricordi del giorno prima arrivavano come la marea, lenta e inesorabile. Lasciò che le immagini apparissero più nitide, poi un rumore proveniente dalla cucina la spinse a mettere i piedi fuori dal letto e a seguirlo. Tanto, non avrebbe più preso sonno.

Aprì l'imponente porta in legno della camera e attraversò le stanze che si susseguivano una dietro l'altra. Avvolgendosi le spalle con una maglia di lana, entrò nella grande cucina. Non era ancora l'alba ma Tata era già lì, davanti al lavello ricavato da un blocco di marmo, a pulire le erbe officinali raccolte al chiaro di luna.

«Ben alzata» la salutò, avvicinandosi alla credenza in noce che custodiva i suoi preziosi utensili in rame. Con una mano scostò l'antica moschiera, poi prese un pentolino.

Era sempre stata lì, in quella casa, da quando Iride ne aveva memoria, anche prima della morte della madre. Sempre uguale, con quegli occhi grigi e trasparenti come l'acqua del mare, i capelli crespi raccolti in un *mogno* e i lineamenti dolci di chi sa comprendere senza bisogno di parole.

Si strinse il golf mentre Tata, anticipando i suoi desideri, si dirigeva verso il caminetto in pietra per accendere il fuoco. A fine ottobre la grande casa iniziava a raffreddarsi e bisognava riscaldarla con il fuoco e con i vecchi bracieri.

«Il solito incubo?» le chiese con dolcezza, mentre continuava il suo lavoro.

«Sì... sempre la donna senza volto che cerca di parlarmi» disse Iride con un sospiro.

Tata annuì, senza distogliere lo sguardo dal camino.

Sapeva che certi sogni non erano mai casuali.

Gli antenati trovano sempre il modo di comunicare, pensò. Forse era arrivato il momento che Iride comprendesse chi stava tentando di mettersi in contatto con lei.

Sollevò gli occhi, attizzò il fuoco, mise dell'acqua a bollire e, da uno dei vasetti disposti in bell'ordine sulle mensole, come in un'antica farmacia, prese alcune erbe. Con mano leggera, prelevò due pizzichi da un altro barattolo e li aggiunse al decotto.

«Troppe emozioni, Iride, le emozioni vanno ascoltate con calma, altrimenti rischiano di sopraffarti» disse, porgendole una tazza fumante.

Le taumaturgiche proprietà del corbezzolo, l'invincibile e tenace pianta della macchia sarda, scaldarono Iride sorso dopo sorso, mentre lei, socchiudendo le palpebre, riconosceva la potenza dell'arbusto e dei suoi frutti vermigli, la sua forza femminile – come tante volte aveva sentito Tata raccontare alle anziane –, lieve e delicata, radicata nella terra. E quante volte l'aveva vista schermirsi di fronte alle lusinghe della gente, che considerava il suo agire quasi miracoloso. Non erano miracoli, diceva loro, scuotendo la testa; era il potere della natura e delle sue piante officinali. Bisognava conoscerle e prendersene cura. Gli abitanti di Padria la rispettavano per questo: non c'era uomo o donna che non fosse venuto almeno una volta a trovarla, a portarle dei doni, ad ascoltare i suoi consigli, o a chiedere i suoi rimedi naturali.

Iride non avrebbe mai potuto immaginare come la magia della sua terra e della sua antica civiltà, nonostante ciò che Tata raccontava agli abitanti di Padria, avrebbe trasformato il corso della sua vita, da quel momento in poi.

4

«Devi chiamare il notaio Satta» le disse Tata mentre strappava le erbacce dalle piante officinali, «e devi iniziare a mettere a posto i documenti di tuo padre.»

Aveva ragione, Iride lo sapeva. Doveva attraversare quella soglia, consapevole che dall'altra parte non ci sarebbe più stato quel sorriso ad accoglierla, ma solo il silenzio. D'altronde era l'unica figlia e ora avrebbe dovuto occuparsi lei di tutto: i conti, la grande casa e le poche terre rimaste. Dubitava che in banca ci fosse ancora qualcosa, anche se le avrebbe fatto comodo. Con due figli, uno stipendio non bastava mai.

Il suo lavoro era appena sufficiente. Il lavoro di cui si era accontentata, rifletté. Prima il matrimonio e i figli, poi la difficile separazione dal marito. La sua vita, le sue ambizioni erano passate in secondo piano. Aveva sacrificato gli studi, una preziosa specializzazione in archeoastronomia, una disciplina allora poco conosciuta e alla quale aveva dedicato ogni giorno e ogni notte della sua giovinezza. Anni passati tra scavi archeologici in terre straniere, e poi? Aveva messo tutto da parte. Avrebbe dovuto continuare a viaggiare e lavorare, ma per la famiglia aveva rinunciato alla carriera. Se avesse scelto la strada per cui si era preparata, la sua vita ora sarebbe stata molto diversa, e di certo i soldi non sarebbero stati un problema.

Tata la osservava. Le spalle curve e le mani che giocavano con i capelli castani non erano poi così diverse da quelle della bambina di cinque anni che aveva cresciuto con devozione e amore. Il viso minuto incorniciava un naso leggermente pronunciato, la bocca generosa, i denti bianchissimi e gli occhi grandi, color del miele, separati da una ruga sottile. Era ancora una bella donna, la sua *fizighedda*, ma il suo incedere rifletteva la fatica di chi aveva vissuto troppo a lungo con il peso delle scelte fatte. Tata lo sapeva. Non c'era bisogno che Iride parlasse. Lei conosceva i pensieri che le attraversavano la mente: le scelte, che un tempo erano sembrate giuste, alla fine si erano rivelate sbagliate.

Coraggio, le comunicò con gli occhi e Iride, come rispondendo a un vecchio richiamo, le sorrise.

«Che dici, andiamo in cucina?» le disse con un'espressione stanca.

Tzia Manuella si pulì le mani sul lungo grembiule, posò a terra la zappetta e la seguì.

Le luci del tramonto accarezzavano la stanza. Il pavimento di cementine grigie e bordeaux, rovinato, raccontava di quando un tempo la famiglia fosse numerosa e vitale.

Iride e Tata avevano preparato la cena, poi apparecchiato l'imponente *mesa* in legno disponendo i piatti di ceramica con una cura semplice e attenta. Nell'ampio recipiente di cotto avevano sistemato il *pane carasau*, e poi Tata aveva versato sopra la zuppa fumante di ceci, patate e borragine, spolverandola con pecorino grattugiato. I ceci e le patate si sarebbero sciolti in bocca, mentre la borragine, con il suo aroma intenso, avrebbe infuso calore nei loro cuori, come un'invisibile pozione magica.

Iride decise di aprire una bottiglia di Cagnulari per alleviare la tensione. Non voleva pensare a quello che l'aspettava. Doveva rilassarsi prima di affrontare le scartoffie e lo studio del padre. Il vino, di un rubino intenso, accarezzava il palato con le sue note erbacee e fruttate, come se portasse con sé il respiro del mare. Il crepitio del fuoco scandiva i minuti mentre la cena si concludeva tra qualche parola scambiata e lunghi silenzi. I piatti ormai vuoti riflettevano la luce calda del camino.

«Vado a capire quali documenti portare dal notaio» disse Iride con determinazione, «salgo nel suo studio.»

«Ti raggiungo appena ho fatto» rispose *tzia* Manuella.

Rimasta sola in cucina, Tata chiuse gli occhi e si fermò a riflettere. Qualcosa stava cambiando nella casa, lo sentiva. La cena delle anime era prossima. *Las anima malas* avrebbero trovato il coraggio di manifestare richieste che nessun sogno poteva esprimere. Bisognava aiutare quegli spiriti erranti, trattenuti da torti mai sanati e da segreti mai svelati: Tata lo sapeva. Solo così avrebbero trovato la pace. E non soltanto loro.

Era arrivato il momento che Iride scoprisse la verità. L'aveva sempre custodita, aveva mantenuto fede alla promessa fatta a don Vincenzo, ma era convinta che quel silenzio avesse fatto più danni che bene.

La notte del primo novembre era vicina, e *tzia* Manuella non avrebbe mai osato sperare che Iride fosse lì. Con un gesto deciso si avvolse nello scialle e si diresse verso le scale che portavano allo studio.

5

In punta di piedi, Iride spinse la porta.

L'anta scricchiolò sotto il tocco leggero delle sue mani mentre, facendosi coraggio, varcava finalmente quel confine.

Il grande lampadario in ferro pendeva dal rosone centrale, ma la luce fioca delle lampadine si perdeva negli angoli della stanza, smussando i contorni delle cose. Solo un sottile fascio luminoso colpiva il vecchio mappamondo in legno.

Iride si fece avanti, e con coraggio si sedette sulla vecchia poltrona in pelle del padre per affrontare i documenti sparpagliati sulla scrivania.

«Aiutami, papà, aiutami» bisbigliò, rivolgendosi a quegli oggetti che erano stati a lui così cari. Il tappeto a fiamma rosicchiato dal tempo, le poltroncine in attesa di restauro, e i due archi di legno con le faretre colme di frecce, pronti per essere usati, proprio come quando da bambina andavano a esercitarsi nelle campagne.

Ma ora lui non c'era più.

Con un sospiro spostò lo sguardo sulla libreria, indiscussa regina dello studio, colma di volumi che custodivano la memoria millenaria dell'isola. Su quei ripiani erano accuratamente conservate tutte le pubblicazioni riguardanti la Sardegna archeologica, insieme a una vasta collezione di saggi, romanzi, dizionari e raccolte di giornali. Vincenzo aveva catalogato ogni volume con cura, imbastendo nel corso della vita una preziosa biblioteca ereditata e arricchita via via. Il *Dizionario geografico* di Vittorio Angius, i libri di Alberto La Marmora, la collezione dei bollettini archeologici sardi con le note di Giovanni Spano, la raccolta di fotografie del padre domenicano Peter Paul Mackey, le pubblicazioni di Antonio Taramelli e quelle di Giovanni Lilliu, Lawrence, Mackenzie, Zervos, Maxia e Fadda. Archeologi, romanzieri, studiosi e grandi viaggiatori, italiani e stranieri, che avevano raccontato la sua isola.

Sulle mensole, disposte in bell'ordine, trovavano posto anche le riproduzioni dei bronzetti nuragici con le mani protese, come un invito silenzioso da parte di un mondo leggendario, ancora avvolto nel mistero. Iride li guardò. Quelle mani tese in avanti sembravano richiamarla a ciò che non era mai stata, a quell'universo che, se avesse preso decisioni diverse, avrebbe potuto esplorare.

A rendere tutto più opprimente intorno a lei, muti e severi, gli antenati la osservavano dalle fotografie ingiallite e dai dipinti ad acquerello. Gli uomini con i fucili stretti tra le braccia e le cartuccere indossate a bandoliera. Le donne, perlopiù arcigne, reggevano strumenti insoliti come se fossero scettri; vecchie della cui autorità matriarcale non restava alcuna traccia nell'esile figura che avevano davanti.

Si alzò lentamente e si avvicinò alle fotografie. Lo sguardo si fermò sull'immagine dei genitori: la madre sorrideva affettuosamente al padre. Indossava un leggero abito a quadretti senza maniche, con una gonna ampia e semplici sandali. Sembravano felici.

Come sarebbe stata la sua vita, se non fosse morta così giovane?, si trovò a pensare, prima di scoppiare a piangere.

Con il tempismo di un angelo custode, Tata irruppe nella stanza e, abbracciandola, la cullò stringendosela al petto.

«Non è facile, lo so, fare di nuovo i conti con la morte...»

«Stavo pensando a mamma, Tata. Alla sua, di morte... C'è sempre stato qualcosa che non ho mai compreso fino in fondo. Nemmeno papà ne parlava volentieri, come se ci fosse qualcosa che lo tormentava...»

Tata si irrigidì, un'espressione di impotenza si dipinse sul suo viso.

Iride la fissò cercando risposte, poi volse ancora lo sguardo alla parete. La fotografia successiva, sempre in bianco e nero, ritraeva tre persone vicino a un'autovettura dell'epoca: una giovane donna accanto a un uomo e una donna più anziani, tutti vestiti secondo la moda degli inizi del Novecento. La donna più anziana indossava pantaloni anziché la consueta gonna, un gesto audace e non convenzionale per quei tempi.

Iride osservò la ragazza: era elegantissima in un vestito leggero che scendeva sinuoso fino a terra. I capelli erano raccolti sotto un cappello a tesa larga, con ciocche che sfuggivano qua e là incorniciando il volto, e gli occhi scintillanti che guardavano con serenità l'obiettivo. Teneva tra le mani uno strano strumento, una lunga asta di legno segnata da diverse tacche, su cui scorreva un braccio perpendicolare, anch'esso inciso per tutta la lunghezza.

«Chi sono i tre in quella foto? Non me lo ricordo» chiese, girandosi verso Tata e indicandogliela.

Tzia Manuella abbassò gli occhi e sospirò. «Lui è don Augusto Dessì, il tuo trisavolo» rispose esitante, con un filo di voce, «un uomo potente, all'epoca. La donna è sua sorella, donna Ada.»

«E la ragazza?» domandò con curiosità Iride.

«La ragazza è Paola, la tua bisnonna, la madre di tua nonna.»

«Che bella donna.»

«Avete gli stessi occhi, e non solo.»

«Che vuoi dire?»

Tata esitò ancora, come se stesse valutando se andare avanti. «Avete pure un destino comune...» disse piano, quasi le parole avessero un peso insopportabile. «Anche lei ha perso la mamma da piccola, ed è cresciuta con la zia Ada e con il padre.»

«E quindi?» Iride si avvicinò, sempre più confusa.

Tzia Manuella strinse tra le mani il grembiule, come per trovare un appiglio. «Forse è arrivato il momento che tu sappia.»

L'aria nella stanza si fece pesante. Iride si sedette accanto a lei. «Ma che cosa? Che vuoi dire?»

Tzia Manuella iniziò a parlare, il volto velato di una strana malinconia. «È una storia che non si racconta apertamente. Un segreto» mormorò.

«Di che segreto parli? Avanti, non farmi preoccupare...»

Tata sollevò lo sguardo, le labbra serrate in una linea sottile.

«Della madre di Paola, Mimì Oppes Dessì. Non ci sono fotografie di donna Mimì. Neanche un ritratto. Eppure, era una donna di grande fascino.»

«E che fine ha fatto?»

«Si dice che sia caduta in mare durante una tempesta.»

Iride aggrottò la fronte. «Ma come mai, che faceva in mare?»

Tata abbassò lo sguardo. «Nessuno lo sa, *fizighè*. Alcuni dissero che fu un incidente. Altri... qualcosa di più oscuro.»

Tzia Manuella alzò gli occhi verso la fotografia, come se cercasse risposte oltre la cornice. «Ogni famiglia ha i suoi segreti» disse, con una nota amara nella voce. «Sono come fardelli. Qualcuno li porta nella tomba, altri rimangono sospesi, in attesa di essere svelati. E finché non lo sono, le ombre non spariscono, non possono andarsene.»

Iride la guardò incredula, cercando di dare un senso a quelle parole. «Ma quando successe? Quando morì?»

«Era la fine del 1800, *fizighè*, un tempo di lotta tra i banditi ribelli e i latifondisti. Tempo di *bardane* e di nobiltà... La tua famiglia era potente, ricca. Possedeva terre ovunque, ospitava viaggiatori facoltosi, le donne indossavano abiti cuciti a Sassari, Torino e Parigi. Ma le ombre... nemmeno quelle mancavano.»

E mentre Tata parlava, Iride si girò ancora una volta per osservare la vecchia fotografia. Gli occhi grandi della giovane donna la fissavano, come se avessero qualcosa da dire.

Gli esseri invisibili che popolavano la casa erano tutti lì, e lei aveva appena preso posto accanto a loro, in silenziosa attesa.

PADRIA, OTTOBRE 1899

6

Fino all'età di diciassette anni Mimì Oppes aveva avuto una vita felice. Unica figlia di un possidente terriero, era sopravvissuta alla morte della madre grazie all'amorevole padre e alle tante donne che popolavano la loro casa. Cugine, nipoti, zie, domestiche l'avevano circondata dandole affetto, serenità e viziandola oltre misura.

In quel momento, seduta nella sala da pranzo della casa coniugale, lontana da quel mondo colorato della sua infanzia, sfogliava una preziosa edizione degli *Studi per le donne italiane*, senza grande interesse.

"... le fanciulle, tranne rarissime eccezioni, si struggono per andare a marito..." leggeva seguendo con il dito l'elegante grafia della rivista, "tutto ciò che per una zitella sarebbe sconveniente, per una sposa diventa convenienza..."

Alzò il viso minuto, socchiudendo la bocca carnosa. Si appoggiò allo schienale del divano in velluto verde, impreziosito da un arazzo antico. Sopra di lei, l'ampia volta dipinta in colori tenui richiamava le sfumature calde del pavimento in cotto. Un'eleganza sobria, tipica della dimora di una famiglia agiata. Alle pareti, gli antenati illustri del marito e le loro austere consorti, ritratti in pose imperiose, la osservavano come a ricordarle che entrando in quella casa anche lei era diventata una Dessì, anzi, donna Dessì: un'identità che però sentiva estranea, come un abito cucito per qualcun altro.

E come se ciò non bastasse a metterla in soggezione, il blasone di famiglia torreggiava sopra la possente cornice della porta a doppia anta: due arcigni leoni dalle bocche fameliche con le zampe anteriori appoggiate su un albero di pero. Ogni volta che lo sguardo le cadeva su quello stemma, provava un senso di disagio, come se quel simbolo le ricordasse il peso delle aspettative familiari. Per lei, quel potere non era una conquista, ma un vincolo, un fardello che soffocava ogni possibilità di essere qualcosa di diverso da ciò che gli altri si aspettavano da lei.

Le tende di mussola bianca, incorniciate da grossi drappeggi in broccato, si muovevano sospinte dalla fresca corrente di ottobre, proteggendola dagli occhi indiscreti dei paesani. Solo le ante corazzate con lastre di ferro tradivano l'intento della famiglia: più che dai pettegolezzi, quella ricca abitazione doveva difendersi dagli assalti dei banditi, sempre pronti a saccheggiare i suoi tesori.

Una bimba irruppe nella stanza seguita a ruota dalla bambinaia.

«Paoletta» disse Mimì, abbracciando la figlia e sollevandosela sul grembo. Il movimento le procurò un capogiro che non riuscì a dissimulare.

«Perdonatemi, donna Mimì» disse Antonietta, riacciuffando la piccola.

«Non fa niente, Antonie'» rispose Mimì, rimettendo la figlia per terra.

Antonietta la guardò visibilmente preoccupata, la signora era pallida e sembrava stanca anche di prima mattina.

«Mamma, mamma» gridava intanto Paoletta, «*tzia* Maddalena ha fatto lo zucchero bianco per i *papassini*, vieni in cucina, vieni.»

Mentre cercava di divincolarsi dalla presa salda della tata, i riccioli castani che le incorniciavano il volto si muovevano davanti agli occhi attenti, dello stesso color del miele della madre. Mimì la guardò: Paoletta dipendeva da lei e anche il bambino che portava in grembo. Non poteva permettersi debolezze.

Si alzò a fatica, accarezzando il ventre rigonfio.

Adorava partecipare alla vita quotidiana: controllare le ceste che le mogli dei pastori portavano, selezionare la ricotta migliore o andare lei stessa a scegliere la farina nel grande frantoio. Fin da quando era piccola, nella casa paterna, aveva condiviso i riti domestici con tutte le donne: lavorava il pane, preparava i dolci per ogni occasione e, seguendo le stagioni, utilizzava tutto ciò che la natura forniva in abbondanza.

Ma nella dimora dei Dessì alle donne non era consentito occuparsi di quei lavori: per quelle incombenze c'erano le servette e le cameriere. Le padrone di casa erano chiamate a coltivare la propria intelligenza e raffinatezza attraverso letture adatte alle signore di un certo lignaggio.

Mimì guardò di malavoglia la pubblicazione aperta sul tavolo e si incamminò verso la cucina, attraversando le stanze, una dietro l'altra, fino ad arrivare all'andito. Da lì osservò le scale che portavano al piano superiore, il regno indiscusso di suo marito, don Augusto Dessì. Quei gradini sembravano un confine invalicabile. Dal basso si intravedevano le porte di due camere, con le ante decorate ben chiuse: il grande studio, dove erano stipate centinaia di romanzi e pubblicazioni, e la stanza a cui nessuno aveva accesso, nemmeno lei. La chiave pendeva sempre dalla cintola di Augusto, che non se ne separava mai. Soltanto sua sorella, Ada, poteva entrarvi, e solo in sua assenza.

Nonostante vivesse in quella casa ormai da cinque anni, la presenza austera di Ada non aveva mai smesso di intimorirla. Mimì sapeva che quel timore non era solo verso la donna, ma verso tutto ciò che lei rappresentava: il controllo, il giudizio rigido e inflessibile di una famiglia che la soffocava. Durante il fidanzamento con Augusto, Ada li aveva accompagnati ovunque, sorvegliandoli da lontano, senza mai concederle un sorriso. E anche dopo il matrimonio, nei primi tempi, sembrava seguirla nella casa come un'ombra incombente.

Eppure, Mimì non riusciva a detestarla. Un giorno l'aveva sorpresa alla finestra del salotto, lo sguardo fisso oltre i vetri. Quello che aveva visto nei suoi occhi, anche se per qualche istante, non era freddezza, ma una malinconia profonda, che aveva riconosciuto perché simile alla sua.

Un refolo d'aria arrivò dalla porta socchiusa che si affacciava sul giardino interno, distogliendola dai suoi pensieri. Scosse la testa, abbassando gli occhi, ed entrò in cucina per raggiungere la figlia e la tata. La cuoca, Maddalena, stava finendo di preparare la glassa. Intorno a lei quattro servette pulivano le verdure e tagliavano la carne di un capretto per il pranzo. Tutti i fuochi erano accesi, e così il grande camino e il forno del pane. Quel giorno sarebbe arrivato anche suo padre, don Tonino Oppes, per partecipare a una battuta di caccia organizzata dal marito.

La caccia, in Sardegna, era una cosa seria.

«Donna Mimì» urlò la cuoca passando le mani sul lungo grembiule, nel vano tentativo di ripulirsi da farina e zucchero, «attenzione, vi potreste sporcare.»

«Non ti preoccupare, Maddale', lo sai che mi piace stare qui con te» rispose Mimì con gentilezza. La bambina intanto girava per la stanza giocando con le domestiche e assaggiando i *papassini* che venivano via via tolti dal forno con la grande pala di ferro.

Il profumo di quei dolci speciali, che si preparavano per la cena delle anime, fece affiorare il ricordo rarefatto della vita nella casa paterna. Era un tempo in cui sogni e promesse sembravano librarsi nell'aria, in attesa di essere afferrati.

Intinse il dito nella glassa morbida, lasciando che nostalgia e rimpianto la cullassero per un istante. Il dolce richiamo del passato rendeva ancora più amara la consapevolezza che tutto era cambiato. Quei ricordi appartenevano a un mondo che non esisteva più. Pensò a suo padre. A lui, almeno, poteva mostrare il suo bisogno di conforto, il desiderio di essere ancora la sua bambina. *Meno male che tra poco sarà qui con me*, si disse.

7

Con mano esperta stringeva le redini, inerpicandosi per gli aspri sentieri che portavano a Padria. La brezza salmastra della costa si mischiava al profumo penetrante della macchia mediterranea, mentre cavallo e cavaliere attraversavano rupi vulcaniche, formazioni carsiche e valli fluviali.

Tonino Oppes aveva lasciato dietro di sé la vasta piana di Suni, dove gestiva pascoli e piantagioni. Galoppava sul dorso della cavalla baia dal manto serico e caldo, costeggiando il tavolato sul crinale dell'orrido scavato dal Temo. Intorno a lui i boschi di sughera e di leccio si alternavano alla fitta macchia e agli affioramenti rocciosi, con dirupi alti oltre cinquanta metri. Lungo le acque fluviali, che scorrevano tumultuose nella gola, intravedeva la fitta boscaglia di salice e di pioppo bianco che rendeva il paesaggio ancora più spettacolare.

I resti della millenaria cultura nuragica, disseminati sulla strada e parzialmente soffocati dalla vegetazione, gli ricordavano la storia antica della sua isola che però non riusciva ad amare. Tutt'altro. Gli faceva venire in mente i sogni e le speranze della sua unica figlia.

Ogni volta che andava a trovarla tornava ad assalirlo il dubbio. Aveva fatto bene a consegnarla nelle mani di Augusto Dessì? Il sospetto che la figlia avrebbe desiderato altro non lo aveva mai abbandonato.

Mimì avrebbe voluto studiare; da piccola passava ore a leggere libri di storia e archeologia, e a sognare a occhi aperti i viaggi in giro per il mondo. E a vagheggiare il vero amore, quella passione travolgente che i romanzi che aveva letto le avevano fatto desiderare. Ma per Tonino la vita era fatta di lavoro e di fatica, e bisognava stare con i piedi ben piantati per terra: Mimì era una donna e avrebbe dovuto sposarsi. Non era un paese né per zitelle né tantomeno per romanticherie, quello.

Forse le cose sarebbero andate diversamente se non fosse dovuta crescere senza la madre, si disse. Se la malaria non gliela avesse sottratta così giovane. I primi periodi senza la moglie erano stati di disperazione, poi la situazione era cambiata quando, a un certo punto, aveva accolto in casa una parte della sua famiglia, caduta in disgrazia dopo la morte del cugino: le cugine e le zie, riconoscenti, lo avevano aiutato ad allevare la figlia come una piccola principessa.

Spronò il cavallo mentre pensava alla famiglia del genere. Vantava ascendenti nella nobiltà spagnola e possedeva anche una miniera. Certo, non disponeva di tanta liquidità in quel periodo – quella l'aveva portata la figlia con la sua dote – ma era una famiglia colta, che ospitava notabili e illustri viandanti stranieri. Quando Tonino aveva deciso di darla in moglie ad Augusto, era sicuro che in quella casa Mimì avrebbe trovato l'ambiente giusto. Avrebbe potuto conversare con persone istruite, farsi raccontare storie lontane, e così sarebbe riuscita a viaggiare, almeno con la fantasia.

Lui era ricco, ma non era nobile. Per Mimì aveva voluto il meglio, si diceva risoluto, e il meglio in quei luoghi erano solo i Dessì. Nonostante l'ombra di quella strana vicenda. La nonna di Augusto era morta in circostanze poco chiare, un evento che aveva alimentato dicerie nel paese. Si sussurrava di uno strano incidente o addirittura qualcosa di peggio, che nessuno aveva mai osato pronunciare.

Allontanando quei pensieri con un gesto della mano, si concentrò sul genero. Anni prima, quell'uomo gli era sembrato perfetto. Aveva corteggiato Mimì in modo impeccabile: galante, gentile, rispettoso. Aveva parlato prima con lui e con il suo permesso aveva condotto padre e figlia, in carrozza, per le proprietà fino alla costa, sulle affascinanti scogliere tra Alghero e Bosa. E proprio davanti al mare in tempesta, con il vento che rendeva quasi impossibile sentire le parole, si era inginocchiato e aveva chiesto la mano di Mimì. Lei, come sempre, si era lasciata guidare dal padre e aveva accettato di buon grado quel gentiluomo.

Ma Tonino Oppes, malgrado tutte le rassicurazioni che si dava, avvertiva una nota dissonante dentro di sé: non era certo che Mimì fosse felice.

La coppia aveva avuto subito una figlia, Paoletta, una bimba deliziosa che somigliava alla mamma quando era piccola: stessi capelli e stessi occhi. Ma il maschietto tanto desiderato dal marito non era arrivato e Mimì aveva avuto due aborti dolorosi che l'avevano molto indebolita. Era sempre pallida e debilitata. Ogni volta che andava a trovarli notava che Augusto era scostante con tutti, compresa Mimì. Solo la piccola Paola riusciva a farle brillare gli occhi.

Tonino superò uno degli ultimi dossi prima del paese e, dietro una roccia, rischiò di investire un gruppo di contadine. Camminavano lungo il ciglio della strada, vestite con abiti semplici, corpetti aderenti e pesanti gonne di cotone marrone. Tra loro, spiccava una giovane donna con una gonna blu scuro, arricchita da innumerevoli pieghe. Ogni movimento le faceva schiudere, rivelando un tessuto rosso porpora che brillava alla luce del sole. Tonino la osservò incantato, sembrava un uccello che mostrava le piume in una specie di danza. Era vivace e spavalda, la schiena dritta, le sopracciglia ben disegnate, il capo scoperto. Lo fissava con uno sguardo fiero, senza mai abbassare gli occhi come quelle donne del popolo che avevano dovuto imparare a badare a se stesse.

Dai lembi della gonna della donna più anziana sbucò un ragazzino, con la pelle del viso tirata e giallastra.

S'intemperie, la maledetta malaria, affliggeva tutta la popolazione sarda, indebolendola. Non c'era famiglia che non fosse stata toccata e che non ne portasse i segni, compresa quella di Tonino. Invano la maggior parte delle donne cercava di proteggersi dalle zanzare avvolgendosi la testa con un fazzoletto che copriva fronte, orecchie e quasi tutto il viso, lasciando scoperti solo gli occhi e il naso. La malattia era dovunque e colpiva chiunque senza distinzione.

All'orizzonte, le case del paese sonnecchiavano sui tre colli; il fumo si alzava dai comignoli mentre il rumore degli zoccoli sullo sterrato annunciava il suo arrivo come un rullo di tamburi.

Tonino provò a concentrarsi sulla gioia di riabbracciare la figlia, cercando di scacciare la strana inquietudine che lo tormentava quando pensava a lei.

8

«Padre» gridò Mimì gettandogli le braccia al collo.

«Piano, stai attenta. Non agitarti così, può fare male alla creatura» la ammonì accarezzandole la pancia, dopo aver appoggiato il fucile in un angolo della stanza.

«È forte, come la sua mamma» replicò Mimì, cercando di mascherare con un sorriso la stanchezza che sentiva ormai radicata nel corpo. «Venite», e lo prese per mano trascinandolo per la casa invasa da serve, pastori e contadini. Le donne giravano con le gerle in testa, cariche di ogni bendidio, ancheggiando con le gonne di panno lunghe fino a terra, una mano sul fianco e l'altra a reggere il prezioso carico.

«Ho lasciato la cavalla agli uomini di Augusto.»

«C'era anche la mia Bianca?»

«Sì, la stavano portando dentro, vezzosa e vezzeggiata come se fosse una bella donna.»

«Bianca è l'unica a non giudicarmi, padre.» Mimì fece una pausa, il tono a metà tra il serio e il giocoso, ma i suoi occhi tradivano una malinconia che il padre non poté non cogliere.

«Stai tranquilla, lei ti aspetta. Come stai, bambina mia?»

«Bene, bene» rispose lei, abbassando il viso.

Il padre la osservò. Aveva lo sguardo malinconico, e si toccava continuamente i riccioli castani, segno inequivocabile che era nervosa.

«Padre...» iniziò, la voce flebile interrotta però da Paola, che irruppe nella stanza seguita a ruota dalla povera Antonietta.

Tonino accarezzò delicatamente la mano della figlia, come per chiederle di avere pazienza, e sollevò la nipotina tra le braccia.

«*Sa pizzinna*», e la strinse al petto abbracciandola.

«Ha una venerazione per voi.»

La voce di Augusto anticipò il suo ingresso nella stanza.

Era un uomo di media statura, leggermente stempiato, con due occhi azzurri che guardavano gli altri con disprezzo evidente, come se fossero mere pedine in un gioco di cui lui era sovrano. Le labbra curve in un sorriso sottile e sprezzante e la postura rigida, come se la sua nascita aristocratica bastasse a renderlo superiore a chiunque. Solo quando posò lo sguardo sulla bambina, le sue pupille si illuminarono, svelando un riflesso di tenerezza in un mare gelido.

Il vecchio possidente scrutò il genero per un istante.

«Siete pronto per la battuta di caccia?» chiese Augusto al suocero.

«Come sempre, don Augusto. È un piacere partecipare alle vostre battute» replicò lui mentre metteva delicatamente la piccola a terra.

«Mi raccomando, fate attenzione» sussurrò Mimì, il tono più urgente di quanto avesse voluto, «i banditi...»

«Ma cosa dici» la schernì il marito, voltandosi verso di lei con uno sguardo di sufficienza, «i banditi sono le nostre guide, li pago per farci da scorta e...»

Le sue parole furono interrotte da un vociare sommesso che arrivava dall'esterno. Nel cortile prospiciente l'ampia cucina, dove si affacciavano le stalle, la casupola per le mogli dei pastori e le stanze delle cameriere, c'era grande fermento.

Mimì si avvicinò alle finestre e, sollevando le tende, vide due uomini scendere da cavallo. Il berretto a calza copriva parzialmente la loro fronte dando allo sguardo un che di altezzoso. Le bandoliere incrociate sul petto e i fucili appesi alle selle aggiungevano una nota intimidatoria, mettendo in guardia chiunque si trovasse nei paraggi.

Antonietta non sembrava nutrire alcun timore e, con la bambina per mano, sorrise al più giovane e lo salutò.

«Chi sono, padre?» chiese Mimì in un sussurro.

«Credo siano gli emissari di Emanuele Manca.»

«Il famoso bandito?»

«Sì, saranno loro a condurre la caccia al cervo.»

Augusto Dessì si avvicinò ai due banditi. Parlottarono per qualche minuto e poi rientrò in casa.

«Dopo il pranzo andrò via con i miei uomini» disse rivolto alla moglie, senza sorridere e, silenzioso come era arrivato, uscì dalla stanza diretto al piano superiore. Mentre saliva le scale con un gesto nervoso, tolse la chiave dalla cintura e, raggiunto il pianerottolo, aprì una porta, non senza aver controllato a destra e a sinistra prima di entrare.

Mimì si girò verso il padre con la mano alzata, ma non fece in tempo a proferire parola: la sorella del marito entrò a sua volta nella stanza accompagnata da una vecchia. Ada Dessì, autoritaria, impenetrabile, sicura di sé, sembrava incarnare tutto ciò che lei non era.

«Donna Ada» salutò il padre, interrompendo i suoi pensieri.

«Buongiorno» rispose lei con la mascella serrata. Il portamento mascolino e scontroso era molto simile a quello del fratello. «Ho fatto preparare il pranzo nella sala adiacente alla cucina, tra un'ora» continuò rivolta a Mimì, «tuo marito deve partire prima che il sole tramonti.»

L'abito di seta morbida, con voluttuose balze che scendevano fino a terra, non riusciva ad attenuare la sua severa presenza. Nemmeno il leggero fruscio della gonna e il suono delicato delle scarpe potevano mascherare la mancanza di dolcezza e femminilità.

La vecchia al suo fianco sollevò lo sguardo prima sul padre, poi su Mimì. Gli occhi penetranti si muovevano rapidi, dall'uno all'altra, come quelli di un rapace. Non disse una parola. Il respiro roco e cavernoso sembrava l'unica forma di linguaggio che possedeva.

Maria Tanda, la strega del paese, era sempre al fianco di Ada, e ora, dal centro della stanza, sembrava far vibrare l'aria intorno a lei come un braciere acceso.

Tonino Oppes sentì un brivido corrergli lungo la schiena.

Dopo pochi istanti la strana coppia si dileguò.

Mimì e suo padre uscirono nel cortile per recuperare la piccola Paola e Antonietta che, civettuola, chiacchierava con il giovane bandito. L'altro brigante, invece, parlava con la contadina spavalda che Tonino aveva incontrato lungo la strada. Sembrava lo conoscesse bene. Mentre gli girava intorno con la sua danza sprezzante, emanava l'aria baldanzosa che solo le padrone di casa possono sfoggiare. La scena era un affascinante intreccio di mondi opposti: la ragazza si muoveva con disinvoltura nella casa padronale e tra i banditi dagli sguardi taglienti, come se appartenesse a entrambi e a nessuno dei due. La sua sicurezza pareva sfidare le convenzioni.

45

Tonino la indicò con il mento alla figlia, che scosse la testa: non la conosceva. Chi mai poteva essere, pensò l'uomo, quella contadina sfacciata dalla gonna blu?

Di tutte le donne che frequentavano la casa, notò, l'unica che non sembrava a proprio agio era sua figlia.

Quando gli uomini lasciarono la dimora per andare a caccia, Ada Dessì andò nelle sue stanze, il luogo in cui poteva nascondersi dal mondo, al riparo da giudizi e aspettative.

Lo scialle era appeso accanto alla porta. Lo prese e lo indossò. Era arrivato il momento di raggiungere Maria Tanda.

Lei era custode di un'arte che placava le sue ferite più profonde, quelle che nessuno vedeva. Nessun medico, nessuna medicina avrebbero potuto lenire quel tormento che le lacerava l'anima. Perché nessuno avrebbe mai potuto comprendere davvero quel dolore. Solo *sa bruja*. Con un sospiro, Ada aggiustò l'abito elegante e uscì dalla stanza. La casa era silenziosa, e i suoi passi riecheggiavano leggeri. Sapeva che, al rientro, sarebbe stata più leggera, ma anche più consapevole delle ombre che non l'avrebbero mai lasciata.

9

Tonino Oppes e Augusto Dessì tenevano i cavalli sul ciglio della strada dove l'erba fresca favoriva il trotto lungo e sciolto. Avevano lasciato Padria dopo il lauto pranzo, seguiti da alcuni uomini e, a una certa distanza, dal carro carico di masserie destinato al villaggio dei banditi, offerto come sorta di ricompensa per il loro aiuto nella battuta di caccia. Uno dei due briganti stava a cassetta con le redini in mano insieme alla giovane contadina dalla gonna blu. L'altro, invece, aveva legato le redini del secondo cavallo alla sella e lo trascinava, chiudendo la processione.

Tonino aveva osservato con curiosità la donna, non comprendendo perché partecipasse anche lei. Poco prima di partire le avevano detto solo che si chiamava Assuntina e che era la figlia di un mezzadro, ma nessuno dei presenti sembrava farci caso, nemmeno Augusto.

Riportò l'attenzione sul genero che cavalcava al suo fianco, guardandolo di sottecchi mentre frustava rabbiosamente il cavallo. Augusto non era solo scostante; c'era qualcosa di minaccioso in lui, di cupo, che alimentava i suoi timori per la figlia. In cuor suo sperò di sbagliarsi.

Le nuvole passavano veloci, alternando momenti di luce e ombra sulla campagna circostante, mentre il pallido sole di ottobre lottava per farsi strada. Le rocce calcaree di Monte Minerva, coperte parzialmente dalla macchia mediterranea, si stagliavano imponenti nel cielo mutevole, creando uno spettacolo mozzafiato. Il paesaggio, sebbene familiare e prevedibile, assumeva continuamente nuove sfumature mentre procedevano lungo il sentiero per raggiungere l'altopiano. Dai punti panoramici lungo il percorso si scorgevano i nuraghi e le pittoresche abitazioni di Bosa, simili alla granella dei *papassini*. Solo *s'astore*, il falco, sorvolava maestoso il vecchio pianoro vulcanico e si tuffava in picchiata sulle prede che si rannicchiavano nel preludio umido dell'autunno.

Fu proprio durante una di queste discese che al vecchio possidente parve di vedere qualcosa in lontananza. Con un cenno discreto lo indicò al genero, fermando i cavalli. Doveva essere Emanuele Manca, il famoso bandito, pensò Tonino. A mano a mano che si avvicinavano, la sua sagoma prendeva forma, sola, isolata in mezzo a una radura.

«Vi aspetto qui» disse una voce sicura e tranquilla.

Indossava una casacca nera tradizionale e pantaloni bianchi fermati da ghette. Alzò il mento in segno di saluto, senza un sorriso. Nonostante le rughe intorno agli occhi, il viso segnato dal sole aveva un aspetto giovane.

Il bandito teneva d'occhio i fucili che i gentiluomini e il loro seguito avevano appoggiato al garrese. Quando furono vicini e scesero da cavallo, indicò loro le armi. Tonino e Augusto le impugnarono con cautela, aprendole per mostrare che erano scariche. Fu in quel momento che udirono una serie di fruscii e fischi modulati provenire dalle fronde degli alberi circostanti. Potevano sembrare versi di animali, ma non lo erano. Erano gli uomini di Emanuele Manca, che commentavano l'arrivo degli ospiti in modo invisibile ma eloquente, attraverso richiami e versi concordati durante anni di latitanza.

Tonino osservò i movimenti rapidi tra i rami, riconoscendo armi e abiti colorati.

«Per precauzione» disse il bandito con tono calmo ma perentorio.

Poi un uomo scese da un albero, agile come un gatto, e li salutò. Poi un altro e un altro ancora. Presero i loro cavalli e li nascosero dietro una roccia. Dal bosco emersero alcune donne, vestite con costumi tradizionali: lunghe gonne e giubbetti ricamati sopra camicie voluminose. La contadina spavalda si avvicinò e, dopo aver lanciato uno sguardo audace ad Augusto Dessì, lo condusse all'interno della macchia.

«Venite!» La voce di Emanuele Manca richiamò la sua attenzione e Tonino lo seguì nel bosco, spostando cespugli di corbezzolo alti quanto alberi di mandorlo. Arrivarono in una piccola radura dove erano state costruite alcune *pinnettas*, la base circolare di pietra e il tetto a punta fatto di frasche.

In mezzo all'odore del timo e del mirto Tonino sentì il profumo del caffè. All'interno della capanna più grande due donne stavano preparando da mangiare e da bere: arrosto freddo di maiale, formaggio e vino rosso. La caccia sarebbe iniziata l'indomani, all'alba. La notte, tutti si sarebbero arrangiati per dormire nelle baracche. Seduti sulle pietre, non si parlava, ma non c'era imbarazzo, nessuno si preoccupava di riempire il silenzio con parole inutili. Adulare l'ospite non faceva parte del costume sardo.

Neanche l'uomo che arrivò al calare della sera aprì bocca. Tonino lo riconobbe subito, era don Ausonio Piras, prete di campagna e uomo di intelletto, ne conosceva la fama. Era un prete molto particolare che intrecciava dosi variabili di Vangelo a riti antichi e credenze popolari. Era considerato un sacerdote che celebrava l'Eucarestia, un mago che proteggeva dalle malefiche influenze e un guaritore che leniva le malattie; benediceva campi, raccolti e animali malati. La sua dedizione per la povera gente lo rendeva malvisto dagli alti prelati e adorato dal popolo.

Prese tre pezzi di *porcetto* e un bicchiere di vino, poi caricò su un carretto le provviste che venivano dalla casa dei Dessì sparendo nel buio della notte.

Quante volte Tonino Oppes aveva visto madri e sorelle aiutare gli uomini che si erano dati alla macchia, e persino alcuni parroci che, in barba alle autorità costituite, portavano conforto ai banditi morenti. Ma don Ausonio era diverso: per quel drappello di uomini, e in particolare per Emanuele Manca, rappresentava molto di più. Lo si percepiva da ogni loro sguardo, dal modo in cui parlavano. Sorrise scuotendo la testa: il motivo per cui i banditi si lasciavano coinvolgere da Augusto Dessì nella caccia era chiaro. Era un modo per sostenere la comunità: il prete, che poteva muoversi indisturbato, distribuiva i viveri che provenivano da quei nobili ai più bisognosi.

Notò anche che Emanuele Manca evitava accuratamente lo sguardo di Augusto, e l'unica volta in cui gli aveva rivolto la parola, Tonino aveva colto un certo fastidio nei suoi occhi.

10

Mimì era esausta. La testa le girava come se il lungo pranzo fosse stato un peso troppo gravoso da sopportare. All'imbrunire, chiese alla cameriera di accendere un braciere in camera e di preparare lo scaldaletto in rame; doveva sdraiarsi.

Passò davanti alla sala da bagno, dove Antonietta aveva lavato Paola. Guardò la bambina avvolta negli asciugamani, l'unica luce in una vita ormai sempre più distante dai suoi sogni. Si fermò un istante, osservando la vasca laccata di bianco dalle forme sinuose. Un agio che tutti invidiavano: il rubinetto la riempiva direttamente e solo d'inverno bisognava scaldare l'acqua sul fuoco. La sua era l'unica dimora del circondario ad avere il lusso dell'acqua corrente.

Mentre osservava la piccola, seduta sulla grande tazza in ceramica bianca sorretta da due aironi in ferro, un pensiero amaro le attraversò la mente. Quei privilegi, un tempo fonte di orgoglio, sembravano ormai privi di valore.

«Mamma, mamma» disse la piccola, alzando le braccine.

«Aspetta, amore mio» rispose con voce stanca, «Antonietta ti prepara per la notte e poi vieni in camera a darmi un bacio. Sto andando a sdraiarmi.»

Trascinò i piedi attraverso le stanze affrescate, che si susseguivano senza corridoi, separate solo da grandi porte in legno. Ogni passo sembrava pesarle. Passò nella camera della bambina con due letti, uno a fianco all'altro: quello in radica, con la testata alta, era per tata Antonietta, mentre il lettino della figlia era un piccolo rifugio bianco con dettagli azzurri, in armonia con gli affreschi del soffitto. Sempre più debole, arrivò nella stanza contigua, quella sua e del marito, quando dormiva con lei.

Le imposte della finestra erano state chiuse per la sera e le cameriere avevano sistemato la lunga veste da notte sulle coperte. Il letto l'attendeva, tiepido e accogliente, con la testata in ferro battuto dalle linee sinuose, impreziosita da decorazioni dipinte a mano da un famoso artista. Lì accanto, la culla destinata al maschio era vuota ormai da tre anni.

Mimì sospirò, cercando di allontanare tutte le sue frustrazioni, mentre chiudeva gli occhi e lasciava scivolare a terra l'ampia gonna in seta, frutto del certosino lavoro di una sartoria sassarese. Slacciò il corpetto intrecciato con i nastri di velluto e sentì un calore umido tra le gambe. Restò immobile, il respiro trattenuto.

Un gemito. Poi grida di disperazione. La cameriera arrivò di corsa e la trovò in lacrime che tentava di raccogliere le vesti e nascondere il terrore che aveva in viso. Richiamate dai lamenti, arrivarono anche Ada e la vecchia strega, rientrate a casa da pochi minuti.

«Cosa succede, Mimì?» chiese la cognata, cercando di prenderle le vesti dalle mani tremanti.

Maria Tanda si avvicinò silenziosa, il respiro pesante, carico di presagi funebri. Tolse il braccio di Ada con gesto deciso e guardò a lungo Mimì.

«Ferme.» La voce era graffiante, come una porta che si apre stridendo sul pavimento.

Mimì la guardava con gli occhi colmi di lacrime, il respiro appena percettibile.

«*Tzia* Maria, l'ho perso di nuovo, vero?» chiese con voce spezzata.

Sa bruja non rispose. La fece sdraiare e le aprì le gambe con movimenti sicuri, la faccia contratta.

Mimì chiuse gli occhi, lasciandosi sopraffare dalla stanchezza.

«Ha la febbre» disse Ada, preoccupata, toccandole la fronte.

Maria Tanda si voltò verso la cameriera. «Fai bollire dell'acqua, e porta dei teli puliti. Speriamo di essere in tempo.» Poi si avviò in cucina, lasciandosi dietro un silenzio opprimente.

Mimì sapeva cosa stava per succedere. La procedura le era fin troppo familiare.

Ada seguì la vecchia a passo rapido. «Ha perso ancora il bambino?»

Maria Tanda annuì, fermandosi per un attimo. «Il bambino è andato. Ora dobbiamo fare in fretta o perderemo anche lei.» La sua voce era dura come pietra. Poi riprese a camminare, diretta verso l'esterno.

Tornò mezz'ora dopo, stringendo tra le mani una cesta. Con movimenti rapidi estrasse un lungo strumento dal manico sottile e dalla superficie ruvida. Lo porse alla cameriera.

«Fatelo bollire nell'acqua» ordinò. Poi armeggiò sotto la sua sottana, sciolse la cintura carica di piccoli sacchetti e, velocemente, prelevò pugni di erbe e altre polveri, che gettò nell'acqua posta sul braciere, facendola sobbollire.

«Donna Ada, andate a prendere una fiaschetta di *filu 'e ferru*. Ci servirà.»

Nella stanza di Mimì, illuminata appena dalla fioca luce di una lampada a petrolio, le donne si alternavano al suo capezzale con panni, decotti e *paraulas*. Mimì, pallida e stremata, giaceva immobile sul letto, le mani strette al petto, mentre lacrime silenziose solcavano il suo viso. Il sangue aveva ormai intriso lenzuola e coperte, diffondendo nell'aria un senso di urgenza e paura.

«Dobbiamo fare in fretta» disse la vecchia, afferrando un altro telo. *Sa bruja*, rispettata e temuta nel paese per le sue conoscenze e per i suoi riti antichi, si avvicinò con passo deciso. Il momento era solenne e carico di tensione. Con gesti precisi preparò i rudimentali strumenti chirurgici per rimuovere ciò che sarebbe rimasto dopo la perdita prematura del bambino.

«Bevete, donna Mimì» le disse brusca, sperando di offrirle un minimo di conforto.

Il dolore di Mimì si mescolava con l'odore pungente delle erbe medicinali e del sangue, mentre *sa bruja* recitava antiche preghiere e invocava le anime degli antenati perché la guidassero nel suo compito.

Nel silenzio spezzato dai gemiti si consumava un atto di disperata speranza. La guaritrice lottava per salvare la vita della madre con la morte che si stagliava minacciosa nell'aria. Le ombre ballarono tutta la notte seguendo la fiammella della luce a petrolio, e l'agonia durò per ore. Solo alle prime luci dell'alba Mimì si addormentò sfinita sul cuscino.

Non era il tempo di morire e Maria Tanda l'aveva capito da un pezzo.

Varcata la soglia dell'antro, *sa istria*, il barbagianni che abitava lì con lei, la accolse con il suo verso stridulo. Mentre accendeva il fuoco, il viso di Mimì le apparve. *Sa bruja* l'aveva guardata a lungo. In quegli occhi aveva colto qualcosa che non poteva ignorare. Ed era certa che il tempo le avrebbe dato ragione.

Gettò una manciata di foglie sul fuoco e rimase a osservare il fumo che si alzava, sottile e fragile come il confine tra il mondo dei vivi e quello dei morti.

11

La luce del giorno si infilava di soppiatto tra gli scuri svelando il mondo privato e intimo di Mimì.

Antonietta, aperta delicatamente la porta della camera da letto, rimase un istante a osservarla. Si avvicinò con passi frettolosi accompagnati da un frusciare di vesti, sollevò il lenzuolo scivolato a terra e aggiustò la coperta arrotolata sotto la gamba.

Fuori, il vento soffiava impetuoso, scrollando gli alberi e spargendo foglie dorate sul terreno. *Sa mama de su bentu,* pensò Antonietta reclinando leggermente il capo per ascoltarne il canto. *La madre del vento è qui, forse vuole raccontarci qualcosa.*

Poi accarezzò Mimì con delicatezza, per svegliarla.

«Donna Mimì, come state? Bevete questo, vi farà bene» le disse porgendole una tazza.

Mimì aprì gli occhi lentamente, ancora annebbiata dal torpore che le avvolgeva i sensi. La voce dolce della tata riusciva a consolarla come nessun'altra.

«Antonie', che ore sono, quanto ho dormito?»

«Due giorni, donna Mimì. Ne avevate bisogno» rispose Antonietta, accennando un sorriso. «Ma ora dovete mangiare. Maddalena ha preparato la zuppa di finocchietti.»

La bambinaia osservò il viso emaciato e pallido della sua signora. Pensò alla forza di Maria Tanda che l'aveva strappata a morte certa.

E lei, *sa bruja*, la conosceva bene.

Nessuno sapeva che da giovinetta aveva cercato di apprendere la difficile arte della guaritrice. Nata il giorno di Natale, settima figlia di una famiglia poverissima, era stata affidata a *tzia* Maria sia perché si credeva che le nate in quel giorno avessero poteri straordinari, sia per allontanare da casa una bocca da sfamare. Ma nonostante il destino segnato, Antonietta non era mai diventata una *bruja*.

Per dialogare con le forze arcane non basta nascere in un giorno speciale, o acquisire esperienza. Serve un legame profondo con la natura. Solo chi possiede questo dono sa ascoltare il sussurro delle piante e decifrare quali foglie, radici o fiori possono guarire o placare un'anima inquieta. Solo una sensibilità rara, capace di cogliere le sfumature del vento e il mormorio delle acque, può sperare di portare sollievo a chi ne ha bisogno.

E Antonietta, di tutto questo, non aveva nulla. Nulla, se non una volontà incrollabile. Ben presto Maria Tanda, pur ammirandone la dedizione, l'aveva scoraggiata. Ma per premiarla l'aveva fatta assumere a servizio da Ada Dessì.

Mimì sorrise mentre prendeva la tazza dalle mani di Antonietta, che si allontanò per recuperare Paola. Ogni muscolo sembrava pesare una tonnellata, ma c'era qualcosa in lei che resisteva, che si rifiutava di spegnersi. Si sentiva debilitata, come se il suo stato di veglia alternato a sogni e pensieri oscuri l'avesse consumata ancora di più. Per tutta la notte e il giorno seguente le era parso che le ombre danzassero attorno al suo capezzale insieme alle donne della casa. Era come se Ada, Antonietta, Maddalena e *tzia* Maria fossero circondate da figure femminili dai volti segnati, vestite di nero, accanto a giovani smunte in camicia da notte.

Scosse la testa, cercando di allontanare quelle strane visioni, mentre la serva, mandata da Antonietta, la aiutava a vestirsi.

Doveva farcela, pensò, per sé e per la sua bambina. Non poteva lasciarsi travolgere. «Ce la farò» bisbigliò a se stessa. «L'ho già fatto, lo farò di nuovo.»

In cucina, Maddalena aveva preparato la zuppa di finocchietti e formaggio, suggeritale da *sa bruja*. *Dio solo sa quanto donna Mimì ne ha bisogno*, pensò la cuoca, passandosi una mano sulla fronte.

Maria Tanda era convinta che il *finocchiu arestu* infondesse saggezza e coraggio. In paese si mormorava che tenesse lontani i malefici e che solo lei sapesse usarlo a dovere. E anche se *tzia* Maria si schermiva, dicendo che era la natura, e non lei, a possedere il vero potere, Maddalena non aveva dubbi sulla sua abilità. La sua maestria era evidente, frutto di una conoscenza tramandata di madre in figlia. Ogni gesto, dalla raccolta alla conservazione, seguiva un rituale. Nulla era lasciato al caso: le piante e le preparazioni erano curate con attenzione e nel rispetto di una tradizione antica.

Finocchietto o no, influssi benefici o meno, natura o magia, Mimì, dopo due porzioni abbondanti, era tornata a sorridere e giocare con la figlioletta. Solo quando Ada parlò, tutto precipitò di nuovo nel buio.

«Mimì, non so come dirtelo» iniziò la cognata con la sua energia brusca, priva di compassione.

Mimì taceva, preda di una rinnovata ansia.

Cosa succede ora?, pensò fissando la cognata, il volto imperturbabile, rigido come una maschera. Eppure, Mimì ricordava bene la delicatezza con cui l'aveva assistita due notti prima. E il calore di quella mano che le accarezzava la testa era ancora vivo nella sua memoria.

«Ho mandato un messaggero ad Augusto, doveva sapere» annunciò Ada con un tono fermo e inamovibile.

«Come hai potuto?» esplose Mimì. La voce le tremava per la rabbia, ma c'era una forza inaspettata nel suo timbro. «Dovevo essere io a dirglielo. Non spettava a te.»

Sentì il corpo irrigidirsi, ma non lasciò trasparire alcuna esitazione. *Non questa volta*, pensò. Non avrebbe permesso a Ada di oltrepassare il limite ancora una volta.

Ada alzò il mento, lo sguardo incredulo, quasi ferita dall'audacia di Mimì. Mai prima di allora aveva osato risponderle così.

«È mio fratello» ribatté, tentando di ristabilire il controllo sulla cognata.

Mimì le si avvicinò, senza abbassare gli occhi. «Si tratta di mio marito. E di nostro figlio.» Ogni parola era scandita, affilata come un coltello.

«Mimì, per favore, era mio dovere.»

«No, non lo era.» La voce di Mimì si fece più bassa, ma vibrava di un'energia che Ada non aveva mai sentito. «Non voglio che ti intrometta mai più nelle nostre questioni. Né ora, né mai.»

Il silenzio che seguì soffocò i gesti delle cameriere, che, mute, si scambiarono occhiate incredule. Ada sostenne lo sguardo di Mimì. Quella donna che aveva sempre considerato fragile, pensò, era capace di ben altro.

«Augusto ha detto di riferirti che non tornerà. Ne approfitta per prolungare il suo viaggio d'affari.»

Mimì fissò Ada, osservandone la pelle tirata e l'espressione arcigna. *Non mi importa se non le sono mai piaciuta*, si disse, mentre il nodo nel petto iniziava a sciogliersi. *Non resterò in silenzio.*

«E mio padre? Si hanno sue notizie?»

Ada abbassò lo sguardo sulle mani. «Tuo padre ti manda a dire che deve fare rientro a casa. Lo hanno avvisato di alcuni furti di bestiame, ma tornerà appena possibile.»

«Ho capito.» Mimì stava per girarsi e raggiungere la figlia quando Ada proseguì.

«Ah, quasi dimenticavo» aggiunse con un sorrisetto sottile, «tra una decina di giorni dovrebbe arrivare Elisabeth Hope. Augusto mi prega di avvertirti di accoglierla con tutti gli onori.»

Mimì alzò lo sguardo, confusa. «Chi?»

«Lady Hope è una donna molto intelligente» proseguì Ada, con il preciso scopo di vendicarsi facendola sentire inferiore. «Una vera studiosa. È la figlia di un grande amico di nostro padre, uno scienziato e un viaggiatore.»

Mimì tacque. Sapeva che Ada la stava provocando. Conosceva bene il suo disprezzo per le passioni che aveva sempre cercato di coltivare, spesso di nascosto: i romanzi, le storie di terre lontane. Quante volte l'aveva controllata per ordine del fratello, dietro la porta, mentre sfogliava i testi della loro grande libreria. Ma non era quello il momento di reagire: il suo corpo era ancora debole e Ada sapeva come approfittare di ogni crepa.

«Pensi di essere in grado di accogliere come si conviene Lady Elisabeth o devo farlo io?» la incalzò la cognata, avanzando minacciosamente.

Mimì la fissò per un istante, trattenendo il respiro. Poi sollevò il mento, senza abbassare lo sguardo. «Posso pensarci io» tagliò corto, dirigendosi verso l'ingresso della casa senza aspettare replica.

«Perfetto.» Ada si sistemò le sottane con un gesto teatrale. «Ora devo svolgere dei compiti importanti che mi ha affidato tuo marito.» E senza ulteriori spiegazioni si dileguò.

Mimì si voltò, osservandola salire i gradini con la consueta sicurezza. Sganciò una chiave dalla cintura e si girò per lanciarle un'ultima occhiata di scherno, prima di sparire all'interno della stanza, chiudendosi la porta alle spalle.

Elisabeth Hope. Il nome rimbombava nella testa di Mimì, lasciandole una sensazione di estraneità. Nessuno l'aveva messa a parte del suo arrivo. Ancora una volta, la cognata e il marito avevano preso decisioni escludendola. Mimì serrò le mani lungo i fianchi. Questa volta, pensò, non sarebbe rimasta in silenzio.

12

La carrozza Calèche, fatta arrivare da Torino, si muoveva
con agilità lungo la strada dissestata, seguita da un carretto stipato di bauli da viaggio e bagagli. Il sedile imbottito
attutiva i frequenti sobbalzi e il mantice proteggeva la car-
nagione delicata della giovane donna dal sole d'ottobre, ancora intenso.

Elisabeth Hope diede un ultimo sguardo al Porto di Torres, dove la nave aveva attraccato. Fervevano i lavori di costruzione di un molo di levante per proteggere la darsena, e
lo sbarco era stato complicato.

L'uomo sul sedile del cocchiere l'aveva accolta sulla ban-
china e, dopo un ruvido saluto, non aveva più aperto bocca.
Non che alla giovane inglese dispiacesse; aveva più tempo
per guardarsi intorno e capire esattamente dove si trovava.

Il padre le aveva parlato spesso di quella terra aspra e antica. Sir Charles Hope era stato uno dei massimi studiosi dei
pozzi sacri, templi dedicati al culto dell'acqua, presenti sia
nelle isole britanniche sia in Sardegna. Ora spettava a lei
completare il lavoro di catalogazione dei pozzi nuragici e di

altre antiche vestigia dell'isola, che il padre aveva dovuto interrompere a causa della malattia. Si era promessa di portare a termine ciò che lui non aveva potuto concludere.

I capelli color del grano si muovevano al vento sotto il cappellino, mentre gli occhi azzurri scrutavano curiosi il panorama. Il pesante abito scuro, adatto ai viaggi e non di certo ai salotti londinesi ai quali era abituata, insieme al soprabito redingote in lanaggio scozzese la proteggevano dalle correnti d'aria. Accanto a lei, l'inseparabile cassettina in legno rivestita di pelle bruna raccoglieva, in appositi comparti, sia gli utensili da toeletta sia l'indispensabile per scrivere.

Due isole e molte analogie, pensò, osservando le colline coperte di macchia che scendevano fino al mare, simili alla brughiera. *Straordinario come siano disabitati i grandi spazi della Sardegna*, si disse, *è come la Cornovaglia, la regione ai confini della Terra.*

In lontananza, i contadini lavoravano nella campagna desolata; a volte si vedeva un gruppetto, altre volte un uomo solo, distinto nel suo costume bianco e nero, piccolo e remoto come una gazza solitaria.

Ci sarebbero volute più di quattro ore per raggiungere la sua destinazione. Mentre guardava il paesaggio ampio, una meravigliosa sensazione di libertà la pervase. Qua e là spuntavano fabbricati dall'aspetto abbandonato e fienili di pietra solitari, alternati a cavalli dal manto bruno e bambini che sbucavano dal nulla con i recipienti del latte in mano. *Come la Cornovaglia o una parte dell'Irlanda*, ripeteva tra sé e sé Elisabeth, piena di stupore, osservando i muretti a secco che dividevano i campi, l'erba bruna bagnata dalla brina e l'aria fresca del mattino.

Dopo alcune ore, quando fame e sete iniziarono a farsi

sentire, intravide alcune case e un cimitero recintato, che giaceva su una delle tre colline, chiuso da alte mura.

In questa terra i morti sono tenuti sottochiave, pensò, *non ci sono tombe sparpagliate sul volto della campagna.* «Stiamo arrivando?» chiese in italiano.

L'uomo a cassetta si girò verso di lei ma non rispose, alzò solo il mento, con le labbra serrate, e continuò a frustare il cavallo.

Non mi capisce, si disse Elisabeth.

Il paesino che stavano attraversando non era altro che una lunga strada tortuosa, fiancheggiata da casupole, piccole botteghe e l'officina di un fabbro. Alcune donne, appoggiate agli stipiti delle loro porte, la osservarono con sguardi furtivi, mentre un uomo vecchio, vestito di bianco e nero, sbucò all'improvviso dal nulla, facendo scartare il cavallo.

Questo villaggio non è simile a quelli inglesi, si disse esaminando le costruzioni semplici, quasi lasciate a metà, come se mancasse sempre l'ultimo tocco. *Non c'è niente di accogliente qui.* E mentre la carrozza si fermava davanti a una casa, la più bella della strada, Elisabeth vide una giovane donna, di un'eleganza sorprendente per quei luoghi, uscire dal portone tenendo una bimbetta per mano.

Avrà qualche anno meno di me, calcolò Elisabeth. *Forse una ventina.*

Elisabeth cercò di scrollarsi la polvere dai vestiti e scese con agilità, senza che il cocchiere né nessun altro le porgesse la mano, come in genere accadeva. Un odore di camino, di spezie e di stalla la colpì non appena si avvicinò all'ingresso, mitigato dal dolce profumo di mughetto della donna davanti a lei.

«Benvenuta» la salutò la giovane con voce soave, «sono

64

Mimì, la moglie di Augusto Dessì. Vi stavamo aspettando, Lady Elisabeth.»

«*Hello, dear Mimì*» rispose lei sorridendo, «grazie, è stato un lungo viaggio.»

«Venite» disse Mimì con un gesto elegante, «lasciate che gli uomini si occupino dei bagagli. Vi accompagno alla vostra stanza.»

Elisabeth la seguì, attraversando le ampie camere, salutando con un cenno le numerose donne che le affollavano, tutte affaccendate in qualche compito. Da dietro una porta chiusa, un profumo invitante la fece rallentare: carni alla brace, erbe essiccate, pane e zucchero. Il suo stomaco brontolò, e con un sorriso chiese alla padrona di casa quali fossero gli orari dei pasti.

Mimì le mostrò con orgoglio la tavola apparecchiata nella grande sala da pranzo, poi la condusse verso il bagno pronto ad accoglierla e infine alla stanza a lei riservata.

La padrona di casa aveva gli occhi più sorprendenti che Elisabeth avesse mai visto; grandi come quelli di un cerbiatto, di un colore indefinito che ricordava il miele. Non sapeva bene cosa aspettarsi da quella gente, ma ciò che trovò superò qualsiasi aspettativa. Osservando Mimì, ebbe la netta sensazione che tra loro sarebbe nata una complicità. Dietro quella figura esile, quasi fragile, percepiva un'intelligenza viva, una curiosità desiderosa di emergere.

L'atmosfera venne bruscamente interrotta dall'ingresso di due donne. La prima, avvolta in abiti raffinati e con l'aria sicura di chi è abituato a comandare, incarnava l'eleganza rigida dell'alta società. L'altra, in netto contrasto, era una vecchia rugosa stretta in uno scialle logoro. Sul suo viso pallido spiccavano due occhi neri e impenetrabili.

Elisabeth percepì, in quella figura, una vita che attingeva linfa dal passato, come se appartenesse a un tempo remoto.

Forse è questo che intendeva papà, si disse, *quando raccontava del modo di vivere degli isolani.* Un'esistenza che non si offriva agli altri, che restava concentrata su se stessa, estranea al mondo esterno.

Si destò dai suoi pensieri, rendendosi conto che la donna più elegante le stava parlando.

«Lady Hope» disse Ada, sfoggiando la sua corretta pronuncia inglese, «spero che abbiate fatto buon viaggio, e che mia cognata vi abbia accolto come si conviene.»

«Non avrei potuto desiderare un'accoglienza migliore, signora...» rispose, lasciando la frase in sospeso con un tono interrogativo.

«Perdonatemi, non mi sono presentata. Sono Ada Dessì, la sorella di Augusto» disse lei, mantenendo un'aria imperturbabile.

«Sono felice di fare la vostra conoscenza» disse Elisabeth con un sorriso gentile. Scrutò la donna con maggiore attenzione. C'era qualcosa di sfuggente in lei; un contrasto tra l'autorità che ostentava e una fragilità appena percepibile, nascosta sotto la superficie.

«Vostro padre era sempre benvenuto nella nostra casa, e voi altrettanto» proseguì Ada senza mai abbassare lo sguardo.

«Vi ringrazio, ho pregato Mimì di lasciare alcuni bauli nell'andito; ho dei doni per tutti voi.»

«Vi aspettiamo nella sala da pranzo, sarete senz'altro affamata.»

«Non posso negare di non aver toccato cibo da quando sono sbarcata. Mi cambio e vi raggiungo.»

Mentre parlavano, Elisabeth non poté fare a meno di lanciare rapide occhiate alla donna anziana, ancora in silenzio nell'angolo della stanza. Nessuno si era preso la briga di presentarla, e quella figura, muta e misteriosa, continuava a incuriosirla.

Mimì osservava la sua ospite dalla pelle diafana, seguendone ogni movimento. Il dolore per la perdita del figlio era ancora vivo, ma lo aveva confinato in uno spazio remoto del suo cuore. In fondo, lei aveva imparato presto a farlo. Quando sua madre era morta, era solo una bambina, eppure aveva capito che per sopravvivere avrebbe dovuto chiudere la sofferenza dentro di sé. Nasconderla.

Elisabeth dominava l'ambiente con il suo magnetismo. Gli occhi di Mimì, in disparte, coglievano dettagli che agli altri sfuggivano: il modo in cui muoveva le mani, il timbro delle sue risate, quella disinvoltura che quasi invidiava. Dentro di sé, Mimì sentiva crescere una curiosità nuova, intrecciata a un sentimento mai provato prima.

In quella famiglia le donne erano figure che cercavano di prevaricarla, come Ada, o che obbedivano ai suoi ordini, come le domestiche. Amicizie? Ne aveva letto nei libri, storie bellissime sul valore del legame tra donne, ma nella sua vita non c'era mai stato spazio per qualcosa di simile. Durante l'infanzia, nella dimora paterna, zie e cugine si erano prese cura di lei, ma ai giochi non erano seguite le confidenze, e la mancanza di una scuola l'aveva isolata ulteriormente. Le lezioni con la precettrice avevano definito i confini del suo mondo, allontanandola dalle coetanee e da ogni possibile legame affettivo.

Ora, per la prima volta, mentre accompagnava Elisabeth nella sua camera, scopriva in sé una strana, inaspettata sensazione di familiarità.

67

13

Dopo pranzo, Elisabeth e Mimì scartarono i regali sotto gli occhi vigili di Ada. La casa, popolata solo da donne, si era trasformata: risate, chiacchiere e canti che si levavano di tanto in tanto dalla cucina, rompendo il silenzio che sembrava averla avvolta nei giorni precedenti. Erano passate due settimane dal suo aborto, e Mimì, nonostante il peso che le opprimeva l'anima, si lasciò trasportare da quella leggerezza.

I grandi bauli, finalmente aperti, avevano rigurgitato tessuti pregiati in voga nelle sartorie londinesi, rotoli di merletti, cappelliere e, soprattutto, libri. Erano un lascito di Sir Charles Hope, accompagnato da una lunga lettera: un contributo alle ricerche di Augusto Dessì, figlio del suo compianto amico.

Elisabeth prese uno dei volumi e lo mostrò a Mimì. Mentre sfogliavano insieme le pagine, iniziò a parlarle del lavoro del padre e delle sorprendenti analogie tra la Sardegna e le isole britanniche.

«Può sembrare strano» disse, «ma alcune tradizioni popolari del Nord Europa potrebbero aiutare a comprendere meglio l'uso dei santuari nuragici del X secolo a.C.»

«Intendete i pozzi sacri?» domandò, sollevando lo sguardo.

«Sì, i pozzi sacri. Quei luoghi mistici» rispose Elisabeth, il tono carico di passione, «dove i vivi potevano entrare in comunicazione con gli spiriti.»

«Non ne ho mai visto uno» ammise con esitazione, temendo di sembrare ignorante.

Non sa nulla, pensò Elisabeth osservandola. *Non conosce gli studi a cui si dedica la famiglia del marito.*

Quando ebbero finito di sfogliare i libri, Ada ordinò che venissero trasportati tutti in una stanza al piano superiore.

Elisabeth notò quel gesto e provò un'immediata sensazione di disagio. *Vuole tenerla lontana*, pensò. *Un modo per escluderla, per segnare una distanza tra sé e la cognata.*

Il pomeriggio seguente, mentre la casa era ancora avvolta dal silenzio, Elisabeth prese per mano Mimì e la condusse nel giardino interno. Il passo incerto di Mimì tradiva il suo stato. La debolezza non era solo fisica. Sotto il roseto rampicante, dove qualche fiore tardivo resisteva al richiamo dell'autunno, le due donne si sedettero sulle poltroncine in ferro battuto. Le grandi gonne di seta si adagiavano morbide sull'erba e i cappellini proteggevano i loro volti dal sole ancora caldo.

«Mio padre mi ha sempre incoraggiato a seguire le mie passioni, a studiare e viaggiare» iniziò Elisabeth, accennando ai suoi viaggi in terre lontane, a rovine dimenticate e tracce di antiche civiltà. «Ricordo un viaggio lungo il Nilo» continuò Elisabeth, con gli occhi che si illuminavano al pensiero. «Ero con una piccola spedizione di studiosi e viaggiatori inglesi. Fummo invitati a esplorare una tomba che pochissimi avevano visto.»

Mimì la ascoltava rapita. Era come vivere la trama di un romanzo. Scoprire che donne come Elisabeth esistevano davvero – avventurose e libere, e non solo nelle pagine dei libri – le sembrava incredibile.

Elisabeth raccontò della sua vita per mezz'ora, forse di più, fino a quando non si fermò all'improvviso, posando lo sguardo su Mimì. «Ho parlato solo io. Perdonatemi. Raccontatemi di voi.»

Mimì abbassò gli occhi, un lieve imbarazzo sul volto. Poi, con voce pacata, iniziò a parlare della sua infanzia senza la madre, cresciuta dalle donne della famiglia. E del padre, un uomo affettuoso e premuroso, ma di stampo antico.

«Non ha mai assecondato la mia passione per i libri» ammise quasi sottovoce. «Per lui una donna deve sposarsi, crescere una famiglia e non badare ad altro.»

Mimì si rese conto che Elisabeth la ascoltava con interesse, senza giudicarla o aspettarsi qualcosa.

«Ma aveva fiducia che Augusto vi avrebbe dato la vita che meritavate?» domandò Elisabeth con tono curioso.

Mimì esitò. «Suppongo di sì.» E aggiunse, dopo un momento di riflessione: «Il nostro fu un corteggiamento formale, più deciso da mio padre che da me. Augusto mi parlava come se fossi un'allieva da istruire. Mi spiegava le responsabilità della famiglia, i conti della casa, mi parlava delle miniere... tutto ciò di cui andava fiero».

«Anche della sua passione per l'archeologia?» incalzò Elisabeth.

«Sì, persino di quella» rispose Mimì, accennando un sorriso. «Abbiamo una biblioteca straordinaria al piano di sopra.»

«Sì, mio padre me l'aveva descritta» disse Elisabeth, studiando attentamente il modo in cui Mimì parlava del marito.

«E voi? Perché non vi siete mai sposata?» domandò infine Mimì, con voce esitante.

Elisabeth sorrise, inclinando leggermente il capo. «Non volevo che qualcuno decidesse per me. Né che mettesse le mani sul mio patrimonio» rispose, con un sorriso complice.

Mimì parve sorpresa. «Ma non vi sentite sola?» chiese, la voce quasi incredula di chi cerca di comprendere un modo di vivere inconcepibile.

Elisabeth rise, prendendole delicatamente la mano. Nonostante si conoscessero da poco, c'era una sintonia profonda tra loro. «Oh, non crediate che sia sempre sola!» replicò, con una nota di malizia. «Ho i miei corteggiatori. Solo quando mi fa piacere, ovviamente.»

Mimì sorrise, ma restò in silenzio per qualche istante. Poi, cambiando argomento, domandò: «Vostro padre veniva spesso qui?».

«Oh, sì, certo, molto spesso» rispose Elisabeth animandosi di nuovo. «Era affascinato dai nuraghi, dai pozzi sacri, dalle tombe dei giganti... e da tutto ciò che rimane di una cultura persino più antica di quella nuragica.»

Elisabeth la fissò per un attimo, soffermandosi sui suoi grandi occhi. Esitò, incerta se rivelare di più. Poi, con un lieve cenno del capo, proseguì decisa.

«Augusto vi ha mai parlato del pozzo sacro che si trova nella sua proprietà, vicino al mare?»

Mimì la fissò confusa. Dopo un attimo scosse la testa con un'espressione di rammarico. «No, non ne sapevo nulla. Come vi dicevo, non ho mai visto un pozzo sacro» ammise, la voce velata da una leggera tristezza. «È curioso che ne sappiate molto più di me.»

«È grazie agli studi di mio padre» spiegò Elisabeth.

«Parlatemene, allora, ve ne prego» chiese Mimì animata ora da un'eccitazione sincera.

«I pozzi sacri sono tra i monumenti più sorprendenti della civiltà nuragica» cominciò Elisabeth, assecondando l'entusiasmo della sua ospite. «La loro architettura è incredibile, soprattutto considerando l'epoca.»

«Ho sentito parlare del pozzo di Santa Cristina, a Paulilatino» intervenne Mimì. «Ma conosco solo qualche leggenda.»

«L'acqua, sapete, è sempre stata considerata sacra, in ogni civiltà» proseguì Lady Hope. «I nuragici veneravano certe fonti, scavando scalinate monumentali che conducevano nelle profondità della terra.»

Mimì la ascoltava, rapita. «E quali riti si svolgevano attorno a queste fonti?» domandò.

«I sacerdoti accoglievano i fedeli, offrendo cure, benedizioni e conforto spirituale. Ma non solo. Alcuni pozzi venivano utilizzati come tribunali per riti ordalici, in cui l'acqua giocava un ruolo cruciale.»

«Che storia terribile» sussurrò Mimì.

«Vicino ai pozzi sacri sono stati trovati molti *ex voto*» aggiunse Elisabeth, «oggetti di grande valore simbolico, preziosi per comprendere quella civiltà.»

Mimì le sorrise, sembrava così grata di essere stata messa a parte di quel racconto.

«Invece, ditemi una cosa» le chiese Elisabeth, come colta da un pensiero improvviso: «Che cosa c'è di tanto prezioso nella stanza al piano di sopra? Perdonerete la mia insolenza... ma ho notato che la chiudono a chiave».

Mimì si irrigidì, incapace di dissimulare un certo rammarico. «Non lo so» rispose a malapena, «solo Augusto, e a volte Ada, vi hanno accesso.»

«E non c'è un modo per entrare?» insistette Elisabeth, cercando di coinvolgerla, cogliendo al volo il fastidio che sembrava provare per quell'esclusione.

«No. La chiave è appesa alla cintura di Augusto. Qualche volta, quando parte, la lascia a Ada.»

Elisabeth rimase in silenzio per un po', poi le sorrise, complice. «*Well, my darling*» disse, passando al tu, «se questa stanza misteriosa ti infastidisce non poco, sai che cosa facciamo?»

«Oddio, cosa...» rispose eccitata, stringendole entrambe le mani.

«Rubiamo la chiave e andiamo a vedere cosa c'è, *that's it*, è semplice.»

Mimì la fissò con gli occhi sgranati.

«Sei tu la padrona di casa, *my darling*, checché ne pensi tua cognata.»

Mimì sorrise timidamente. «Va bene... Adesso però voglio chiederti un'altra cosa. Qualcosa di molto più semplice, vedrai.»

«Quello che vuoi» rispose Elisabeth, ammiccando. «Vuoi sapere dei *my lovers*?»

«Ma no!» replicò Mimì arrossendo. «Oggi torna Augusto e domani ci sarà un grande pranzo.»

«E allora?»

«Domani si farà il pane.»

«Il pane?» chiese incuriosita.

«Sì, sì. Anche se le signore non dovrebbero scendere in cucina, è un rito antico e vorrei mostrartelo. E poi ci sarà anche *sa bruja* con le sue divinazioni.»

Una voce stentorea interruppe quel momento di complicità.

«Vi divertite!» esclamò Augusto, comparendo nel giardino interno seguito dalla sorella.

«Bentornato, caro» disse Mimì, alzandosi per salutarlo.

«Grazie» rispose lui rimanendo a una certa distanza, «spero tu stia meglio.» Poi si rivolse a Elisabeth. «Lady Hope, è un vero piacere avervi qui. Benvenuta.»

«*Thank you*, sono davvero felice di essere vostra ospite. Mi avete accolto splendidamente» rispose, lanciando un'occhiata a Mimì.

Augusto le sorrise, un calore che contrastava con la freddezza riservata alla moglie. Con una stretta al cuore, Elisabeth notò la delusione dipinta sul volto di Mimì.

«So che mi avete portato dei doni incredibili, vi ringrazio davvero. Mi saranno molto utili per le mie ricerche» continuò, con un tono ossequioso. E mentre lui chiacchierava amabilmente con la sua ospite, Mimì si defilò con la scusa di dover controllare i preparativi per la cena. Ma il turbamento era evidente nei suoi gesti. Giunta nell'andito, alzò istintivamente lo sguardo verso il piano superiore. Le grandi scale, illuminate dalle luci delle lampade a petrolio, erano un richiamo a cui non seppe resistere. Passo dopo passo, salì fino a fermarsi davanti alla porta della stanza misteriosa. Mimì non riusciva a crederci, la porta era socchiusa. Possibile che Augusto l'avesse dimenticata aperta? Spinta da un impulso, allungò una mano per aprirla. Ma la stretta di ferro di suo marito le bloccò il braccio prima che potesse farlo.

«Questo luogo non è per te» disse, chiudendo la porta con un gesto secco e deciso.

Mimì rimase immobile, il cuore in tumulto. Quella mano

che stringeva il suo braccio aveva il sapore di un affronto intollerabile. Sentì crescere improvviso il desiderio di reagire. Mai lo aveva provato prima.

Le ombre della sera iniziavano ad avvolgere la casa, e il grido di *s'astore* squarciò il silenzio. *La prossima volta non mi fermerai*, si disse Mimì, mentre si allontanava.

14

Mimì aprì gli occhi. La stanza era avvolta nel buio. Udì la pendola rintoccare cinque volte, segno che era giunto il momento di alzarsi se voleva partecipare al rituale del pane. Indossò un abito da casa e diede un'occhiata al marito, che dormiva profondamente al suo fianco.

La sera precedente, la cena si era protratta oltre l'orario consueto. Augusto aveva insistito per aprire una bottiglia di Malvasia di Bosa per la loro ospite, un vino dolce e profumato, oltre a tutto ciò che aveva già bevuto durante il pasto. Come al solito, aveva quasi svuotato la bottiglia da solo, tenendo tutti in piedi ad ascoltarlo. E, come sempre, ubriaco, non si era accorto degli sbadigli di Ada e degli occhi di Elisabeth che si chiudevano.

Scosse la testa con disapprovazione e si diresse verso la porta con il lumino in mano. Fu allora che la notò. La chiave della stanza segreta giaceva a terra, accanto ai pantaloni di Augusto. Si era coricato dopo di lei e, probabilmente, il cordone che la teneva legata alla cintura si era sciolto durante il maldestro tentativo di toglierseli.

Senza esitazione, con un gesto furtivo e nel più completo silenzio, la prese e la nascose sotto la sua veste.

Il cuore le martellava nel petto. Sorpresa lei stessa dalla propria audacia, lasciò la stanza. Era ancora debole, il corpo pesante e le gambe molli, ma quella trasgressione sembrò animarla. Si fece coraggio, si avvicinò alla porta della sua nuova amica e bussò.

Elisabeth aprì subito, quasi fosse già dietro lo stipite, anche lei con un lumino a petrolio in mano. Mimì, con gli occhi che brillavano, le mostrò la chiave e lei, senza dire una parola ma intuendo subito di cosa si trattasse, la nascose al sicuro tra i suoi oggetti personali. Né Augusto né tantomeno Ada avrebbero mai osato frugare nei suoi bauli. In silenzio, come due cospiratrici, si incamminarono seguendo la luce del forno a legna nella casa ancora avvolta dall'oscurità; si vedevano solo i due lumi che si muovevano tra le loro mani, come lucciole gioiose che danzano nel bosco.

«Sai, Elisabeth» le confessò Mimì con un filo di voce, «ci sono momenti in cui mi chiedo se questa casa non mi stia consumando.» Si fermò per un istante, esitando, poi aggiunse: «Non so se ti hanno detto che... ho perso tre bambini».

Elisabeth si fermò, appoggiando il lumino su una piccola mensola, lo sguardo fisso su Mimì. «Tre?» domandò con dolcezza.

Mimì annuì, mentre un groppo le serrava la gola. «L'ultimo... pochi giorni prima che tu arrivassi.» Scosse la testa, come a liberarsi da quel pensiero. «E sai... è come avere perso una parte di me, ogni volta.»

Elisabeth le prese la mano, stringendola delicatamente. «*My darling*, nessuno può sapere davvero cosa significhi, se non c'è passato, ma... sono qui per ascoltarti, se vuoi. Non sei sola.»

Mimì rimase in silenzio, abbassando lo sguardo verso le loro mani intrecciate. Una sensazione di sollievo, inaspettata e potente, la attraversò. «Andiamo adesso, altrimenti faremo tardi. La panificazione è un rito sacro in Sardegna» le sussurrò, riprendendo a camminare verso la cucina, «non lo puoi perdere.»

«Perché continuiamo a parlare sottovoce, *darling*?»

«Shh» le rispose Mimì ridacchiando e mettendosi un dito sulla bocca, «guarda, stanno prendendo *su framentu*, il lievito madre, il principio di tutto.»

Maddalena maneggiava con destrezza la pala, i capelli nascosti da una cuffia bianca e un grembiule stretto, che la rendeva simile a una forma di ricotta dentro una fustella. Dritta davanti al tavolo, *sa bruja* sollevava con cura il telo di lino che copriva un impasto molliccio e bianco, un composto vivo fatto di acqua, farina e sale. Mimì osservava affascinata. Quel piccolo miracolo di lievito madre, capace di autogenerarsi e rigenerare, era il cuore di tutta la preparazione.

Dietro di loro il forno del pane, simile a una bocca famelica, masticava continuamente nuova legna.

Dovevano essere in piedi dalle tre del mattino, rifletté Elisabeth guardando il fuoco.

«Lo so che ci siete, donna Mimì» disse Maddalena senza voltarsi, il tono bonario, e le guance paffute arrossate dal calore, «mettetevi i grembiuli, così non vi sporcate. Anche voi, donna Elisabeth.»

Maria Tanda, in piedi accanto alla grande *mesa*, impastava con movimenti precisi, il ritmo scandito dal respiro delle sue braccia che andavano avanti e indietro. Mimì ed Elisabeth si avvicinarono e, quasi in soggezione, iniziarono a imitarla. Le mani affondavano nella pasta, il busto seguiva il movimento con delicate oscillazioni. Acqua, semola, lievito madre: girare, mischiare, plasmare.

Elisabeth, immersa nel lavoro, sembrava una di loro. Il silenzio quasi sacro che avvolgeva le donne era interrotto solo dallo scoppiettio del fuoco. Quando l'impasto fu pronto, lo lasciarono riposare, per farlo lievitare al caldo, coperto da teli bianchi.

«A casa di mio padre» le raccontò Mimì, asciugandosi le mani con un panno, «venivamo divise in gruppi, ciascuno guidato da un'esperta; c'era chi preparava il pane con la mollica e chi quello a sfoglia. Il *moddizzosu*, il *chibarzu* o la spianata, il *carasau*, il *pistocu*.»

Elisabeth la guardò curiosa. «E noi cosa facciamo oggi?»

«Noi facciamo il *chibarzu*, quello grosso come un bambino che viene tagliato a fette.»

Mimì, gli occhi vivaci e il sorriso aperto, evocava i ricordi della sua infanzia con un'energia contagiosa. La vera scoperta di quel viaggio, pensò Elisabeth, era proprio lei. E quello che tra loro, in un silenzio complice, stava nascendo.

Conversavano, assaporando la ricotta con il miele, mentre le forme sulla tavola riposavano. Il profumo del caffè e del latte caldo si propagava per la cucina, e il crepitio delle frasche trasmetteva il familiare conforto del fuoco.

Ultimata la lievitazione, le donne iniziarono a infornare le pagnotte, lasciandone una da parte: era il nuovo *framentu*, una parte del quale veniva conservata per la successiva panificazione e un'altra regalata.

Maria Tanda prese *sa corbula*, la grande cesta, e la riempì con alcune pagnotte cotte e un po' di lievito madre, destinati alla gente del paese.

«Il pane va condiviso» spiegò Mimì a Elisabeth con tono serio.

«Perché?»

«È la tradizione: *su framentu* va condiviso con chi ne ha bisogno» rispose Mimì, abbassando la voce.

Sa bruja aveva mantenuto il capo chino e gli occhi socchiusi per tutto il tempo; solo allora sollevò il suo mento rugoso per fissare Mimì. Ma lei, concentrata su Elisabeth, non si accorse di niente.

Intanto, la pala in ferro entrava e usciva dalla bocca del forno, portando in salvo le forme croccanti e profumate. L'odore del pane era una lingua universale, un messaggio avvolgente e consolante, e Mimì ne godeva con tutta se stessa.

Così, mentre le ultime forme cuocevano e la luce del sole, ormai alto, aveva fatto capolino dalle finestre e filtrava dalle porte, Maddalena si affaccendava intorno alla tavola per preparare le pietanze della giornata. Quel pomeriggio stesso don Augusto sarebbe partito per una nuova battuta di caccia, e lei doveva preparare il pranzo per tutta la gente che avrebbe partecipato. La servetta che stava istruendo l'aveva aiutata a tagliare l'agnello in due, per metterlo nel grande forno: l'odore della carne, dolce e speziato, si sarebbe sovrapposto a quello delicato del pane, diffondendosi per tutta la casa.

Maria Tanda, all'improvviso, come se si fosse ricordata di qualcosa, prese due foglie di alloro e le gettò nelle fiamme.

Mimì diede un'occhiata d'intesa a Elisabeth, indicando con il mento il rituale silenzioso che si stava svolgendo davanti ai loro occhi. Le foglie di alloro bruciarono senza far rumore e *sa bruja* si allontanò cupa dal fuoco.

«Ma è dafnomanzia» bisbigliò la viaggiatrice inglese, sorprendendo la sua ospite.

«Sì, si usa anche da noi per interpretare il destino» spiegò. «Se l'alloro brucia con un crepitio, è un buon presagio. Se invece resta silenzioso...» Si interruppe, lasciando la frase in sospeso.

Niente accade per caso, pensò Maria Tanda osservandole lasciare la stanza, e le braci le avevano parlato chiaro: nulla di buono era in arrivo. Il primo novembre si avvicinava e quell'anno, ne era sicura, la cena delle anime sarebbe stata memorabile.

Scuotendo la testa, si avvolse nello scialle di lana e uscì con *sa corbula* in testa per andare a regalare il pane a chi ne aveva bisogno.

15

Maddalena sbuffava. Con il forno acceso dalla mattina, la cucina era diventata una fornace. L'aria era carica di odori: il pane appena sfornato, l'arrosto che cuoceva a fuoco lento e, sopra ogni cosa, il pungente profumo del formaggio rivoltato, *su casu furriau*, come lo chiamava la cugina di Bono che le aveva insegnato la ricetta. L'aveva lasciato per giorni a inacidire e ora, tagliato a tocchetti e immerso nel latte, si stava sciogliendo a fuoco lento. Era uno dei piatti preferiti di don Augusto, e Maddalena sperava che bastasse a calmarlo.

Quella mattina, infatti, si era svegliato di pessimo umore. La chiave della stanza di sopra, quella che teneva sempre legata alla cintura come un tesoro, era scomparsa. Aveva frugato ogni angolo della casa, spalancato porte, rovesciato cassetti e accusato la servitù di negligenza o peggio. Sua moglie, le cameriere e persino la sorella lo avevano aiutato nella ricerca, ma la chiave sembrava svanita nel nulla, alimentando ulteriormente la sua agitazione.

L'avevano sentito mormorare parole minacciose: «Quando torno dalla caccia, voglio vederci chiaro. E chiunque sia il responsabile, pagherà».

Ma avevano ascoltato, quasi allibite, anche quelle di Mimì. «Forse, Augusto, invece di accusare tutti, potresti provare a ricordare dove l'hai lasciata tu» aveva detto, con una calma pungente che nascondeva il suo disappunto. Poi, senza aspettare risposta, aveva fatto cenno a una cameriera di seguirla, e si era diretta verso la sala da tè, dove Elisabeth l'attendeva.

Ada e Augusto erano rimasti senza parole, mentre la servitù tratteneva a stento un sorriso nascosto dietro mani frettolosamente impegnate. Qualcosa di inaspettato era accaduto, qualcosa che tutti – lo sapevano bene – avrebbe avuto delle conseguenze.

Maddalena scosse la testa mentre controllava la carne nel forno. Anche nella famiglia Dessì succedevano cose strane, pensò. E quella non era di certo la prima... Si ricordava bene dei mormorii della nonna e della vecchia zia, anche se all'epoca era solo una bambina e non le avevano mai detto niente di preciso. Ma il paese, si sa, non tace a lungo. Si narrava che la nonna di don Augusto fosse morta in circostanze strane. Un incidente, si diceva, ma nessuno ci aveva mai creduto davvero. Alcuni raccontavano di un litigio, altri parlavano di un mistero legato a un presunto pozzo, non si sapeva bene neanche dove. Era successo tanto tempo prima, ma quel segreto continuava ad aleggiare nell'aria.

Però in quel momento aveva ben altro a cui pensare. Si diede della sciocca per essersi attardata in quei ricordi e riprese a badare alle proprie mansioni. Al pranzo sarebbero stati presenti anche il padre di Mimì e un ospite di donna Ada, un importante prelato di Oristano. La sera prima aveva preparato *su succu*, la minuscola pastina fatta con farina e acqua; non restava che aggiungerlo al formaggio e servirlo caldo e fumante. Le tensioni in casa le pesavano, ma sapeva che un pasto abbondante era un'arma segreta per stemperare gli animi.

Maria Tanda entrò in cucina silenziosa, come un'ombra. Alzò il grembiule ed estrasse un mucchietto di erbe, che sparse con gesti precisi tra le pentole. Maddalena notò le bacche di ginepro, che come ben sapeva davano forza e purificavano gli animi, e le foglie di mirto, simbolo di fecondità. Ma a cosa serviva la fecondità a donna Mimì? Lei aveva bisogno di qualcosa che l'aiutasse a tenere il bambino, non di certo a concepirlo. Tuttavia, era *sa bruja* a decidere, e nessuno in quella casa osava mettere in discussione il suo sapere.

Soddisfatta, Maddalena si guardò intorno: tutto era pronto, e il pranzo poteva avere inizio.

16

Nella grande sala la tavola era stata preparata con cura. Tovaglie ricamate, piatti di porcellana, posate d'argento. Nonostante fosse giorno, erano stati accesi i due candelabri, e le candele azzurre, dono di Elisabeth, riprendevano i disegni delicati del servizio.

Mimì aveva curato ogni dettaglio, e nemmeno quello era passato inosservato. Contrariamente al passato, quando lasciava che fosse Ada a farlo, era stata lei a decidere i posti a tavola e persino l'ordine delle portate. La disposizione degli ospiti non era casuale: Elisabeth e monsignor Cabras accanto a lei, mentre Ada, per la prima volta, si trovava al centro della tavolata, lontana dagli invitati considerati di prestigio.

Augusto osservava la moglie con un misto di sorpresa e fastidio. Il suo sorriso forzato tradiva l'insofferenza per quell'improvviso cambiamento in Mimì.

Elisabeth, seduta a fianco a lei, sembrava divertirsi a osservare quel sottile gioco di potere. Non sfuggiva al suo sguardo l'irritazione che attraversava il viso di Augusto ogni volta che sua moglie parlava o prendeva un'iniziativa.

Intorno alla tavola, come api operose, si muovevano Maddalena e le cameriere. Le altre servette lavoravano in cucina e nel cortile, sotto lo sguardo cupo di Maria Tanda. Chi tagliava, chi lavava, chi condiva, e chi, di nascosto dagli occhi neri di *sa bruja*, spiluccava formaggio, salsiccia e pezzettini di agnello rimasti nella teglia. Antonietta e Paola giocavano nel giardino interno aspettando che gli ospiti finissero di mangiare e andassero a godere del piacevole sole autunnale del pomeriggio con caffè e dolcetti.

Ma c'era qualcosa nell'aria che faceva fremere gli animi più della scomparsa della chiave e più dell'atteggiamento inconsueto della padrona di casa, qualcosa che aveva allarmato persino gli abitanti di Padria. Emanuele Manca, il leggendario bandito, sarebbe arrivato in paese per scortare i nobili alla battuta di caccia, guidandoli attraverso i segreti della macchia.

Nessuno, né nobile né contadino, si sarebbe aspettato che un uomo come lui, circondato da un'aura di pericolo e mistero, si presentasse di persona. Augusto, nel suo modo pomposo e vanaglorioso, lo stava raccontando come un trionfo. «Sì, è proprio così, signori» diceva con baldanza nella sala da pranzo, mentre in cucina la servitù fremeva e sussurrava, «mi è stato comunicato che questa volta Manca stesso verrà a prenderci. Proprio lui, in carne e ossa.» La sua voce riempiva la stanza, ma dietro quell'aria altezzosa si intuiva a tratti una lieve esitazione, che sfuggiva al suo controllo.

«E come mai, don Augusto» chiese il padre di Mimì accarezzandosi il pizzetto bianco, «lui, che raramente lascia la macchia?»

Augusto si schiarì la voce. «Non saprei, don Tonino, forse ha capito l'importanza che rivesto in questa regione. Il mio

86

contributo economico, le mie terre... sono sicuro che voglia omaggiarmi con questa visita.»

Don Tonino lo fissò per un attimo, poi abbassò lo sguardo, lasciando che un sorriso ironico gli increspasse le labbra. Augusto continuò, ignaro del giudizio.

«Fratello mio» interloquì Ada, con tono studiato per attirare l'attenzione dei commensali, «è vero che quest'uomo è tanto temuto quanto rispettato?»

Augusto la fissò. «Di certo sa incutere timore, ma non direi che sia pericoloso. E con me... sa con chi ha a che fare.» Sorrise, ma il sorriso mancava di convinzione.

Tonino Oppes si limitò a scuotere la testa, abbassando di nuovo lo sguardo per nascondere i propri pensieri alla figlia.

Mimì, con un tono che voleva sembrare ingenuo, si rivolse al vescovo, riportando l'attenzione di tutti su altro. «Eccellenza, ma è vero che c'è anche un prete che viene visto spesso nel villaggio dei banditi?»

La domanda, posta con apparente leggerezza, spiazzò Ada, che lanciò uno sguardo fulmineo alla cognata.

Monsignor Cabras sollevò la testa dalla carne che stava tagliando. «Don Ausonio Piras non è nuovo a questo genere di frequentazioni» rispose assumendo un tono autoritario, «non vi nascondo che il suo modo di fare non è gradito alla Curia. Stiamo studiando il suo caso. È probabile che venga trasferito da qualche altra parte, presto.»

Ada serrò la mascella. Consapevole che il controllo della conversazione le stava sfuggendo di nuovo, si rivolse al prelato. «Eccellenza, sono certa che riuscirete a prendere la decisione più saggia» disse accompagnando le parole con un sorriso calibrato. Poi, alzando la voce per coinvolgere gli altri commensali, annunciò: «Sono lieta di comunicarvi che, grazie all'intercessione di monsignor Cabras, andrò a Pauli-latino per un breve ritiro spirituale».

«Paulilatino è il luogo dove si trova il pozzo sacro di Santa Cristina, *isn't it, dear Ada*?» chiese Elisabeth mostrando un interesse improvviso.

«Proprio così, mia cara. Accanto al pozzo e al villaggio nuragico, nel 1200 fu edificato un villaggio cristiano con una chiesa e i *muristenes*, rifugi per monaci e pellegrini. Un luogo di grande spiritualità.»

«Sono stato felice di intercedere per voi, donna Ada» la interruppe il prelato con il tono untuoso di chi si aspetta riconoscenza eterna, mentre si serviva con la mano grassoccia un altro pezzo di carne.

«Non andrete da sola, vero, donna Ada?» domandò Tonino schiarendosi la voce. «Sono tempi pericolosi per viaggiare, anche per una Dessì.»

«Oh, no, certo che no» si schernì lei con una vezzosità artificiosa, «il mio adorato fratello si è assicurato che abbia una scorta adeguata. Non è vero, Augusto?»

Augusto annuì distrattamente, il bicchiere di vino sospeso a mezz'aria, mentre i suoi occhi vagavano altrove.

«I villaggi lungo la strada non sono più così sicuri. Forse dovresti attendere il ritorno degli uomini dalla battuta di caccia» intervenne Mimì, con tono morbido ma deciso.

Ada le lanciò un'occhiata affilata. «La tua premura è commovente, cara Mimì. Ma io non amo rimandare le cose importanti.»

Elisabeth si inserì con un sorriso serafico. «Forse, però, vi farebbe piacere che Mimì vi accompagnasse. Dopotutto, una mano amica rende qualsiasi viaggio più sopportabile.»

Mimì mantenne lo sguardo fisso su Ada, accennando appena un sorriso, lasciando che la proposta restasse sospesa. Ada, per la prima volta, si trovò in difficoltà, senza una risposta pronta.

Elisabeth osservava la scena, attenta a cogliere le sfumature di ogni scambio. Il malcontento di Ada e la sua complicità con il prelato, la tensione sotto la facciata di sicurezza di Augusto, l'ironia sottile nelle parole di Tonino.

Mimì guardò Ada con distacco. *Non ha neanche risposto*, pensò, *di certo andrà con Maria Tanda*.

«Userete la carrozza?» chiese Elisabeth, lanciando uno sguardo discreto a Mimì.

«Sì, non ne avete bisogno nei prossimi giorni, vero?» rispose Ada, come se fosse ovvio.

«No, vi ringrazio. Non ho intenzione di spostarmi» replicò con cortesia Elisabeth.

Mimì rimase in silenzio, accarezzando distrattamente il bordo del bicchiere. «Dovresti assicurarti che i cavalli siano riposati» disse infine. «In modo che il viaggio non debba essere più lungo del previsto.»

«Non ti preoccupare, mia cara, tutto è stato organizzato.»

Ma Mimì pensava già ad altro: *Gli uomini partiranno subito dopo pranzo. Staranno via per un paio di giorni. Rimarremo sole... e ci restano i cavalli.*

Augusto, visibilmente infastidito, tamburellava con le dita sul tavolo. «Signori e signore, vogliamo andare? Sotto il roseto ci aspettano il caffè e i dolcetti.» E invitò tutti ad alzarsi, cercando di ristabilire le gerarchie.

Mentre i commensali si dirigevano verso il giardino interno, Tonino prese delicatamente il braccio della figlia. Padre e figlia si fermarono nel grande andito, nella luce soffusa che filtrava dal portone socchiuso.

«Figlia mia, come stai?»

Mimì abbassò lo sguardo. «Padre, sto cercando di riprendermi, non vi preoccupate per me.»

Tonino socchiuse gli occhi, poco convinto. «Vedo con piacere che la comparsa di quest'ospite inglese ti fa bene, o sbaglio?»

«Sì, è tanto cara, padre. Credo che stiamo diventando amiche.»

«Ne sono felice. Mi era parso che l'ultima volta che sono stato qui volessi parlarmi...»

«Non ricordo» lo interruppe, decisa a non lasciar trasparire nulla. «Va tutto bene, davvero.»

Tonino le accarezzò il viso con dolcezza, ma una malinconia sottile gli offuscava lo sguardo. «Sei sicura? Non voglio vederti soffrire.»

«Non soffro, padre» mentì. Non poteva rivelargli il peso che sentiva, l'ombra opprimente di quella casa e di quella famiglia.

Un brusio crescente, accompagnato dal ritmico scalpitio di zoccoli, interruppe quel momento. Dovevano essere arrivati i grassatori, pensò Mimì. Si voltò verso la strada, con un misto di curiosità e timore. Poi il portone si spalancò, e fu come se il tempo rallentasse.

Lui era lì. Immobile, il fucile appoggiato al braccio, gli occhi scuri che sembravano trafiggerla.

Un brivido la percorse. Incapace di distogliere lo sguardo, costretta quasi a un silenzio innaturale. Si sentì smarrita. Percepiva solo il suo cuore battere sempre più forte. Si portò una mano al petto, temendo che qualcuno potesse accorgersene.

D'un tratto udì il suo nome, come se la voce arrivasse da lontano. Non riuscì a muoversi.

«Mimì» la esortò Elisabeth materializzandosi al suo fianco, «vieni.» L'afferrò con delicatezza per il braccio.

Con passi incerti, Mimì si lasciò condurre nel giardino, mentre Tonino e Augusto si avvicinavano all'uomo che aveva fatto ingresso con tanta disinvoltura.

Prima di uscire scorse tata Antonietta che conversava con un altro uomo armato, quello che era venuto per la precedente battuta di caccia, e la giovane contadina dal costume variopinto che era andata via con loro.

«Ma chi sono?» chiese piano a Ada, che le raggiunse poco dopo.

«Mimì, davvero. Non ascolti mai? Lui è Emanuele Manca, il bandito più temuto di queste terre» rispose, indicando l'uomo fermo sulla soglia davanti al padre e al marito.

Mimì sentì le parole di Ada ma non riuscì a rispondere. Il suo sguardo continuava a cercare, oltre il portone, quegli occhi che l'avevano lasciata senza fiato.

«E gli altri?» chiese, la voce quasi un sussurro.

«Quello con cui Antonietta fa la smorfiosa è uno dei suoi, si chiama Antonio Murru. La bella ragazza è Assuntina Piras, una giovane che frequenta il loro villaggio. Il padre era un nostro mezzadro» spiegò Ada con il tono di chi sa tutto.

Mimì annuì distrattamente. I suoi pensieri erano altrove. Sentiva il cuore battere in modo nuovo, con una forza sconosciuta che la confondeva e la turbava profondamente. Si voltò verso Elisabeth, cercando conforto, e lei, con un sorriso complice, la prese per mano e la condusse sotto il pergolato di rose.

Maria Tanda, che non l'aveva persa d'occhio nemmeno per un istante, mormorava *paraulas* antiche e chiedeva aiuto alle anime degli antenati.

17

La notte era scesa, avvolgendo la casa e ogni stanza come un manto opprimente. Mimì, seduta sul bordo del letto, fissava la finestra senza vederla realmente. La candela sul comodino si era consumata, e l'unico suono era il respiro della casa, placido e profondo, come di un gigante addormentato.

Il sonno non arrivava. Ogni volta che chiudeva gli occhi, riaffiorava quell'immagine: il volto del bandito, lo sguardo scuro e fiero che per un istante aveva incrociato il suo. Era stato come un richiamo, una porta spalancata e richiusa subito dopo da un colpo di vento.

Quello sguardo l'aveva accesa, come accadeva alle eroine dei suoi romanzi. Aveva scosso ciò che era sempre stato sicuro, immutabile. Come era possibile?, si chiedeva sgomenta. Una parte di lei tentava di ricacciare indietro quel pensiero, ricucire il velo che si era appena strappato. Ma la breccia era aperta e, attraverso di essa, Mimì percepiva un'emozione inaspettata e proibita.

Le prime luci del mattino la trovarono esausta. Si guardò

intorno: il letto, lo specchio della toeletta, il marmo freddo del comò... tutto le appariva distante, quasi irreale. Il ritratto dei genitori di Augusto appeso alla parete sembrava fissarla con sguardo severo, giudicandola. Eppure, mentre giaceva sul letto, per la prima volta Mimì li ignorò.

Gli occhi del bandito abitavano i suoi pensieri, consapevoli del loro potere magnetico. Nell'istante in cui li aveva incrociati, qualcosa aveva incrinato la loro impenetrabilità. Un lampo di sorpresa, fugace ma evidente, che aveva lasciato intravedere un lato segreto di quell'uomo. Per un attimo le era sembrato di sbirciare dietro la maschera che lui portava, un frammento di verità subito nascosto.

Il suo stato di agitazione venne bruscamente interrotto da un tocco leggero alla porta. «*Hello*, sei sveglia?» chiese Elisabeth dall'altra parte.

«Entra, entra» rispose Mimì, sollevandosi sul letto e cercando di ricomporsi.

Elisabeth fece capolino, osservando Mimì con uno sguardo attento. «Tua cognata sta per partire. Tra poco avremo la casa tutta per noi.» La stanchezza nel volto di Mimì non le era sfuggita.

Mimì ricambiò il sorriso trovando conforto nella presenza radiosa di Elisabeth. «Allora credo sia il caso di andare a darle il nostro saluto» disse alzandosi in piedi. «Elisabeth, ascolta...»

«*I understand, my darling*, mi vuoi parlare di ieri, ma non ora. Tra poco ne avremo l'opportunità. *Trust me*, troppe orecchie in giro.» Seguendo il suo istinto, Elisabeth si voltò di scatto e, con la coda dell'occhio, scorse la sottana di Maria Tanda svanire dietro lo stipite della porta. *Witch*, pensò, mettendo il dito davanti alla bocca e facendo tacere Mimì.

In breve tempo, pronte per salutare Ada che stava per partire, entrarono nella sala della colazione, apparecchiata come sempre con ogni bendidio.

Maddalena, santa Maddalena, pensò Mimì, mentre addentava il pane e si serviva una ciotola colma di *gioddu*.

«*It's delicious.*» Elisabeth mise in bocca un altro pezzo di *pompia*, l'agrume caramellato che la cuoca preparava in modo divino. «Mai assaggiato niente di simile.»

«Esiste solo in Sardegna, è un frutto antico e sacro.» La sua voce sembrava aver ritrovato la calma.

Mentre sorseggiavano tè e caffellatte, Ada entrò nella stanza, seguita da *sa bruja*. La cognata indossava un vestito nero di seta pesante, con una fila di piccoli bottoni rivestiti dello stesso tessuto, che si allineavano con precisione fino all'orlo. Il colletto, alto e rigido, sembrava pensato per proteggerla dalle correnti, mentre in testa sfoggiava un cappello imponente, ornato di merletti e ricami.

«Buongiorno» le salutò, mentre si buttava sulle spalle *su saccu*, la mantella in orbace che i pastori usavano per ripararsi dal freddo, ma che lei aveva fatto realizzare più lunga, orlata con una fettuccia di seta.

«Buongiorno, Ada. Stai per partire?» chiese Mimì.

«Non lo vedi?» rispose asciutta. «La carrozza è fuori.»

«Fate buon viaggio, *dear Ada*» disse Elisabeth con un sorriso distratto, servendosi un'altra tazza di tè.

«Grazie» rispose Ada. Poi, rivolta a una cameriera, chiese: «È stato caricato tutto?».

Nel carico vi erano sacchi di farina, bottiglie d'olio, vino, formaggi stagionati e qualche candela di cera per le funzioni religiose. *Sa bruja* la seguì silenziosa, mentre usciva, e poco più indietro i due uomini che Augusto le aveva assegnato come scorta.

«Ma è sempre così con te?» chiese Elisabeth non appena anche la cameriera si fu allontanata.

«Sai, è strano. Ho sempre avuto l'impressione di non piacerle, ma la notte in cui ho avuto l'ultimo aborto e stavo così male, mi è stata accanto con una dedizione che non mi aspettavo. Era lì, silenziosa, discreta.»

«È una donna che porta con sé un peso, ne sono certa» affermò Elisabeth senza esitazioni.

«Tu dici?» le chiese Mimì alzando lo sguardo dubbioso.

«Osservala bene. C'è qualcosa nel modo in cui si comporta, anche nei confronti del fratello: lo blandisce, ma in fondo lo tiene lontano.»

«E perché, secondo te?»

«Chi tiene tutti lontani lo fa perché porta dentro una ferita, un segreto. È come un animale che si protegge.»

«Vuoi dire che la sua freddezza nasconde qualcosa?»

«Esatto. Non sai nulla della sua infanzia o della sua giovinezza?»

«No, Augusto non mi ha mai raccontato niente, e le cameriere e la cuoca sono qui da una decina di anni. L'unica che potrebbe sapere qualcosa è *tzia* Maria.»

«*Anyway*, problemi suoi» disse Elisabeth scrollando le spalle, «quello che so è che da oggi e per qualche giorno avremo la casa tutta per noi, senza spie, e soprattutto... la chiave ci aspetta.»

«Cosa proponi, allora?»

«Io direi di fare una passeggiata per il paese, con Paola e Antonietta, così nessuno sospetterà niente. Nel pomeriggio studiamo alcune carte di mio padre, e poi, stasera, quando la casa sarà silenziosa e deserta...»

«Stasera?» ripeté Mimì abbassando la voce, divertita.

«Stasera, *darling*, entriamo nell'antro di tuo marito, no?»

E con aria scanzonata si allontanarono dalla tavola per dare seguito a tutti i loro piani.

18

Quando il sole scese all'orizzonte e il pasto serale fu consumato, Mimì ed Elisabeth, dopo una breve visita alla piccola Paola per augurarle la buonanotte, si prepararono per salire al piano superiore.

I passi risuonavano leggeri per le scale, mentre le pareti di pietra sembravano respirare con loro. Il fruscio delle lunghe vesti accompagnava il soffio del vento che ululava oltre le finestre chiuse, creando un'atmosfera lugubre.

Mimì avanzava accanto a Elisabeth, divisa tra il richiamo dell'avventura e il peso di un turbamento che non riusciva a scrollarsi di dosso. Lo sguardo di Emanuele Manca riaffiorava – troppo vivido, troppo intenso – intrecciandosi alle ombre che la circondavano. La casa le appariva come un'entità viva. E ora che stava per oltrepassare quella soglia proibita, era certa di udire rimproveri sommessi, mescolati al suono delle sue stesse paure.

Giunte davanti alla porta, si fermarono. Si scambiarono un'occhiata, consapevoli di stare per infrangere un tabù.

Mimì, con il cuore che batteva forte, allungò il braccio,

esitando per un istante, poi infilò la chiave nella toppa e la fece girare. Aspettò alcuni secondi, infine posò la mano sulla maniglia, terrorizzata. Trattenne il respiro mentre Elisabeth annuiva appena, incitandola a procedere.

Con un movimento lento ma deciso, Mimì l'abbassò e la porta si aprì con un gemito, un suono quasi umano che le fece sobbalzare. Dopo un attimo che sembrò eterno, si fecero coraggio ed entrarono nella stanza, i lumi nelle mani proiettavano ombre ondeggianti sulle pareti. Rimasero immobili, il fiato sospeso. A poco a poco il contenuto della stanza si rivelò, le sagome degli oggetti rese più spaventose dal buio.

Davanti a loro, custodita in grandi armadi di vetro, apparve una collezione straordinaria di reperti archeologici, una delle più imponenti che Elisabeth avesse mai visto. Un bronzetto nuragico raffigurante una figura femminile, avvolta in un mantello, catturò subito la loro attenzione: la figura alzava la mano destra in un gesto che sembrava un saluto, mentre con l'altra reggeva un'offerta votiva. Emanava una bellezza magnetica. Intorno, sculture, vasellame, pugnali e strumenti sconosciuti parevano raccontare un mondo antico, invitandole a decifrarne i segreti.

«Elisabeth, perché questi tesori sono chiusi qui?» riuscì a chiedere Mimì, dando voce ai suoi timori.

«Probabilmente per proteggerli» rispose Elisabeth, scuotendo la testa. «È un tesoro inestimabile.»

In fondo alla stanza, una grande libreria si stagliava contro la parete. Elisabeth si avvicinò, attratta dall'aspetto consumato dei volumi, rilegature spesse e cuoio scolorito: erano antichi, preziosi.

«Ancora libri... ma perché sono qui invece che nello studio?» chiese Mimì, sorpresa.

«Non ne ho idea» rispose Elisabeth, mentre faceva scorrere le dita lungo le coste dei libri posti su una mensola all'altezza degli occhi. Un volume più sporgente degli altri attirò la sua attenzione.

«Vediamo cos'è questo...» mormorò e, nel tentativo di prenderlo, si appoggiò senza volerlo allo schienale della libreria.

Un rumore improvviso, di un meccanismo simile a quello di un orologio a pendolo prima del rintocco, riempì la stanza. Le due donne si bloccarono. Poi, davanti ai loro occhi, un'intera sezione della libreria arretrò lentamente, rivelando un varco nascosto dietro i volumi.

«*My God*» bisbigliò Elisabeth, «una camera segreta!» Impavida, avanzò con il lume a petrolio ben saldo nel braccio. «Entriamo!»

Di fronte a loro si apriva uno spazio angusto, rettangolare, appena sufficiente a contenere uno scrittoio e qualche scaffale. In fondo, tre spade fissate su una base di pietra, silenziose e imponenti.

«Che cosa sono?» chiese Mimì a bocca aperta.

«È un'insegna votiva» rispose Elisabeth eccitata, «un *ex voto*. Come quelle che si trovano accanto alle fonti sacre.»

«E tu come fai a saperlo?» chiese Mimì, visibilmente sorpresa.

«Negli appunti di mio padre c'era un riferimento preciso, persino un bozzetto. Queste spade sono state trovate nel pozzo sacro della tua famiglia.»

Si avvicinarono con cautela per esaminare meglio. Le due armi laterali rivolte verso l'alto sembravano puntare a un cielo invisibile, mentre la spada centrale, più lunga e imponente, era sormontata da una lastra quadrata. Mimì sfiorò con la mano le due teste di cervo poste ai lati, poi il pugnale collocato in alto e i pendenti nel lato inferiore.

Un'energia inspiegabile sembrava pervadere la stanza, come se quel luogo custodisse ancora la forza delle mani che avevano creato quegli oggetti e il potere delle preghiere sussurrate secoli prima.

«E questo?» chiese Mimì, indicando uno strano strumento: due bastoni di legno che formavano una croce; il più corto aveva un foro di sezione al centro e poteva scorrere su quello più lungo.

«*My darling*, questo è un *radius astronomicus*» rispose Elisabeth con un lampo negli occhi. «Si usava per osservare la luna, e per misurare le distanze stellari» spiegò, con lo sguardo stregato.

«Perché questi oggetti sono nascosti qui?» domandò Mimì, con voce incerta.

«Non ne sono certa, ma forse hanno a che fare con il pozzo sacro della tua famiglia» rispose Elisabeth, lo sguardo fisso su di lei. «Dovremmo andare a vedere di persona.»

«A vedere che cosa?» Mimì sembrava scettica.

«A capire la connessione tra il pozzo, le spade... e questo strumento. C'è un legame, lo sento.»

«E come ci arriviamo?»

«Mio padre ha lasciato una sorta di mappa. Seguendo quella, potremmo riuscire a raggiungerlo.»

«Ma... e se dovessimo perderci? O se qualcuno ci scoprisse?»

«*Darling, trust me.* Domani mattina prendiamo i cavalli.»

Con gesti rapidi e precisi rimisero ogni cosa al proprio posto, eliminando ogni traccia del loro passaggio. L'anta della libreria si chiuse senza difficoltà, celando ancora una volta la nicchia segreta. Mentre si allontanavano, si bloccarono entrambe, come se un richiamo invisibile le avesse fermate. Si voltarono, e il loro sguardo cadde sul bronzetto. La figura della donna con il mantello e la mano alzata sembrava osservarle.

Silenziosa, immobile, eppure incredibilmente viva.

19

Avevano lasciato la casa al sorgere del sole. Mimì sembrava determinata, salda sulla sella di Bianca, la splendida cavalla dal mantello grigio che danzava leggera sull'erba umida. Accanto a lei, Elisabeth, elegante e risoluta, montava un possente sauro, l'ultimo acquisto delle scuderie di Augusto.

Avevano indossato abiti sobri e pratici, adatti alla lunga cavalcata attraverso la campagna selvaggia. Le gonne di velluto, lunghe e dritte, non lasciavano spazio a fronzoli o decorazioni superflue, mentre i corpetti stretti conferivano a entrambe un'aria regale e austera. Le maniche a sbuffo seguivano la moda dell'epoca, aggiungendo un tocco di eleganza al loro abbigliamento, mentre un cravattino da uomo, ben abbottonato, alto e rigido, proteggeva il collo dalle intemperie. I capelli, raccolti in piccoli copricapi in feltro, provenienti direttamente da Londra, rappresentavano l'ultima moda delle signore della buona società. I guanti in morbida pelle conferivano loro un aspetto raffinato anche in sella.

Durante la cavalcata lungo i viottoli polverosi, si erano scambiate sguardi complici e sorrisi pieni di felicità, come se la libertà potesse legarle ancora di più. Mimì, però, era assillata dal pensiero di Emanuele Manca. Quell'uomo, il suo sguardo, quell'istante, le tornavano in mente, inafferrabili e intensi, come un sogno che non riusciva a decifrare. Per un attimo pensò di confidarsi con la sua amica, di condividere quel tormento che l'agitava. Stava per parlare, quando Elisabeth fermò il cavallo vicino a un dosso, distratta dalla mappa che teneva in mano.

«Dovrebbe essere qui vicino...» disse, concentrata sul percorso, senza accorgersi dell'esitazione di Mimì.

Il mare si estendeva sotto di loro in tutta la sua grandiosità, fino a unirsi con il cielo all'orizzonte. In lontananza, un brigantino cavalcava le onde, circondato da uno stormo di gabbiani.

Elisabeth indicò un punto. «Il tempio si trova in quella direzione.»

Mimì scrutò la campagna. «Non vedo niente.»

«Ti ricordi che cosa ti ho detto a proposito dei pozzi sacri? Sono monumenti ipogei, costruiti sottoterra» aggiunse Elisabeth, stringendo le redini e lanciando il cavallo lungo la discesa.

Mimì la seguì, trascinata dal suo entusiasmo, fino a un cancello di ginepro.

«Ci siamo» dichiarò con un sorriso trionfante Elisabeth. Mimì scese per aprirlo, conducendo il cavallo al passo dietro di lei. La *tanca* era arida e spoglia, l'erba bruciata dal sole. Solo il ronzio degli insetti rompeva il silenzio. Lasciarono i cavalli sotto un ulivo ritorto dal vento e salirono a piedi sulla sommità di un altro dosso. Arrivate in cima si guardarono intorno, perplesse.

«Da dove iniziamo?» chiese Mimì, osservando il terreno che scivolava dolcemente verso le scogliere.

«Guarda lì» disse Elisabeth, indicando un grande masso bianco che spiccava tra gli arbusti. «È lì che dobbiamo andare.»

Facendosi largo tra gli arbusti, si avvicinarono al masso, parzialmente coperto dalla vegetazione.

All'improvviso, un grido.

«Mimì! Vieni, subito!» La voce di Elisabeth era eccitata, quasi incredula. «Guarda» esclamò con tono trionfante appena l'amica l'ebbe raggiunta. «Papà aveva ragione!»

Tra pietre calcaree e terra battuta, c'era una botola nascosta dai cespugli di corbezzolo.

«È l'entrata del pozzo? Ma come facciamo ad aprirla?»

«Non deve essere difficile, guarda i graffi e le impronte. Non siamo di certo le prime a venire qui. Su, aiutami!»

Elisabeth afferrò un ramo robusto e lo incastrò nella maniglia. Con uno sforzo comune, riuscirono a sollevare la botola. Un odore umido e antico le avvolse, mentre la rampa di scalini si svelava sotto di loro.

«*Let's go*» le disse eccitata.

Mimì la seguì con il cuore in gola. Scendendo, la luce diminuiva, finché non raggiunsero una stanza circolare con la volta alta e un foro in cima che lasciava filtrare un tenue raggio di luce. Ai loro piedi, una grande vasca d'acqua scura rifletteva deboli bagliori. Si fermarono, trattenendo il respiro, mentre i loro occhi si adattavano all'oscurità.

«È incredibile» sussurrò Mimì, «non ho mai visto nulla di simile.»

«Un tempio a pozzo perfettamente conservato» confermò Elisabeth, emozionata.

Mimì scrutava la vasca, inquieta. «Questo tempio appartiene alla famiglia di mio marito... Ma a cosa serve? E perché nessuno me ne ha mai parlato?»

«Non saprei» rispose Elisabeth, «ma mio padre sospettava che fosse più di un semplice sito archeologico.»

Mimì si girò verso di lei. «Non mi avevi detto che erano usati per giudizi divini, ordalie... persino sacrifici?»

Elisabeth annuì, abbassando la voce. «Esattamente, *my darling*.»

Mimì scosse la testa, incredula. Elisabeth la guardò in silenzio, il volto pensieroso, e si sedette su una lastra piatta che sembrava un altare, indicando all'amica il posto accanto a sé.

«Le spade nuragiche sono state trovate in prossimità dei pozzi, come offerte votive, per suggellare un'alleanza tra le diverse tribù.»

Mimì annuì, anche se il senso di quelle parole le sfuggiva.

«Quello che non capisco è chi possa continuare a frequentare questo posto. Dai segni sulla botola e dal buono stato del pozzo, è evidente che qualcuno lo utilizza ancora... Forse c'è un altro motivo» continuò Elisabeth, alzando il viso verso il soffitto. «Guarda quel foro da cui entra la luce. Credo di ricordare che mio padre pensava che questi luoghi fossero anche osservatori lunari.»

Mimì seguì il suo sguardo. «Vuoi dire che gli antichi usavano il pozzo per leggere le stelle?»

«Così supponeva. Questo potrebbe spiegare a cosa serve lo strumento che abbiamo trovato nella stanza segreta?»

«Il *radius astronomicus*? Intendi quello?»

«Sì. È uno strumento per misurare altezze e angoli celesti e determinare la posizione degli astri o tracciare mappe stellari» confermò Elisabeth. «Forse il segreto del pozzo è proprio questo: continuano a usarlo per lo stesso scopo. La vera domanda è: perché nasconderlo? Mio padre nei suoi appunti sembrava convinto che ci fosse qualcosa di più, qualcosa che non riusciva a decifrare.»

Mimì la guardò sospirando e scuotendo la testa. «Sai a che cosa mi fa pensare questo posto? Alla storia di santa Cristina.»

«Quella del pozzo sacro dove sono andate Ada e Maria Tanda?» chiese Elisabeth, attenta.

Mimì annuì. «Era una fanciulla promessa in sposa a un signorotto che si rifiutò di obbedire al padre. Per punizione, fu rinchiusa proprio nel pozzo sacro, dove trovò la morte.»

Elisabeth rabbrividì. *Che storia inquietante*, pensò. E pensò anche che invece, a lei, quella storia ricordava Mimì. Pure lei, in fondo, era stata spinta dal padre a sposare un nobilotto e ora era ingabbiata in una vita che non voleva.

Mimì sorrise. «È solo una leggenda, ma forse questo luogo nasconde più segreti di quanto immaginiamo.»

Elisabeth la guardò, un sorriso complice sul volto. «A proposito di segreti, Mimì, non abbiamo ancora parlato dell'uomo che è entrato in casa... di quel bandito.»

Mimì abbassò il viso.

«Non devi dirmi nulla se non vuoi» continuò Elisabeth, stringendole leggermente la mano, «ma quando vorrai... sappi che potrai contare su di me.»

«Oh, Elisabeth, non sai quanto io tenga alla nostra amicizia.»

«Anche io, *darling*. E non vedo l'ora di raccontarti tutto ciò che mi ha insegnato mio padre. Potremmo anche esplorare insieme altre rovine nuragiche e completare il suo lavoro.»

Mimì annuì, poi si staccò con un sospiro. «Ora, però, è meglio rientrare. Non vorrei che qualcuno facesse ritorno a casa prima di noi.»

Mentre montavano a cavallo lasciando la *tanca* assolata, il vento aveva iniziato a soffiare sempre più forte e le cime dell'antica macchia si abbassavano al loro passaggio.

Solo *s'astore* le seguiva planando sulle correnti.

PADRIA, OTTOBRE 2022

20

Nella quiete immobile della casa, Iride ascoltava il racconto di Tata. Una storia tenuta segreta, custodita per secoli, così lontana nel tempo, eppure capace di interrogare una parte di sé che credeva persa.

L'archeologia era stata la sua passione, ciò che le aveva illuminato gli occhi anche nei momenti più difficili. Qualcosa a cui non avrebbe mai dovuto rinunciare. Ora ne comprendeva il motivo. I racconti di suo padre sui misteri della civiltà nuragica e le leggende sussurrate davanti al fuoco avevano indirizzato ogni sua scelta. L'amore per la storia e la cultura della Sardegna era radicato nella sua famiglia, intrecciato con le sue origini più remote.

La storia di Mimì ed Elisabeth, il pozzo sacro, tutto sembrava dirle che la sua era una passione che aveva radici antiche...

E mentre guardava la foto ingiallita della bisnonna Paola, con il *radius astronomicus* ben visibile, una domanda non le dava tregua: perché aveva rinunciato alla sua carriera, agli studi, a quello che amava?

Tata la osservò: le spalle leggermente curvate, lo sguardo perso in chissà quale mondo, e la mano che giocava nervosa con la solita ciocca di capelli.

«Devi riposarti, ora, *fizighè*, sei stanca, e domani hai l'appuntamento dal notaio» le disse sorridendole.

«Ma il resto della storia?» chiese lei con un tono che ricordava quello di una bambina.

«Domani, con calma, il tempo non manca.»

Iride la osservò mentre si alzava dalla poltrona del padre. «Ma Tata» la trattenne, guardandosi intorno, «questa storia non torna. Al piano di sopra non ci sono due camere, e non c'è traccia di alcuna stanza segreta vicino allo studio di papà.»

Tata si fermò, increspando la fronte. «È vero...» mormorò, mentre il vecchio dubbio riemergeva a tormentarla. «Tuo padre non me ne ha mai parlato.»

Iride incrociò le braccia. «E se fosse solo una leggenda?»

Tata scosse il capo, poi sospirò.

Iride si alzò e si avvicinò alla libreria. «Qui non può esserci nulla» disse, osservando le pareti. «La disposizione della casa è stata cambiata dalla mia bisnonna, come raccontava papà. Le due camere del piano superiore, lo studio e quella chiusa a chiave, sono state unite per ampliare la biblioteca. Forse la nicchia segreta è stata inglobata proprio durante quei lavori...»

Tata rimase in silenzio, come se qualcosa le sfuggisse. «Sì... potrebbe essere così» mormorò, ma un'ombra di dubbio le attraversò il volto.

«Forse quando donarono la collezione al Museo Sanna» aggiunse Iride, senza troppa convinzione.

Tata aggrottò la fronte, come se quell'ipotesi non la persuadesse.

«Ma di una cosa sono certa» continuò Iride, «le spade al Museo Sanna sono due, non tre. Il direttore del museo e gli archeologi, al tempo, dicevano che fossero tre: una centrale sormontata da un'insegna quadrangolare e due laterali. Ma la terza non è mai stata trovata.»

«Probabilmente sarà stata rubata» mormorò Tata, spingendola verso le scale e chiudendo i battenti.

«E il *radius astronomicus*?» insistette Iride mentre scendeva. «Non faceva parte della collezione, giusto?»

Tata scosse la testa, il suo sguardo non lasciava trasparire alcuna certezza.

Quando entrò nella sua camera, sovrappensiero, un'ombra tra l'armadio e il letto la fece sobbalzare. *Devo avere le allucinazioni*, pensò, *meglio che vada a dormire, Tata ha ragione, troppe emozioni.* Mentre i suoni della notte giungevano ovattati, protetti dai pesanti portelloni, gli occhi di Piero Alivesi le apparvero ancora, prima di scivolare in un sonno profondo.

La mattina seguente, Iride si alzò presto per andare dal notaio. Aveva telefonato alla direttrice del Museo Sanna, che conosceva, e aveva fissato un incontro con lei. Era decisa a rivedere la collezione di famiglia.

Tata sistemò per bene la cucina, mettendo una *corbula* di melagrane al centro del tavolo. Quei frutti, con i loro chicchi rossi e succosi, avevano sempre avuto un legame profondo con i riti dei morti: ogni seme rappresentava un'offerta di vita, di nutrimento e di abbondanza. Nella dispensa, custodiva anche cortecce, fiori e scorze, che usava contro la tenia dei bambini. Era il suo modo di prendersi cura della comunità, e i compaesani, riconoscenti, le regalavano sempre i frutti migliori. A cena avrebbe usato i chicchi nell'insalata, per aggiungere un sapore dolce e acidulo alle erbe di campo.

Si fermò un istante, lo sguardo perso tra i frutti vermigli. Pensò alla parte della storia che doveva ancora raccontare, alle reazioni di Iride. Forse rompere la promessa che aveva mantenuto per anni era stata la scelta giusta, dopotutto.

Poi riprese a dedicarsi alle attività in vista di *sa die de sos mortos* e della cena delle anime. Mancavano alcuni ingredienti per i *papassini*, le fave e quanto necessario per *su pan'e saba*. Uscì a fare acquisti e tornò a casa con una cesta di noci e fichi secchi.

La giornata trascorse tranquilla almeno fino alle cinque del pomeriggio, quando un ospite inatteso bussò alla porta. Il suono del battacchio riecheggiò nel vestibolo, propagandosi attraverso le stanze vuote, e come un'onda d'urto la raggiunse in giardino.

«Piero» esclamò sorpresa, aprendo il pesante portone in noce, «come stai?»

«Volevo passare a salutarti, *tzia* Manuella, è tanto tempo che non ti vedo» rispose lui sorridendole.

«Entra, entra, vieni pure, stavo sistemando le piante.»

Piero la seguì mentre passeggiava tra salvia, rosmarino e timo, muovendo la terra con la zappetta e tagliando i rami secchi con le mani. Scambiarono qualche parola sulla madre, sulla salute di uno zio lontano, e sul lavoro che faceva a Nuoro. Piero non fece cenno a Iride, ma *tzia* Manuella sospettava che quella visita non fosse casuale.

Mentre il giorno si ritirava lentamente, lasciando spazio alla sera, Iride comparve trafelata, interrompendo la quiete del giardino. «Tata, non puoi capire cosa è successo!» esclamò correndo verso di lei.

Ma si fermò all'istante, con il cuore che accelerava di colpo. Lui era lì, accanto al grande cespuglio di timo. Ancora una volta, si rivide bambina, in quel giardino insieme a Piero. E di nuovo sentì riaffiorare quel sentimento indefinibile che provava verso di lui, quell'ammirazione e quell'attrazione mai del tutto ammesse.

Piero si voltò.

«Ciao, Iride» la salutò, completamente a suo agio.

«Ciao, scusa, non sapevo fossi qui» balbettò lei.

«Sono passato a salutare *tzia* Manuella» disse con la sua voce sommessa, capace comunque di catturare l'attenzione.

Iride non riusciva a distogliere lo sguardo. La giacca di velluto, fatta su misura da un *mastru de pannu* del nuorese, portava con sé un pezzo di storia e tradizione. Ogni particolare, dalla stoffa al taglio, parlava di un'identità precisa e consapevole. Piero Alivesi sapeva esattamente chi fosse, e questo la colpiva, ancora una volta. Perché per lei, invece, non era così.

Cosa ci fa qui?, si chiese Iride, attraversando il giardino, senza mai staccare gli occhi dai suoi. E in quel momento, ebbe la netta impressione che lui avesse intuito che cosa le passava per la mente.

«Non sai quanto piacere provo a ritornare in questa casa» le disse Piero, andandole incontro con passo deciso, «ma forse preferite rimanere sole?»

«Che dici!» si intromise subito Tata. «Vieni, andiamo in cucina. Sembra che Iride ci debba dire qualcosa», e senza aspettare risposta, si allontanò con passo deciso.

A Iride non restò che seguirla.

«È incredibile quello che ho scoperto dal notaio» raccontò mentre si riscaldava davanti al camino. «Papà mi ha lasciato un terreno sul mare, lungo la litoranea che da Alghero porta a Bosa.»

«Intendi la vigna?» Le mani di Tata si fermarono mentre cucinava, il cucchiaio di legno sospeso a mezz'aria come una bacchetta magica e la bocca socchiusa.

«Sì, mi ero proprio dimenticata di quella *tanca*. Pensa che bello, potrei ristrutturare il vigneto, e magari produrre e vendere il vino» rispose con gli occhi sognanti.

«Ma che bella idea!» esclamò Piero. «Sai, molti vigneti della zona sono stati recuperati e adesso producono un ottimo vino.»

«Ho in mente di andarci domani» continuò Iride, convinta.

«Se vuoi ti accompagno.»

«Be', grazie, non so, non vorrei rubarti del tempo.»

«Ho un fuoristrada, sicuramente è più comodo per raggiungere il terreno» aggiunse per convincerla.

«È un terreno impervio, è meglio che ci sia qualcuno con te» intervenne Tata.

«Io... non so cosa dire, grazie, allora, va bene» rispose, abbassando il viso.

«Piero, fermati a cena, così potete discutere dei dettagli» propose *tzia* Manuella, e senza aspettare tirò fuori i piatti dalla credenza.

Iride, lieta di quel momento di serenità, l'aiutò a preparare la grande *mesa*, mentre Piero apriva il vino e riempiva i bicchieri. Il profumo del timo che Tata aveva messo nella zuppa di patate e porcini si diffuse nell'aria. Iride chiuse gli occhi, inspirando a fondo. Erano gli odori del suo passato felice in quella casa. Quando suo padre era ancora lì, e la sua voce riempiva le stanze.

21

Mentre il fuoristrada si muoveva con sicurezza tra le colline, percorrendo la stretta provinciale che da Padria portava a Villanova Monteleone, Iride raccontò a Piero l'incredibile storia della sua trisnonna, Mimì, e della collezione donata al Museo Sanna.

«Tata ti ha detto perché questa storia è stata tenuta segreta?»

«No! Solo che mio padre voleva così» rispose con un sospiro, fissando il passaggio che scorreva fuori dal finestrino. «Ma non ha ancora finito di raccontarmi tutto. La conosci, ha i suoi tempi.»

Piero annuì, rimase in silenzio qualche minuto, e poi domandò: «E nella collezione Dessì mancherebbero due pezzi, giusto? La terza spada dell'insegna nuragica e quello strumento astronomico?».

«Esatto. Chissà dove sono finiti.» Il suo sguardo era acceso, come ogni volta che si parlava di archeologia sarda. «E pensare che la spada è stata oggetto di dibattito negli ambienti accademici. Mio padre doveva sapere qualcosa... eppure non mi ha mai raccontato nulla né della spada né della storia di Mimì.»

«Pensi che lui sapesse dove erano finiti?»

Iride abbassò il capo, quasi a nascondere il fastidio. Se davvero suo padre lo sapeva, perché non gliene aveva mai parlato?

Superata Villanova Monteleone, abbassarono i finestrini, lasciando che la brezza salmastra invadesse l'abitacolo. Il profumo deciso del mare e della macchia mediterranea si confuse con quello dei rilievi montani che cedevano il passo a paesaggi marini e pascoli aspri.

Iride ricordava ancora le passeggiate con suo padre alla ricerca di luoghi isolati, ideali per esercitarsi con l'arco, ma era certa che non si fossero mai spinti fino al mare. Preferivano le lunghe camminate nelle campagne scarsamente popolate, dove ogni passo poteva diventare una scoperta. Tra le piante rare che spuntavano tra le rocce, i resti di antichi fondali marini e le imponenti formazioni vulcaniche, potevano aprirsi scenari inaspettati e paesaggi fluviali dalla sorprendente bellezza. Di tanto in tanto, in quel loro vagabondare, si fermavano di fronte alle *domus de janas*, le case delle fate. Allora si sedevano e il padre le raccontava le leggende millenarie dell'isola, tramandate dagli anziani davanti al fuoco. Al ricordo di quei momenti, non riuscì a trattenere le lacrime. Con discrezione si affrettò ad asciugarle.

«Capisci perché non sono riuscito a lasciare l'isola?» le confessò Piero, gli occhi rivolti verso l'orizzonte mozzafiato. «Non posso separarmi da questo paradiso.»

Iride lo osservò con attenzione. Anche lei amava la sua terra, ma il ricordo delle sue aspettative, di ciò che sognava e che non era stata capace di realizzare l'aveva tenuta lontano. Era un peso che non riusciva a scrollarsi di dosso.

«L'ho capito quando sono rientrato dagli Stati Uniti» continuò Piero, «mi è bastato respirare l'aria di queste colline per sentire che le mie radici erano qui, più forti di quanto immaginassi. Dopo aver esplorato il mondo, mi sono reso conto che l'unico posto in cui avrei voluto vivere era la Sardegna.»

«Cosa facevi negli Stati Uniti?» Mentre glielo chiedeva si accorse di quanto desiderasse conoscere di più sul suo passato.

«Mi sono specializzato in ipnosi regressiva e psicogenealogia» rispose lui, notando l'interesse nei suoi occhi. «Sai di cosa si tratta?»

«Più o meno» rispose Iride alzando appena le spalle, «so che sono metodi per comprendere le radici profonde di un male.»

«Esatto. Per affrontare ciò che il passato, nostro e delle famiglie a cui apparteniamo, può lasciare dietro di sé» aggiunse lui. «Non è semplice, perché scavare nella memoria implica confrontarsi con verità che spesso si preferirebbe ignorare.»

«E com'è stato tornare in Italia? Hai continuato con il tuo lavoro?»

Lui esitò un attimo, poi proseguì: «All'inizio è stato complicato. Qui, quel genere di pratica non è accettato dalla comunità scientifica. Ma ero certo che fosse un percorso giusto, qualcosa che non potevo abbandonare». Si fermò, poi aggiunse con un mezzo sorriso: «Così ho continuato, e devo dire con un discreto successo, soprattutto quando le soluzioni tradizionali si dimostrano inefficaci».

Restarono alcuni minuti in silenzio.

«Devo dirti un'altra cosa.» Piero le rivolse uno sguardo quasi esitante, poi tornò a fissare la strada. «Non ti ho mai raccontato che è stato grazie a tuo padre che sono diventato uno psichiatra.»

Iride si voltò, sorpresa.

«Mi disse di ascoltare i miei silenzi» continuò lui, abbassando appena la voce, «quelle parole hanno segnato la mia vita. Ho scelto di fare lo psichiatra per ascoltare i miei silenzi e per aiutare gli altri a farlo.»

Iride sentì un'ondata di emozioni confuse. Istintivamente, cambiò discorso.

«Eccoci» lo interruppe, «da quello che mi ha detto il notaio dovrebbe essere là.»

Le raffiche di maestrale non accennavano a diminuire. Le più forti, superando le falesie, portavano al cielo minuscoli fiocchi d'acqua cristallizzata, che ai meno esperti potevano sembrare batuffoli di neve che salivano dal mare. Colline sinuose si aprivano come un guscio di conchiglia intorno all'acqua blu cobalto, mentre il terreno circostante a volte degradava lieve e a volte si interrompeva bruscamente sulle alte scogliere.

Si fermarono di fronte a un cancello fatto con i rami di ginepro. Iride scese dall'auto e li spostò con delicatezza, per far passare la macchina che parcheggiarono poco distante da lì. Poi, insieme, salirono verso la sommità di un colle per scrutare il terreno dall'alto. I filari delle viti erano orientati verso sud-ovest, mentre una parte di terreno incolto, orientato verso nord, a prima vista appariva fertile e umido, perfetto per realizzare una vigna.

Accanto a loro un grosso masso si ergeva maestoso, parzialmente nascosto dalla vegetazione selvatica circostante.

«Piero, guarda questo macigno. Tutto sembra combaciare con la storia di Mimì. Pensi che ci possa essere anche il pozzo sacro?»

Si aspettava di trovare solo un vigneto, ma ogni dettaglio, così perfettamente coincidente con le parole di Tata, rendeva l'esistenza di quel pozzo sempre più reale.

Il vento, come a voler sottolineare la solennità dell'attimo, si era fermato, concedendo una tregua alle fronde dei corbezzoli e dei lentischi. Solo il suono delle onde che si infrangevano sulla costa rompeva il silenzio, accompagnato dai gridi acuti dei gabbiani.

Un brivido la attraversò. Il pensiero degli uccelli risvegliò quella paura che ogni volta provava a sopraffarla. Ma la presenza di Piero, accanto a lei, le permise di non cedere al panico.

Con un gesto complice, lui indicò qualcosa vicino al masso, tra i rovi. Qualcosa che spiccava nel verde. Iride seguì il suo sguardo, incerta. Non era mai stata lì, ne era sicura, eppure quel luogo aveva un'aria familiare, come un ricordo sfocato che faticava ad affiorare.

«Resta qui» disse Piero con un sorriso, prima di dirigersi verso l'auto. «Vado a prendere un falcetto e una torcia.»

Al suo ritorno si addentrarono nella macchia. La lama di Piero tagliava la vegetazione con colpi secchi, finché un rumore metallico, simile a un rintocco, risuonò nell'aria. Si scambiarono un rapido sguardo, poi iniziarono a rimuovere i rami e le foglie con mani febbrili. Sotto la vegetazione emerse una lastra di ferro, corrosa dal tempo e semisepolta.

«Guarda, c'è una maniglia» disse Piero, indicando il bordo consumato. «Proviamo a tirarla.»

Con un grosso ramo trovato lì intorno, fecero leva sui margini arrugginiti. Con un cigolio inquietante, la lastra si sollevò, rivelando un'apertura. Davanti a loro si spalancò una voragine scura, impenetrabile, come la bocca di un abisso.

Iride guardò Piero. I suoi occhi brillavano di incredulità, timore e meraviglia. Era davvero possibile che stessero per riportare in vita la storia sussurrata da Tata?

22

Una rampa di scale scendeva verso la profondità della terra; la volta sopra di loro, simile a una scala ribaltata, sembrava sfidare immutata il passare del tempo. Ogni gradino recava segni evidenti di lungo abbandono: polvere spessa, detriti accumulati, e un odore stagnante che narrava un'assenza umana prolungata.

Iride, forte della sua esperienza negli scavi archeologici in ogni angolo del mondo, si mosse con cautela. Testò il primo gradino con il piede, prima di spostare il suo peso su quello successivo.

«Aspetta, Iride. Sei sicura che non sia pericoloso?» chiese Piero, con la torcia in mano, mentre sondava con attenzione l'oscurità intorno a loro. «Potrebbe crollare.»

Lei si fermò, alzando lo sguardo dalla scala. «Non credo» disse infine con sicurezza. «La struttura regge. Non vedo cenni di cedimento.»

Puntarono il fascio di luce verso la volta, illuminando una cupola macchiata qua e là da muschi ed erbacce. Piero, senza esitare, si fece avanti, passando la torcia a Iride e guidandola lungo il percorso. Lei lo seguiva, pronta a scandagliare ogni angolo. Continuarono a scendere illuminando ora la volta, ora la scala, fino ad arrivare in una stanza. Al centro, una grande vasca circolare, che occupava quasi l'intero spazio, brillava d'acqua scura e immobile.

«Siamo in un tempio a pozzo» sussurrò Iride, emozionata, «un'opera perfetta costruita mille anni prima di Cristo. È assolutamente incredibile.»

Osservavano la volta, l'acqua, incapaci di credere ai loro occhi. Quel luogo, rimasto chiuso per anni, pareva aver congelato il tempo.

«Guarda.» Iride indirizzò il fascio di luce dal soffitto circolare al pozzo. «È proprio come pensavo. Sembra il pozzo sacro della mia trisnonna. Il foro nella volta a *tholos* deve essere ostruito.»

Piero la fissava, ammirato.

«Il culto dell'acqua è stato uno dei più potenti nella storia dell'umanità» gli spiegò Iride. «In Sardegna, l'acqua era ritenuta terapeutica. Ci sono oltre una quarantina di templi a pozzo, per non parlare dei pozzi sacri che risalgono all'epoca nuragica.»

Piero si fermò, mentre Iride, ormai abituatasi all'oscurità, iniziava a esplorare l'ambiente con circospezione. Si avvicinò alla vasca, ma fu un riflesso, proveniente da una piccola crepa sul fondo della parete, a catturare la sua attenzione.

«Guarda!» esclamò di nuovo, chinandosi per avvicinarsi meglio, e insieme iniziarono a ispezionare il punto. Iride tracciò con le dita i contorni di una cavità nascosta dalla polvere e dalla pietra erosa.

«C'è una nicchia, qui dentro» disse, con il cuore che le batteva forte.

Piero si accovacciò accanto a lei. «Sei sicura?»

Lei indicò il bagliore metallico all'interno. «Vedi? La luce si riflette. Potrebbe esserci un oggetto rituale... dobbiamo aprirla.»

Piero non perse tempo. Andò a prendere il ramo che avevano adoperato per aprire la botola e cominciò a rimuovere con attenzione i frammenti di pietra di quel muro che sembrava celare qualcosa. Lavorarono senza sosta finché non apparve una nicchia orizzontale, lunga e stretta, simile a un letto scavato nella roccia. Dopo diversi minuti, la flebile luce della torcia illuminò una spada sottile, adagiata su una pietra liscia: la prima cosa che i loro occhi scorsero in quell'angusto spazio appena svelato.

Iride trattenne il respiro, avvicinò le mani all'arma e cominciò a liberarla con delicatezza. *Non dovrei farlo*, pensò, consapevole di violare ogni regola di conservazione archeologica. Ma l'emozione ebbe il sopravvento. Con un ultimo sforzo, estrasse il cimelio e lo sollevò.

«Mio Dio, Piero, questa è la terza spada che manca all'insegna nuragica! Deve essere proprio lei. Se è davvero quella, è una scoperta unica.»

Piero la fissava, cercando di mettere insieme i pezzi. «E vuoi dire che una delle spade trovate dalla tua trisnonna secondo il racconto di Tata è finita qui?»

Iride annuì, sul volto un misto di stupore e concentrazione. «Sembrerebbe proprio di sì. Ora dobbiamo solo capire perché.»

Con movimenti attenti, continuò a pulirla con la mano e con il lembo della giacca, avvicinandola alla luce della torcia per studiarla meglio. Ogni dettaglio pareva confermare ciò che sospettava: la piccola impugnatura, le delicate incisioni lungo la lama sottile e lunga. Ogni segno richiamava alla mente le ore trascorse a studiare le altre due spade nel museo. Quella che teneva tra le mani non era solo simile. Era identica.

Il cuore le martellava nel petto mentre la riponeva nella nicchia, cercando di sistemarla esattamente come l'aveva trovata. Ma, nel farlo, qualcos'altro attirò la sua attenzione.

«Aspetta...» mormorò, con un nodo in gola.

Piero si chinò accanto a lei passandole la torcia. Il fascio di luce penetrò nell'oscurità, illuminando per la prima volta l'interno completo della nicchia: uno scheletro rannicchiato giaceva nella polvere, come vegliato dalla spada. Il cranio era inclinato di lato, e intorno alle ossa logore si intravedevano frammenti di stoffa.

«Mio Dio...» sussurrò Piero, senza distogliere lo sguardo.

Qualcosa di simile a un gioiello brillava nell'ombra, accanto al cranio. Iride sentì un brivido, aveva freddo. Doveva lasciare quel posto.

La torcia le scivolò di mano, e il buio si rimpossessò dello spazio violato.

23

Risalirono in silenzio, richiudendo con cura la botola del pozzo sacro. Nessuno dei due osò parlare fino a quando non ebbero raggiunto l'auto. «Non so come avrei fatto senza di te» mormorò Iride, senza trovare il coraggio di incrociare lo sguardo di Piero.

Lui le sfiorò delicatamente la mano prima di accendere il motore. «Per me è stato un privilegio, davvero. Ma ora devi pensare bene a come muoverti. Una scoperta così non può restare solo tra noi due. Dovrai contattare la questura o i carabinieri... e anche il museo.»

Iride annuì, ma il suo pensiero era altrove. «Cosa pensi dello scheletro?» chiese, attorcigliando nervosamente una ciocca di capelli tra le dita.

«Credo sia lì da moltissimo tempo. Potrebbe essere di una donna, a giudicare dai frammenti di stoffa e dal gioiello vicino al cranio. Se era davvero un gioiello, quello che brillava.»

«Credo di sì» rispose Iride. «Mi è sembrato un ciondolo, ma ho distolto lo sguardo troppo in fretta.»

Guidarono attraverso le strade deserte fino a Padria. Il

vento faceva fremere le cime degli alberi, mentre un lontano abbaiare riecheggiava tra le valli.

Piero fermò l'auto davanti a casa di Iride. Nel piazzale antistante la chiesa, alcune donne con il fazzoletto nero stretto sotto il mento, per proteggersi dalle folate di vento, sostavano in piccoli gruppi.

«Abbiamo fatto tardi» disse lui, «devo andare a prendere mia madre all'uscita dalla messa», e indicò le donne con un cenno del capo. La salutò senza aggiungere altro, risalendo in auto e dirigendosi verso la chiesa.

Iride rimase ferma, seguendo con lo sguardo la macchina di Piero che si allontanava. Vide sua madre salire a bordo, prendere posto accanto a lui. Il vento si era placato, e le nuvole, scivolando rapide, avevano oscurato la luna. Persino i lecci della piazza, immobili e austeri, le incutevano soggezione, come guardiani severi della storia della sua famiglia.

Ancora scossa, aprì il portone ed entrò in casa, lasciandosi alle spalle le ombre della sera.

La madre di Piero, dal sagrato della chiesa, non li aveva persi d'occhio nemmeno per un istante.

Salita in auto, cominciò a rivolgersi al figlio con un tono severo, quasi fosse ancora un ragazzo. «Piero, ascoltami. Te l'ho detto tante volte: non devi frequentare quella casa.»

Donna Teresina lo aveva visto con Iride e le comari avevano scosso il capo in segno di disapprovazione. Per tutti i padriesi frequentare i Dessì era un tabù. Le donne, e anche gli uomini, evitavano accuratamente di avvicinarsi alla loro casa, come se sulla famiglia gravasse un'antica ombra. Nessuno spiegava apertamente il motivo, nessuno aveva mai pronunciato una condanna chiara, ma la diffidenza era radicata, trasmessa come una regola non scritta di generazione in generazione.

Per Donna Teresina, però, quel divieto sembrava ancora più invalicabile. E nessuno sapeva davvero perché. Fin da quando Piero era bambino, aveva cercato di ostacolare la sua amicizia con Iride. Ogni volta che il figlio andava a giocare con lei in quella casa, il suo fastidio era evidente, come se temesse qualcosa di indefinibile ma incombente.

«*Fizu meu*» proseguì imperterrita, «quella non è famiglia normale e timorata di Dio. E Iride... *coru meu*, non è donna da frequentare, credimi.»

«Mamma, per favore, non diciamo idiozie.» Piero quasi si pentì di essere rimasto in paese per stare un po' con lei.

«Ti ricordi, vero, della morte di donna Marina, la madre di Iride? Tutti dicevano che il marito c'entrasse in qualche modo...»

«Mamma, ti prego» cercò di arginarla con delicatezza.

«Devi starmi a sentire. C'è sempre stato qualcosa di strano in quella famiglia. Anche mia madre lo diceva.»

«Ascolta, mamma, non si può vivere di dicerie e di sentito dire» la rimproverò, mentre entravano in casa.

«*Oja*, Pie', dammi retta e ragiona. La madre è morta e non si sa come, la nonna era una persona stravagante e anche lei non aveva avuto una vita felice.»

«Ma cosa ne vuoi sapere tu della vita della nonna di Iride? Eri una bambina, al tempo.»

«Ti dico che non si parlava d'altro a casa. Mia nonna, pace all'anima sua» aggiunse segnandosi ripetutamente, «era donna di intelligenza e sensibilità rara. Mi raccomandava sempre di stare lontana da quella casa e da quella famiglia.»

«Ti rendi conto di quanto le dicerie abbiano danneggiato quelle persone? Le avete isolate solo perché non erano come voi.»

«Ecco, diverse. Lo erano di certo.»

«Erano solo persone colte, donne indipendenti, a cui piaceva viaggiare, conoscere il mondo. E voi...»

«*Oja*, Pie', non è questione di viaggiare. Sto cercando di farti capire che c'era sempre un'aura di mistero attorno a loro. Per non dire di più.»

Piero si arrese, infastidito dal fiume di parole che continuava a fluire dalla bocca della madre. Lui conosceva un'altra famiglia Dessì: il padre di Iride, sempre gentile e affettuoso con lui, e Tata, che lo osservava con occhi pieni di comprensione, anticipando ogni sua necessità senza bisogno di parole.

«... e *tzia* Manuella mica l'hanno scelta a caso. Nessuno del posto ci sarebbe andato. Lei veniva da lontano» proseguì imperterrita Teresina.

Lontano, pensò Piero alzando gli occhi, *la Gallura lontana...* A quel tempo, i piccoli paesi erano mondi a sé. Le difficoltà di trasporto e comunicazione rendevano ogni borgo una terra isolata, un microcosmo con regole proprie.

«*Tzia* Manuella è stata la loro salvezza.»

«Per favore, mamma, basta!» esclamò Piero, esasperato, e senza aspettare risposta, si chiuse nello studio, lasciandola ai suoi sproloqui. La madre aveva cercato di tenerlo distante da Iride e provava ancora a farlo, ma l'affetto che lo aveva legato a lei, bambino e poi adulto, era ancora lì, intatto. Ora che Iride era tornata nella sua vita, lo sentiva riaffiorare quasi con prepotenza. E non aveva alcuna intenzione di sottrarsi a quel richiamo.

Nella grande cucina, Iride aveva appena finito di raccontare tutto a Tata. *Tzia* Manuella aveva ascoltato senza parlare, continuando a lavare le verdure, a girare intorno al tavolo e ad apparecchiare per la sera. Solo dopo aver messo il pane ad abbrustolire sulla griglia del camino, si era voltata verso di lei invitandola ad andare a farsi un bel bagno.

«È proprio ciò di cui hai bisogno ora» disse, osservando con dolcezza il volto stanco della sua *fizighedda*. «Dopo cena saliamo nello studio di tuo padre» aggiunse. «Finirò di raccontarti la storia di Mimì. Quella che conosco io.»

Quando Iride ebbe lasciato la cucina, Tata si mosse con la consueta calma. Con gesti antichi e studiati prese dall'erbario una manciata di foglie di salvia speciale, quella raccolta nella notte di San Giovanni e lasciata a essiccare con cura.

Quanti eventi erano accaduti in quei giorni, pensò. Parlare con Iride era stata la cosa giusta. Ma forse non era bastato. Dentro di sé, lo sapeva. Fin da quando era piccola, Tata aveva capito di possedere un dono. Poteva ascoltare il sussurro delle piante, decifrarne i segnali, e sapere quali foglie, radici o fiori potessero guarire. Ma la sensazione che avvertiva ora era diversa, più profonda, come un'eco lontana che tornava a farsi sentire.

Sta accadendo qualcosa, si disse. *Qualcosa che non si verificava dai tempi della morte della mamma di Iride.* Si sedette, le mani strette in grembo, i pensieri a quel giorno terribile di tanti anni prima. Don Vincenzo che irrompeva nella casa, spalancando il portone con un calcio, tenendo la moglie esanime tra le braccia, il volto segnato dallo strazio. Iride, che allora non aveva ancora sei anni, dietro di lui, accompagnata dal fattore. Il dottore era arrivato in fretta, ma non c'era stato nulla da fare. La madre di Iride era morta qualche ora dopo.

Tata, tenendo stretta la piccola Iride, era rimasta al loro fianco durante l'agonia di donna Marina. Aveva cercato di alleviarne la sofferenza, ma invano. Aveva visto la luce spegnersi nei suoi occhi, mentre quelli di don Vincenzo si riempivano di una disperazione senza fine. Con la morte di donna Marina, l'equilibrio nella casa si era spezzato. Le anime avevano iniziato a popolarla, tormentando tutti loro.

Mancava poco a *sa die de sos mortos*, il giorno in cui il varco tra il mondo dei vivi e quello dei morti si sarebbe aperto. Ogni famiglia avrebbe preparato una tavola imbandita per la cena delle anime, con le tovaglie più belle, le *lantias*, e i dolci più buoni. Ma, questa volta, c'era qualcosa di diverso nell'aria.

Con movimenti misurati, Tata accese una candela. In posizione liturgica, diede inizio al rito divinatorio, scrutando le foglie di salvia illuminate dalla luce tremolante della fiamma. Il loro sussurro sembrava parlare direttamente al cuore.

Sas animas malas erano tornate. Cercavano qualcosa, chiedevano ciò che era stato loro negato. Stavolta, Tata lo sapeva, doveva aiutarle a trovare la pace. E sapeva anche che non poteva farlo da sola.

PADRIA, OTTOBRE 1899

24

I rari tratti di strada che dalla *tanca* sul mare portavano a Padria si inerpicavano solitari tra le alture. Sfuggendo allo sguardo, sembravano dissolversi nel vuoto. Accompagnate dal volo maestoso di *s'astore*, Mimì ed Elisabeth si scambiavano sguardi complici. La scoperta della stanza segreta e del tempio a pozzo aveva rafforzato il loro legame.

Lungo il sentiero incontrarono un unico cavaliere che galoppava sul ciglio, in bilico tra il bosco e la via sterrata. Ogni tanto spariva, inghiottito da svolte nascoste, per poi riapparire.

Mimì lo osservò, incapace di distogliere lo sguardo. Ogni suo movimento le richiamava alla mente Emanuele Manca. E allora gli occhi di quell'uomo tornavano a tormentarla. Si insinuavano nei suoi pensieri, occupandoli per poi svanire, proprio come il cavaliere davanti a lei.

La tentazione di confidarsi con Elisabeth era stata forte, ma il dubbio aveva finito per prevalere: rivelarle la più profonda e proibita intimità era un rischio. Temeva che non l'avrebbe compresa. O peggio, che l'avrebbe giudicata.

Dopo qualche ora, raggiunsero Padria. Percorsero la via principale, accompagnate dalle occhiate furtive delle donne. Gli uomini, appoggiati ai muri scrostati o seduti sui gradini, abbassavano lo sguardo al loro passaggio: un gesto che sembrava più una condanna che un saluto.

Davanti alla stalla, un giovane servo si fece avanti, afferrando le redini con sicurezza, aprì il portone della stalla, lasciando che le donne passassero, poi lo richiuse, tenendo il brusio del paese fuori.

Entrarono in casa di corsa per cambiarsi prima che gli uomini tornassero dalla caccia. Fu solo prima del tramonto che il vociare chiassoso annunciò il loro arrivo, richiamando gli abitanti ancora una volta sulle soglie.

Mimì ed Elisabeth attendevano nel salone della grande casa dei Dessì. Paoletta, seduta ai loro piedi su un cuscino, con la bambola tra le mani, sembrava in preda a uno strano malessere. Da quella mattina era silenziosa, quasi spenta.

Quando gli uomini furono nel cortile, Antonietta si affacciò rivolgendo un saluto discreto ma eloquente al suo innamorato, nel gruppo dei banditi. Il gesto non sfuggì a Elisabeth e Mimì, che condivisero un sorriso complice.

Augusto impartì ordini secchi allo stalliere e, dopo un breve cenno alla moglie e alla loro ospite, si diresse verso la sua stanza per cambiarsi gli abiti. Mimì ed Elisabeth si guardarono ancora: la chiave che Augusto aveva perso era ora nascosta nella fodera della sua giacca da sera. Persino il più distratto degli uomini l'avrebbe trovata senza difficoltà.

Nel frattempo, nel cortile e nella cucina adiacente le abitazioni della servitù fervevano le attività: le prede venivano scaricate, scuoiate e suddivise con gesti sicuri. I cani latravano furiosi, attirati dall'odore del sangue, mentre Maddalena dirigeva ogni operazione con energia e precisione. Nulla le sfuggiva.

Mimì, con la scusa di mostrare alla sua ospite la fase conclusiva della battuta di caccia, uscì. Sapeva bene che cosa guidava le sue azioni. Chi stava cercando. Chi sperava di incontrare ancora.

Elisabeth la osservò. Intuiva ciò che si agitava in lei. Era certa che, quando fosse stata pronta, Mimì si sarebbe confidata.

Augusto, intanto, dopo essersi cambiato, si diresse verso lo studio. Giunto alla balaustra delle scale, rallentò il passo e si fermò a guardare la moglie. Stava uscendo, portando con sé Elisabeth. Pensò che fosse strano. Mimì aveva sempre evitato certe situazioni. *Forse è la presenza dell'inglese*, mormorò tra sé, entrando nello studio.

Quando furono entrambe nel cortile, un uomo in abito talare si avvicinò. Il suo aspetto era così lontano dall'austerità dei prelati che frequentavano la casa. Le mani magre e nodose sfioravano il collare, come se indossare quella veste gli desse fastidio, mentre gli occhi, neri e scintillanti, fissavano quelli di Mimì.

«Donna Mimì» disse con un leggero inchino, rivolgendosi prima a lei e poi a Elisabeth. «Don Augusto mi ha detto che posso prendere alcuni sacchi di grano.»

«Ma certo» rispose lei, studiando il volto dell'uomo. Non lo aveva mai visto e non aveva idea di cosa ci facesse lì.

«Mi chiamo Ausonio Piras, perdonatemi» la anticipò il prete leggendo la sua perplessità, «non preoccupatevi, faremo in fretta.»

«Non è un problema, don Ausonio» rispose Mimì, accennando un sorriso, «le vostre gesta caritatevoli vi precedono.»

«Non sono gesta, signora, sono necessità. La gente sta morendo di fame.» La sua voce era pacata, ma vibrava di un'intensità che non si poteva ignorare. Gli occhi scuri, pieni di ombre e fuoco, sembravano portare il peso di ogni parola.

Mimì annuì, consapevole della miseria che affliggeva l'isola. I dazi e le confische dei governatori, che da tempo si succedevano, avevano ridotto la popolazione alla fame. Il lavoro di uomini come lui era essenziale.

Devo andare una volta ad ascoltare la sua funzione, si ripromise senza distogliere gli occhi dai suoi.

«Ho conosciuto vostro padre» riprese don Ausonio, «mi ha raccontato che anche voi cercavate sempre di aiutare il prossimo.»

Mimì si schernì, abbassando il capo.

«Per caso sapete, don Ausonio, se mio padre sia andato via?»

«Sì, ha preso un'altra strada, doveva rientrare a casa.»

Un velo di delusione le avvolse il cuore. Mimì avrebbe voluto condividere con lui le recenti scoperte, anche se, come sempre, c'era il rischio che si preoccupasse troppo e tentasse di ostacolarla. Ora più che mai, aveva bisogno di sentirsi libera.

«Restate con noi per cena? Sono certa che farebbe piacere ad Augusto. E senz'altro a noi» disse, indicando Elisabeth con un gesto della mano. Era curiosa di scoprire di più sull'uomo che aveva davanti.

«Vi ringrazio, ma dobbiamo ripartire al più presto» rispose don Ausonio con gentilezza.

Mimì osservò distratta il movimento intorno a sé, quando un rumore improvviso interruppe il brusio del cortile. Il ritmo deciso di passi sul selciato precedette l'arrivo di Emanuele Manca, che apparve dalla porta laterale come un'ombra proiettata dalla luce del tramonto.

«Don Ausonio, è tempo di andare» disse il bandito, con voce calma ma ferma, senza perdere tempo in convenevoli. Non attese risposta e si voltò per uscire, ma non riuscì a schivare lo sguardo di Mimì. Il tempo sembrò fermarsi, il silenzio posarsi su ogni cosa, la voce del prete, i rumori del cortile, il fruscio degli alberi. Poi, rapido come era arrivato, senza dire altro, Manca riprese il cammino.

Mimì rimase immobile, il cuore che le martellava nel petto. *Cosa mi sta succedendo?*, pensò, mentre intorno tornavano poco alla volta i suoni della vita quotidiana.

Dentro di lei, un desiderio feroce e inarrestabile bruciava come una fiamma viva. Non poteva più negarlo: era attratta da quell'uomo. Eppure sapeva che quell'attrazione era un pericolo. Per tutti. Soprattutto per se stessa.

Al suo fianco, Elisabeth le sfiorò la mano per riportarla alla realtà.

Dal lato opposto, *tzia* Maria non aveva mai distolto lo sguardo dalla scena. Lei e Ada avevano fatto rientro da Santa Cristina prima del previsto, e mentre Ada si era ritirata nella sua camera dopo il lungo viaggio, lei era rimasta ad aiutare le donne indaffarate. Il fugace scambio tra Mimì ed Emanuele non passò inosservato, vibrava di un'intensità pericolosa, quasi proibita. Le sue premonizioni trovarono conferma. Ripensò alla notte di dolore, quando aveva curato Mimì dopo la perdita del bambino. Aveva colto in lei una forza inquieta, come se il legame con quella casa e con quella famiglia si stesse dissolvendo. Poi la mente tornò al giorno della panificazione, quando aveva gettato le foglie di alloro nel fuoco, come faceva sempre per leggere i segni. Nessun crepitio, nessun guizzo di fiamma: il silenzio assoluto.

Era stato allora che aveva compreso: Mimì non avrebbe più avuto figli. Il legame, ormai spezzato, lasciava spazio a una forza nuova che la allontanava. E ora quella forza aveva un volto: Emanuele Manca.

Strinse il grembiule tra le mani. Era chiaro che niente sarebbe più stato sotto controllo.

Don Ausonio salì sul carretto con calma, il volto immobile, ma gli occhi attenti come quelli di un confessore. Nulla era sfuggito nemmeno al suo sguardo.

Il prete abbassò il capo e pregò. Conosceva fin troppo bene il tormento che Emanuele portava nel cuore, dopo tanti anni sanguinava ancora. Di lui non si sapeva nulla, solo Ausonio conosceva la verità. Le ruote del carro cigolarono, e il prete si strinse nel mantello, come se un vento improvviso gli avesse accarezzato la nuca.

Nel cortile dei Dessì, ormai vuoto, le lanterne a olio proiettavano una luce fumosa, fatta di ombre e bagliori.

Rientrata in casa insieme a Elisabeth, Mimì si fermò un istante sulla soglia. Un sentimento inedito sembrava volerla strappare a quella casa, condurre altrove. Inspirò profondamente e avanzò verso l'interno, cercando rifugio nelle attività quotidiane: organizzò il lavoro delle domestiche, stabilì con Maddalena i pasti dei giorni successivi, e si attardò allo scrittoio per scrivere una lettera al padre, voleva essere certa che stesse bene.

Ada aveva osservato la partenza dei banditi dietro il vetro della sua finestra. Il ritiro a Santa Cristina era stato brevissimo. Era la fine di ottobre, i preparativi per la commemorazione dei defunti e la cena delle anime richiedevano la sua attenzione. Quella ricorrenza, il primo novembre, si intrecciava con una cerimonia ancora più significativa per la famiglia Dessì, un momento solenne che aveva bisogno della massima dedizione. Rimase nascosta dietro le tende, mentre del rumore delle ruote sulla strada rimaneva solo un'eco.

Augusto aprì la porta e avanzò con un lume in mano. Rimase immobile, il pugno stretto sulla chiave. Sarebbe stato più attento, da lì in avanti. Nessuno doveva entrarne in possesso. E non per una sua distrazione. Le antiche tradizioni della sua famiglia non dovevano essere messe a rischio.

Le parole del padre, gravi e solenni, gli risuonavano nella mente. «La nostra è una famiglia speciale, figlio mio.» Si avvicinò alla nicchia nascosta dietro la libreria e fece scattare il meccanismo.

Le spade brillarono fioche alla luce del lume: eccole lì, quel legame con un tempo antico, un segreto che aveva attraversato i secoli.

«Il loro potere è nostro.» La sua voce rimbombò ferma, mentre ripeteva il giuramento tramandato da generazioni. «Solo la nostra famiglia è degna di custodirlo.»

25

Emanuele Manca attraversava il bosco come una furia. I suoi uomini lo seguivano senza fare domande, trascinati dalla stessa urgenza cieca che si respirava nell'aria.

Quella donna. Quegli occhi. Quell'inquietudine. Emanuele vi si era rispecchiato. E se ne era lasciato avviluppare, come da una fiammata che arriva all'improvviso. Le domande lo tormentavano come lame affilate, ma le risposte gli sfuggivano. La corazza che aveva costruito negli anni era impenetrabile. Una sconosciuta non poteva di certo scalfirla.

Il cavallo nitrì improvvisamente, impennandosi. Un ragazzino cencioso e sporco si era buttato nella strada, proprio sotto gli zoccoli. D'istinto Emanuele tirò le redini con forza, evitando l'impatto. Il cuore gli si fermò per un attimo.

«Sei impazzito!» gridò, mentre i suoi uomini si disponevano a falange intorno a lui. «Avrei potuto ammazzarti.»

Il bambino doveva avere sì e no dieci anni. Non parlava, stava con il capo chino, era di una magrezza che faceva spavento.

«Va' via, moccioso!» urlò Antonio, mentre scrutava i dintorni per assicurarsi che non si trattasse di un'imboscata, ma la mano di Manca lo bloccò prima che potesse dire altro.

«Ha fame, non lo vedi?» lo rimproverò, fissando il bambino con occhi attenti.

Scese da cavallo e gli girò intorno. Il piccolo tremava, e la stoffa lacera del vestito che indossava non l'avrebbe protetto a lungo dal freddo della notte.

«Non hai un padre o una madre?» chiese con un tono meno tagliente, «hai una casa?»

Il bambino lo guardò con gli occhi sgranati di un agnellino, poi abbassò il capo. Quando Emanuele provò ad avvicinarsi, lui scattò all'indietro, come per difendersi.

«Tranquillo, non voglio farti del male. Hai fame?»

Il piccolo annuì, senza mai alzare lo sguardo.

«Vieni, vieni con me. Ti porto al villaggio: troverai acqua e cibo» disse con gentilezza, sollevando delicatamente il bambino e issandolo in groppa al suo cavallo, «non avere paura.»

Al suo cenno ripresero a galoppare verso la radura vicina al loro accampamento.

«Assuntina!» chiamò Emanuele non appena fu arrivato.

Assuntina Piras uscì dalla capanna grande con passo sicuro. I suoi occhi brillavano sotto la luce incerta della sera, le labbra socchiuse lasciavano intravedere denti bianchissimi. Pulendosi le mani sul grembiule, lo fissò, inclinando appena il capo.

«Prendi questo bambino, dagli qualcosa da mangiare e vedi se riesci a farlo parlare» disse Emanuele, accarezzando la testa arruffata del ragazzino.

Lei lo osservò ancora per un istante, con un'espressione che mescolava obbedienza e qualcosa di insondabile. Poi prese il bambino per mano e lo condusse dentro la capanna. Ogni suo movimento era misurato, come se recitasse un ruolo scritto da lei stessa.

Assuntina aveva imparato come farsi spazio in un mondo dominato dagli uomini. La sua bellezza spregiudicata era un'arma affilata, tanto quanto la sua intelligenza. Non esitava a usarla per ottenere ciò che voleva, e gli uomini, spesso, cedevano senza neppure accorgersene.

Con Emanuele però era diverso. Lui sembrava immune al suo fascino. Proprio per quello lo aveva scelto. Emanuele era una sfida che non voleva perdere. Non davanti a tutti.

Emanuele abbassò le palpebre per un secondo. *Potrebbe essere mio figlio*, si disse, cercando di reprimere un immenso dolore che gli opprimeva il petto.

«Emanue'.» Una voce baritonale interruppe i suoi pensieri.

Si voltò e vide Mulas, il terrore dell'olianese, il bandito feroce e sanguinario noto in tutta l'isola per il suo tiro infallibile. L'uomo, robusto e imponente, portava con fierezza il costume di Oliena. La barba fluente e l'*occhio di lampo* lo rendevano una figura quasi mitologica. Si diceva che potesse spianare il fucile a braccio teso, lanciare il cavallo al galoppo, girarsi di scatto e impallinare il bersaglio con precisione letale.

«Bevete» disse, porgendogli una tazza di Villacidro, l'acquavite del suo paese.

Emanuele abbassò la testa in segno di ringraziamento e bevve d'un fiato, sentendo il liquore bruciare nella gola.

Qualche mese prima, nella notte tra il quattordici e il quindici maggio, esercito e carabinieri, al grido di «Arrestare chiunque passi», avevano messo a ferro e fuoco Oliena, Nuoro e tutta la Barbagia. Centinaia tra banditi e complici erano stati catturati. Chi era riuscito a scappare si era rifugiato nel villaggio di Emanuele, seguito a distanza da mogli o sorelle. Lui li aveva accolti, e tra loro c'era anche Mulas.

Emanuele si avviò verso il fuoco, attorno al quale i suoi stavano prendendo posto in circolo, pronti a mangiare e bere. La battuta di caccia era terminata da un pezzo, i signorotti erano tornati nelle loro case, e adesso era arrivato il momento di festeggiare. Osservava la scena in silenzio, annuendo ai brindisi, mentre il vino e il *filu 'e ferru* scaldavano gli animi. A un certo punto un lungo fischio echeggiò nell'aria. Tutti balzarono in piedi, in allerta.

Un uomo nel costume rosso e grigio di Orgosolo arrivò di corsa. Era stato di vedetta, appollaiato su uno sperone di roccia. Basso, scuro come la notte, con la barba riccia e l'occhio vivo e mobilissimo, aveva l'aspetto di chi è avvezzo alla vita errante. Portava un fucile sulla spalla e una superba cartuccera ricamata in vita.

«Arrivano in tre, hanno appena lasciato un carro» annunciò la vedetta. Gli uomini imbracciarono i fucili, osservando due figure che avanzavano reggendo una barella di fortuna. Sul giaciglio di frasche c'era un uomo livido ed emaciato, avvolto in stracci logori, con l'aria di chi ha già un piede nell'altro mondo.

Emanuele alzò la mano e gli uomini deposero i fucili. Si avvicinò con passo deciso. «*Su dottori*» disse, «mandate Bachisio a chiamare il dottore e date da bere ai suoi amici.»

Dopo aver ceduto lo spazio davanti al fuoco all'uomo di vedetta, si allontanò verso lo sperone e prese il suo posto. Come sempre preferiva la solitudine.

Assuntina lo raggiunse, muovendosi con grazia studiata, con un vassoio di sughero in equilibrio perfetto sulla testa. Aveva conservato qualche pezzo di carne e formaggio. «Avete bisogno di qualcosa?» gli chiese con un sorriso dolce.

Emanuele la osservò appena, continuando a scrutare le fronde degli alberi.

«Come sta il bambino?» domandò, ignorando il tono insinuante nella voce di lei.

«*Sa criadura* sta meglio. Era affamato, domani gli facciamo il bagno nella fonte e gli diamo dei vestiti. Non credo che abbia nessuno.» Assuntina lo fissò e nei suoi occhi c'era una scintilla di speranza.

«Come si chiama?» domandò Emanuele, senza distogliere lo sguardo dagli alberi.

«Barore» mormorò lei. La risposta fu quasi un sussurro, mentre accorciava la distanza con un movimento lento e deliberato. Emanuele la ringraziò con freddezza e, senza aggiungere altro, le voltò le spalle.

Assuntina rimase immobile per qualche secondo, la mascella serrata, di fronte all'ennesimo rifiuto. Lei che non era abituata a ricevere un *no*. Non avrebbe dimenticato. Si allontanò a passi decisi, gli occhi pieni di una determinazione pericolosa. Quella sarebbe stata l'ultima volta.

Solo, sotto un cielo privo di stelle, Emanuele si appoggiò allo sperone di roccia, il fucile dalla lunga canna stretto tra le gambe. La brezza fredda che accarezzava il suo viso non riusciva a spegnere il fuoco che gli bruciava dentro.

La sua mente tornò a Mimì Dessì. A quello sguardo. A quella luce. Quegli occhi color del miele avevano trafitto il buio che custodiva dentro di sé, illuminando angoli della sua anima che credeva ormai persi. Chiuse le palpebre, stringendo i denti, come a volersi opporre. Come a voler richiamare altri ricordi. Quelli che facevano ancora male, e che lui non poteva – o non voleva – ignorare.

26

La chiesa di Santa Giulia era gremita. La messa della domenica mattina, quella celebrata da don Ausonio Piras, richiamava sempre una folla numerosa e devota. Mimì, seduta nelle prime file con Paola e tata Antonietta, osservava i costumi tradizionali che riempivano la navata. Tra i tanti, spiccava quello di Desulo: una sinfonia di rossi, dal cremisi intenso allo scarlatto acceso. La gonna delle donne, lunga e aderente, arrivava fino a terra, il corpetto stringeva una camicia bianca vaporosa, e il copricapo, decorato con motivi policromi a greche, incorniciava volti dallo sguardo fiero e risoluto.

Mimì, avvolta nell'abito di seta grigia, si sentiva fuori posto. Il pensiero di Emanuele non le dava tregua e il malessere di Paoletta, accanto a lei, rendeva tutto più insostenibile.

Il suono della campana la scosse da quella spirale di inquietudine. Quando il portone della chiesa si spalancò, i fedeli si riversarono sul sagrato. Gli uomini si radunarono da una parte, le donne dall'altra, mentre i bambini si tenevano per mano formando piccoli gruppi. Gli occhi scuri scrutavano attenti, le bocche sorridevano con discrezione, e i gesti, misurati e armoniosi, sembravano quasi preludere a una danza collettiva.

Tra la folla, notò lo sguardo acuto di don Ausonio. Forse il sacerdote, così vicino a Emanuele Manca, poteva intuire il tumulto dentro di lei? Rabbrividì a quel pensiero.

Quella mattina stessa, Maddalena aveva insinuato che tra il prete ed Emanuele ci fosse un legame più profondo di quanto i due lasciassero intendere. Mimì si sentì arrossire e si voltò verso il portone per nascondere il suo turbamento. Non c'era nemmeno Elisabeth con lei. La sua sola presenza avrebbe alleviato quel peso.

Sir Charles Hope, conoscendo il carattere risoluto della figlia, aveva lasciato una precisa richiesta testamentaria insieme ai libri inviati ad Augusto. Nel suo lascito, aveva suggerito che Elisabeth fosse accompagnata nelle sue esplorazioni archeologiche, ritenendole troppo pericolose per una giovane donna sola. Augusto aveva preso molto seriamente quella richiesta e, interpretandola come un dovere, aveva deciso di accompagnarla all'antica tomba dei giganti di Aidu.

Elisabeth aveva provato a convincerlo a coinvolgere Mimì, ma Augusto era stato irremovibile. Mimì, del resto, non avrebbe mai lasciato Paoletta. La bambina era molto irrequieta, ultimamente.

Alcuni uomini attraversarono la strada lanciandole occhiate furtive. Indossavano *sa berrita* nera a calza, spiovente sull'omero. Sotto i pellicciotti risaltavano i bottoni d'argento delle camicie, i gonnellini di orbace e le larghe braghe bianche, infilate nelle ghette, che donavano loro un'eleganza sobria e austera. Li osservò distrattamente finché una figura apparsa all'improvviso catturò la sua attenzione. Una donna in costume, che camminava come se nell'aria vedesse ciò che gli altri non vedevano, come se respirasse un'aria diversa. Mimì la riconobbe subito: era Assuntina Piras, la donna che seguiva i banditi. Assuntina le passò accanto, lanciandole uno sguardo così diretto e insolente da farle trattenere il respiro.

Mentre la donna si allontanava, tra la folla ricomparve don Ausonio. Nonostante il volto segnato dalla stanchezza, i suoi occhi ardevano di un'intensità non comune. Forse erano proprio l'energia e la passione che emanavano ad attirare così tanti fedeli.

«Buongiorno, donna Mimì» la salutò, avvicinandosi a loro. La voce profonda e gentile si intonava perfettamente con il suo sguardo.

«Buongiorno a voi» rispose lei, con esitazione, mentre Paoletta le tirava la gonna per reclamare la sua attenzione. Con un gesto lieve le accarezzò la testa per calmarla.

«Non vi avevo mai vista a questa funzione. A cosa devo l'onore della vostra visita?»

Mimì abbassò il capo, cercando le parole giuste. «Dopo il nostro incontro dell'altro giorno, volevo capire come poter essere utile. Nella mia casa c'è più di quanto abbiamo bisogno.»

Don Ausonio la fissò per un istante, come se stesse valutando le sue parole. Poi annuì lentamente.

«Vi ringrazio» disse il prete, «non sapete quanto lo apprezzi. Tanta povera gente non riesce a trovare il cibo per sfamarsi. Ma ora non posso passare da casa vostra, sono stato chiamato altrove per un'estrema unzione.»

«Posso portarvi qualcosa io, se mi dite dove» si offrì Mimì con premura, «ho un carretto veloce.»

Don Ausonio rifletté, osservando la bambina con la coda dell'occhio. «Vi ringrazio, ma non voglio darvi disturbo. Potete mandare qualcuno a *Santu Sedurinu*?»

«San Saturnino, dite? La chiesa sconsacrata?» chiese Mimì con un leggero fremito di sorpresa.

«Sì, esattamente. È troppo lontano?» Il prete accarezzò dolcemente i capelli di Paoletta, quasi per rassicurarla.

«No, assolutamente» rispose Mimì, «verrò io, ci vediamo lì nel pomeriggio.» Poi, presa la bambina in braccio, si diresse verso casa. Mentre camminava, un pensiero le attraversò la mente, come una colpa pungente: era solo il desiderio di fare del bene a spingerla ad aiutare don Ausonio?

Sa bruja stava uscendo proprio in quel momento.

«Cosa ha *sa fizighedda*?» chiese con voce aspra dopo essersi avvicinata per osservarla.

«Non lo so» rispose Mimì, «è da qualche giorno che è nervosa, mangia poco.»

Maria Tanda scrutò la bambina con cura. «Non mi piace» disse senza perderla d'occhio, «vado a prendere qualcosa per lei», e senza aggiungere altro si allontanò con passi piccoli e svelti.

Mimì rientrò in casa, fece preparare il carretto e ordinò a una delle servette di caricarvi grano, zucchero, pane e vecchie coperte. Poi si sedette accanto al braciere con la bambina, cercando di farle bere un po' di latte caldo. Quando la piccola si addormentò, la mise nel lettino con delicatezza e lasciò ad Antonietta precise disposizioni. Poco dopo, salì sul carretto e uscì dalla stalla. Sapeva bene che non era consueto, per una donna.

Dalla finestra della sua camera, Ada aveva osservato tutto. Che cosa stava facendo sua cognata? E dove stava andando da sola?

Una strana inquietudine le strinse il petto. Rimase immobile, trattenendo il respiro, mentre il silenzio tornava a posarsi sulla strada ormai deserta.

27

Mimì guidava con destrezza il piccolo carro lungo la strada che dall'agro di Padria si snodava serpeggiante fino a Bosa. Aveva imparato da suo padre, così come l'arte di andare a cavallo.

La quiete della natura, unita al ritmo regolare delle ruote sullo sterrato, le permise di allontanare, almeno per un po', inquietudini e preoccupazioni. Quando giunse alla radura, i resti della chiesa sconsacrata di San Saturnino emersero tra i rovi, muti e imponenti. Il gorgoglio delle acque termali nelle vicinanze riempiva l'aria, e i vapori salivano lenti verso il cielo, mossi dal vento. Mimì si fermò un istante, attirata dalla serenità del luogo. Scese dal carretto e, spinta dalla curiosità, si addentrò nel bosco.

«Non dovreste girare da sola nei boschi.» La voce profonda la fece trasalire, spezzando il silenzio irreale.

Mimì si voltò di scatto. Emanuele Manca, con il fucile sulla spalla, la fissava. Due dei suoi uomini avevano fermato il carro del prete vicino al suo, nella radura.

«Non volevo spaventarvi» aggiunse senza distogliere gli

occhi dai suoi. «Don Ausonio è ancora accanto a un uomo morente, nel nostro villaggio. Ha mandato noi.»

Mimì non riusciva a parlare. Davanti a quell'uomo si sentiva vulnerabile, come se tutto in lei fosse messo a nudo.

«Scaricate» gridò ai due uomini, «e riempite quello del prete.» Poi si girò verso di lei.

La sera prima, nella quiete della notte, il pensiero di Mimì l'aveva tenuto sveglio. Il desiderio aveva incrinato la sua corazza di dolore e ricordi. «Conoscete questo posto?» chiese, il tono basso e misurato, senza mai distogliere lo sguardo da lei. «C'è qualcosa di unico qui... dicono che queste acque termali siano antiche, più vecchie delle pietre del villaggio.»

Mimì lo seguì senza parlare, i passi esitanti, tesi tra lo slancio e il timore.

«Gli uomini raccontano che abbiano curato ferite... o forse placato dolori che non appartengono solo al corpo» aggiunse con un sorriso appena accennato. «Toccatela, vi piacerà.»

Mimì si avvicinò con cautela, attenta al terreno irregolare, ma una radice, che si confondeva con il suolo, la fece vacillare.

«Donna Mimì» la chiamò Emanuele, tendendole la mano con fermezza. Era la prima volta che pronunciava il suo nome, e il suono vibrò nell'aria, toccandole l'anima.

Lei esitò, poi accettò il suo aiuto. Emanuele la sollevò con un gesto delicato, intrecciando le sue mani a quelle di Mimì, poi, senza che lei se ne accorgesse, l'attirò a sé, con una calma e una sicurezza che la lasciarono senza fiato.

Il cuore le batteva come se stesse cercando di sfuggirle dal petto. Lui era così vicino che il suo respiro le sfiorava la pelle. Il profumo di cuoio e di legna bruciata la avvolse, risvegliando i sensi. Gli occhi scuri e intensi, fissi nei suoi, sembravano frugare dentro di lei.

Emanuele sciolse lentamente la presa delle mani e le sfiorò il viso. Le dita ruvide tracciarono una linea lieve sulla pelle morbida, un gesto che vibrò dentro di lei come una scossa. Poi, con dolcezza, il corpo di lei ormai arresosi, annullò ogni spazio tra loro. Abbassò lentamente il capo e la baciò.

Per un istante il mondo intero tacque, ammutolito da quel gesto proibito. Mimì udiva solo l'affanno del respiro di Emanuele Manca, che si mescolava al proprio.

Restarono fermi, senza pronunciare parola.

Poi, come risvegliatasi da un sogno troppo audace, Mimì si ritrasse bruscamente. «Io devo... devo andare» mormorò con la voce che tremava, il corpo ancora scosso.

Emanuele non rispose. Il volto rimase immobile, ma gli occhi indugiarono su di lei, come se volesse imprimerla nella memoria. Infine fece un passo indietro e, prendendola delicatamente per il braccio, le indicò la strada.

Non la guardò più, fino a che non raggiunsero la radura dove i suoi uomini avevano appena terminato di sistemare il carico.

Nessuno parlava. Anche gli uccelli del bosco avevano smesso di cinguettare. Mimì sentiva solo il rumore dell'acqua che gorgogliava, quasi un'eco del suo tumulto interiore.

Salì sul carretto, senza dire una parola, senza aspettare aiuti. Si sistemò le gonne, si toccò più volte i capelli, come se volesse rimettere ordine nel caos che sentiva dentro di sé. Ma il tremore delle mani tradiva l'emozione che non riusciva a contenere.

Diede un leggero colpo di frusta, cercando di ignorare il battito accelerato del cuore. Il cavallo rispose scuotendo la criniera, le ruote leggere ripresero a girare sulla terra.

Poco lontano, nascosta dietro un grosso masso, una figura avvolta in uno scialle scuro aveva osservato ogni loro gesto. Il suo sguardo era colmo di dolore e rabbia, pronti a trasformarsi in un sentimento più cupo. Il fuoco della vendetta aspettava solo il momento giusto per accendersi.

Emanuele montò a cavallo e si posizionò al fianco di Mimì. Dopo un breve cenno ai suoi uomini si girò, ma lei non lo guardò per paura di incrociare i suoi occhi.

Tentando di calmarsi Mimì iniziò a recitare sottovoce i versi che suo padre le cantava quando era piccola, per farla addormentare.

Nàrami pitzinna mia,
nàrami sa veridade,
cant'ammorados as tentu,
*primma de idere a mie?**

Nemos, *padre, nessuno*, rispose a se stessa lanciando uno sguardo furtivo all'uomo che cavalcava al suo fianco.

* Dimmi, fanciulla mia, dimmi la verità, quanti innamorati hai avuto, prima di conoscere me?

28

Mimì varcò l'uscio in preda a una grande agitazione, il viso arrossato come se avesse corso senza sosta. Emanuele Manca e i suoi uomini l'avevano accompagnata fino all'inizio del paese poi, approfittando del crepuscolo, si erano dileguati nell'ombra con un lieve cenno del capo.

La casa era troppo silenziosa. Un silenzio innaturale, quasi estraneo, come se le mura stessero trattenendo il fiato, partecipando ai turbamenti dei suoi abitanti. Maddalena non era in cucina, il fuoco era acceso solo in alcune stanze, e le mansioni domestiche sembravano essere state lasciate a metà. *Ada deve essere rintanata da qualche parte*, pensò, mentre avanzava lungo il corridoio. Poi un suono familiare e lieve la guidò: il canto sommesso di Antonietta, che proveniva dalla camera di sua figlia. Si avvicinò con passo esitante, seguendo la voce. Aprì piano la porta ed entrò in punta di piedi.

Paoletta, avvolta in pesanti coperte, era tra le braccia della bambinaia, che la cullava con dolcezza. Il volto era pallido, gli occhi spenti, i brividi della febbre scuotevano il piccolo corpo che le coperte non riuscivano a scaldare.

Mimì corse verso la figlia, con le mani tese.

L'ho lasciata mentre stava male. Il pensiero si insinuò in lei con crudeltà, rendendo ogni respiro doloroso. Come aveva potuto? Come aveva osato cedere a quella passione proibita, sapendo quanto era fragile l'equilibrio della sua vita?

«Una febbre come questa può essere solo malaria.» La voce di Ada, arrivata silenziosa alle sue spalle, fu un colpo netto. Mimì sobbalzò, voltandosi di scatto.

Le ombre della casa sembrarono addensarsi intorno a loro, grevi e soffocanti, come nella notte in cui aveva perso il suo bambino. E ora, quell'angoscia tornava a sopraffarla, un dolore che pulsava insieme alla consapevolezza straziante di aver aperto la porta al peccato e, con esso, a una punizione che pareva colpire chi più amava.

Si chinò su sua figlia, quasi a schermarla con il proprio corpo, come se il calore della sua presenza potesse bastare a respingere l'oscurità che sembrava avanzare nella stanza. La pelle di Paoletta era umida di sudore, il respiro irregolare. Mimì sentiva le lacrime pungerle gli occhi, ma non poteva permettersi di cedere. Non in quel momento.

Antonietta si girò verso di loro con aria disperata. «C'è un dottore gentile che spesso si reca all'accampamento dei banditi» disse con esitazione, abbassando lo sguardo. «Sembra che sia bravo.»

Ada si fece avanti, i suoi occhi fissi su Mimì. «Mandiamo Antonietta a chiamarlo» propose, il tono stranamente dolce.

«Maria Tanda mi aveva detto che avrebbe portato... qualcosa per la bambina» aggiunse Mimì, con un filo di voce, senza osare incontrare gli occhi di sua cognata.

«Allora mandiamo qualcuno a sollecitarla. Sono certa che stia preparando una medicina» rispose, le parole precise e misurate. Mimì si girò verso Ada, e l'espressione sul suo viso le parve un'accusa silenziosa, come se la colpa per il tormento di Paoletta fosse impressa nei suoi stessi tratti.

A un cenno di Mimì, Antonietta prese uno scialle, lo avvolse sul capo e uscì in fretta dalla casa, sparendo nella sera. La porta si richiuse alle sue spalle con un rumore sordo che sembrò amplificare il silenzio angoscioso nella stanza.

Quando Elisabeth e Augusto tornarono dalla tomba dei giganti, trovarono Mimì, pallida e terrorizzata, che stringeva le mani della piccola, febbricitante. Ada, accanto a lei, aveva un'espressione impenetrabile, ma lo sguardo era vigile, attento a ogni sfumatura.

Elisabeth corse da lei, abbracciandola, mentre Augusto, dopo aver parlato con la sorella, prese a muoversi inquieto per la camera, senza sapere cosa fare. Il volto segnato dal terrore, lo sguardo basso, le mani che si torcevano nervosamente, sembrava incapace di sopportare la vista della figlia malata.

Sa bruja arrivò prima che Antonietta facesse ritorno. Appena vide la bambina, si chinò su di lei, scrutandola, e con la sua voce roca annunciò il tanto temuto verdetto: «*S'intemperie*» disse, portando con sé la condanna.

La malattia, con la sua sinistra reputazione, colpiva senza pietà. Le cure erano incerte, i medicinali difficili da trovare e spesso inefficaci, soprattutto in bambini così piccoli.

«Spostatevi» ordinò, muovendosi con sicurezza attorno a Paoletta, «ha bisogno di aria, lenzuola pulite e fresche. Bisogna tenerla asciutta.»

Le cameriere si affrettarono a cambiare la biancheria mentre Maddalena faceva bollire in un pentolino un potente infuso di artemisia, timo ed eucalipto, seguendo con precisione le indicazioni di *tzia* Maria. La vecchia, con un gesto rapido, estrasse da un cesto un barattolo di vetro ben chiuso, che conteneva alcune sanguisughe. Augusto, vedendole, sbiancò. L'idea di quelle creature sulla pelle della sua bambina lo fece inorridire. Provò a intervenire, ma Mimì, con un movimento deciso, gli appoggiò una mano sul braccio.

«Ho fiducia in lei, lasciamola fare.» Nella sua voce c'era una fermezza che Augusto non aveva mai sentito prima.

Rimase a fissarla, disorientato. Era la seconda volta che si opponeva a lui apertamente, davanti a tutti. Ne fu colpito più di quanto riuscisse ad ammettere. Il cambiamento che gli era sembrato di notare nella moglie era evidente, ai suoi soliti modi concilianti adesso si accompagnava una determinazione inaspettata. Quando era accaduto? Come aveva potuto non accorgersene? *Quell'inglese, forse?*, pensò. La sua vicinanza, certo, non poteva essere altrimenti. Augusto esitò, combattuto, poi cedette.

«Augusto, va' via, ci pensiamo noi» intervenne Ada, fugando ogni dubbio, con un tono gentile ma netto. Poi, accompagnandolo alla porta, aggiunse a bassa voce: «Gli uomini, in simili occasioni, sono solo d'intralcio».

Augusto, sopraffatto, uscì dalla stanza senza protestare.

«Donna Mimì» disse *sa bruja* mentre applicava le sanguisughe sulla pelle pallida e febbricitante della bambina, «devo procurarmi una cosa. Ho bisogno che qualcuno mi accompagni al Porto di Torres.»

«Vi faccio accompagnare, ma dovete spiegarmi perché» rispose risoluta. Ogni esitazione sembrava svanita. Ora doveva solo salvare sua figlia.

«So che c'è una nave che proviene dalle Americhe, e so che hanno la polvere che ci serve.»

«Che polvere?»

«È un estratto della corteccia di una pianta che si chiama china» spiegò Maria Tanda, sicura del fatto suo.

«Oh, yes, the quinine!» si intromise Elisabeth, che non si era mai allontanata dalla stanza. «Mimì, falla andare subito.»

«Sai cos'è?» chiese Mimì, la preoccupazione sempre più evidente sul volto.

«Certo, noi lo usiamo nelle colonie dal secolo scorso, è un medicinale potente contro la malaria.»

Mimì ordinò all'istante a un inserviente di accompagnare la donna al porto. Prima di lasciare la stanza, la vecchia la guardò con il suo sguardo penetrante, poi, con un gesto lieve, sollevò la testolina della bambina e nascose sotto il cuscino uno strano ciondolo.

«*Tzia* Maria, che cos'è, cosa state facendo?» domandò Mimì, spaventata.

«*No ti ndhe preoccupes, fiza mia*, serve a proteggerla» rispose la vecchia.

«Ha ragione, lasciatela fare» disse una voce profonda che le fece voltare tutte di scatto.

Don Ausonio, sulla soglia insieme ad Antonietta, aveva osservato la scena. Con un cenno del capo salutò la donna, che si avviò verso il porto.

«Certe cose non fanno male, se uno ci crede» continuò il prete, avvicinandosi alla bambina con un'espressione rassicurante.

Mimì desiderò aggrapparsi a quella presenza confortante.

«Donna Mimì, sono qui per aiutarvi» disse dolcemente, «il dottore purtroppo è lontano, ma state tranquilla, lo abbiamo mandato a chiamare.»

La voce calma del prete sembrò placare l'angoscia che si respirava nella camera.

«Dovreste riposarvi, donna Mimì» aggiunse con tono deciso facendo un cenno a Elisabeth. «Accompagnatela davanti al camino, fatele bere qualcosa di caldo.»

Don Ausonio rimase accanto ad Antonietta, vegliando la piccola, la cui fragile figura pareva affidata alle preghiere di tutti.

29

La strada si snodava tra colline e valli, mentre le rocce basaltiche affioravano come isole solitarie in un oceano di boschi e campi arsi dal sole.

Elisabeth spronava il cavallo al galoppo lungo lo sterrato. Si era alzata verso le cinque del mattino, lasciando la casa ancora avvolta dagli umori della notte. Nonostante i salassi avessero abbassato la febbre alla bambina, l'assenza di Maria Tanda la preoccupava. Le voci sulle imboscate, che aveva sentito più volte dalla servitù, dagli abitanti della casa e persino da suo padre – frequenti in quelle terre, opera di grassatori in cerca di bottino –, la rendevano inquieta. Benché straniera e poco avvezza a simili pericoli, era consapevole che un carico tanto prezioso aveva bisogno di una scorta. Agendo d'impulso e sottovalutando i rischi a cui andava incontro, stava galoppando per raggiungere la *curandera*. Senza il chinino, le speranze che la bambina sopravvivesse erano ben poche.

Non è così difficile, pensò, stringendo le redini, *la strada è quella che ho percorso per arrivare dal porto, basta rifarla al contrario.*

La luce cominciava a illuminare la terra umida di brina. La campagna era deserta, e il calpestio degli zoccoli sul terreno risuonava nitido nell'aria. Superato un dosso, avvistò finalmente, in lontananza, il calesse dei Dessì avvolto in una nube di polvere. Ma ciò che attirò la sua attenzione furono tre uomini a cavallo che lo seguivano da vicino, figure minacciose e indistinte nel chiarore del mattino.

My God, si disse con un nodo alla gola, *non c'è speranza... Li hanno circondati e li stanno costringendo a deviare.*

L'angoscia le serrava il petto. Non sapeva cosa fare: tornare indietro a chiamare aiuto o provare a seguirli da sola? Talmente era terrorizzata che non si accorse del rumore di zoccoli che si avvicinava alle sue spalle, fino a quando un suono improvviso la fece trasalire. Un uomo a cavallo stava per raggiungerla.

«Le ospiti dei Dessì sono imprudenti» tuonò una voce stentorea.

Elisabeth si girò di scatto, pronta a scappare, ma l'uomo aveva bloccato ogni via di fuga con il cavallo e ora la spingeva verso la boscaglia fitta e spinosa.

«Non abbiate timore» dichiarò con sicurezza, «sto solo evitando che possiate far deviare il calesse. Lo stiamo scortando al paese.»

Elisabeth, sollevata da quelle parole, lo osservò meglio e lo riconobbe. La sua tensione finalmente si allentò. Era Emanuele Manca.

«Mi avete fatto spaventare. Ma perché siete qui?» chiese, cercando di placare il battito frenetico del suo cuore.

«Abbiamo saputo di un possibile tentativo di aggressione, e siamo andati al Porto di Torres» rispose Emanuele con calma.

«Chi vi ha avvertito?» domandò lei, con una punta di sospetto. Perché qualcuno avrebbe dovuto informarli? E chi aveva interesse a proteggerli?

«Qui ogni cosa si sa prima ancora che accada» disse il bandito guardando davanti a sé, «e voi come mai siete qui?»

Elisabeth esitò. «Non vi nascondo che la piccola sta veramente male e il chinino è la nostra unica speranza. Non vedendo tornare Maria ho temuto il peggio» rispose con voce carica di angoscia.

«*Tzia* Maria mi ha detto tutto» replicò Emanuele con una nota di malinconia. «Credetemi, sono in pena per voi. La malaria è una piaga che affligge gran parte della popolazione.»

In pena per noi tutti o per qualcuno in particolare?, si chiese Elisabeth, lanciandogli uno sguardo fugace.

Aspettarono in silenzio, osservando il calesse che avanzava dalla direzione opposta. Quando fu abbastanza vicino, Maria Tanda si piegò in avanti e sollevò un piccolo sacchetto di tela rigonfio con un'espressione soddisfatta.

Elisabeth, dopo averle risposto con un cenno del capo, riprese a guardare l'uomo che le stava accanto. Non ostentava né umiltà né arroganza. La sua sembrava una gentilezza priva di fronzoli, lontana dai modi affettati dei salotti che ben conosceva. Com'era diverso da Augusto Dessì. Sebbene fosse un uomo garbato, la sua cortesia aveva un che di artificioso, come se vi fosse stato educato. Emanuele Manca, così le pareva, invece era nato gentile.

In lontananza, i tre colli di Padria si profilavano all'orizzonte; l'ululato dei cani da pastore e lo scampanellio degli animali la riportarono al presente. Con un rapido gesto di saluto, Emanuele e i suoi uomini si allontanarono, lasciando le due donne libere di proseguire verso casa.

Mimì e Ada si precipitarono in cortile, seguite dalle servette che si affrettarono a radunarsi, mentre gli uomini presero in consegna i cavalli e il calesse.

Augusto le attendeva a metà delle scale, immobile, le mani strette dietro la schiena, quasi temendo brutte notizie. Quando la sorella gli sorrise, un'ombra di sollievo gli si dipinse sul volto: la spedizione aveva prodotto i suoi frutti. Senza dire una parola, si girò e salì con passo deciso verso le stanze al piano superiore, dove aveva fatto allestire un letto nello studio, per isolarsi dal caos della casa.

Mimì strinse Elisabeth con forza, come se volesse, con quell'abbraccio, mostrarle tutto il suo affetto. Poi si girò verso *tzia* Maria, esprimendole con il solo sguardo tutta la sua gratitudine.

«La nave stava per salpare» disse *sa bruja* con voce roca, mentre si toglieva lo scialle impolverato. «Se non fosse stato per Emanuele Manca non sarei mai riuscita a fermarla. Chi volete che dia retta a una vecchia e a uno stalliere?» aggiunse, lanciando un'occhiata eloquente.

Mimì arrossì e spalancò gli occhi. Il suo turbamento non sfuggì a Ada, che d'istinto rivolse lo sguardo verso *tzia* Maria. Quello che vide non le fu di conforto.

Sa bruja si diresse velocemente in cucina con il prezioso sacchetto di chinino in mano, pronta a preparare l'infuso per la bambina. Nell'attesa, Elisabeth prese sottobraccio Mimì e la condusse sotto il roseto, nel giardinetto interno.

Il sole di ottobre era ancora dolce. Le due donne, sedute su

165

una panca, avvolte negli scialli ricamati, iniziarono a parlare animatamente.

Ada, ferma accanto alla porta, le osservava. Anche lei, come Augusto, aveva notato lo strano comportamento della cognata. Ma lei, che conosceva ben più del fratello lo sguardo e l'animo femminile, non pensava che l'inglese c'entrasse qualcosa. No, quegli occhi e quella voce parlavano di ben altro.

«Oh, Elisabeth» bisbigliò Mimì con la voce spezzata dalla stanchezza. «Temevo che fossi andata via per paura della malaria.»

Elisabeth la abbracciò. «Che dici, Mimì? Avevo solo paura che il chinino non arrivasse. Temevo un'imboscata e non riuscivo a stare con le mani in mano.»

Mimì la guardò colma di ammirazione. *Quanto coraggio e quanto cuore*, pensò.

«Poi ho incontrato Emanuele Manca» proseguì Elisabeth, abbassando il tono della voce e guardandosi intorno, «stava già scortando Maria Tanda.»

Mimì abbassò il viso, scossa da un tremore che non riuscì a controllare. Il ricordo di quel bacio proibito non l'aveva abbandonata nemmeno per un istante, insinuandosi perfino nelle preghiere per Paoletta.

«Ho sentito cosa ha detto *tzia* Maria. Se lui non avesse fermato la nave, la medicina non sarebbe mai arrivata...» mormorò, cercando di mantenere il controllo.

Elisabeth la osservò, cogliendo l'agitazione che traspariva da ogni gesto. «Sì, qualcuno li ha avvertiti, e lui si è precipitato. Mimì... era in pena per... Paola.» Le sollevò delicatamente il viso, i loro occhi si scambiarono emozioni mute. «La priorità ora è Paoletta, *my dear*. Ma promettimi che poi

166

parleremo. Voglio che mi racconti quello che ti sta succedendo. Non sono cieca.»

Mimì annuì, sentendo una lacrima rigarle la guancia.

Alla fine, il dottore arrivò, approvando le cure fino a quel momento somministrate da Maria Tanda e dalla famiglia. Erano stati fortunati, confermò, a trovare il chinino, nemmeno lui avrebbe potuto fare di meglio.

I giorni trascorsero tumultuosi, speranze e paure si intrecciarono senza tregua. Poi, una mattina, Paoletta si alzò sulle sponde del lettino e chiamò Mimì. Il suo viso, sebbene cerchiato da profonde occhiaie, era finalmente fresco.

La notizia si diffuse come un soffio di vento, accendendo di gioia la casa. La cucina si animò per celebrare la guarigione della bambina. Maddalena preparò i suoi famosi ravioli di formaggio, mentre il profumo del pane appena sfornato riempiva ogni angolo, accogliendo tutti con un calore familiare e rassicurante.

Anche il padre di Mimì arrivò per festeggiare la piccina, portando con sé una botte di Cagnulari dalle cantine di un suo amico. E fiumi se ne versarono, quella sera, tanto che Augusto, completamente sbronzo e d'un tratto magnanimo, incoraggiò pubblicamente la moglie a partecipare alle esplorazioni di Elisabeth.

Proprio nel mezzo della festa, come a ricordare che non bisognava mai abbassare la guardia, arrivò un temporale improvviso e furioso, che sollevò le tende e fece sbattere le imposte. Fulmini e tuoni squarciarono il cielo, scuotendo gli animi già provati degli abitanti della casa. La tempesta infuriava contro i muri e le finestre, caricando l'aria di tensione.

Paure e desideri repressi affioravano, e i cuori, vulnerabili e inquieti, parevano vacillare sotto le raffiche di vento.

Ada continuava a osservare Mimì ed Elisabeth. Gli occhi seguivano i movimenti della cognata con un'attenzione maniacale, come se volessero leggere oltre la superficie. Nei gesti esitanti, nei silenzi troppo lunghi, nei sospiri trattenuti, scorgeva strani segnali che non riusciva a decifrare ma che non poteva né doveva ignorare. Ada aveva quasi paura di dare voce a quel pensiero, ma il rossore che aveva colorato il viso di Mimì quando Emanuele Manca era stato nominato non era un indizio da trascurare. E quella bizzarra sicurezza, quella determinazione che ogni tanto emergeva dalle parole della cognata, così lontane dal suo carattere remissivo, d'un tratto la preoccuparono. Forse la presenza di Elisabeth, il tempo che trascorrevano insieme stavano cambiando Mimì. Le trasmettevano un coraggio che prima non aveva.

Ada si ritirò nella sua camera con il ricamo tra le mani, lasciando che l'intreccio dei fili guidasse la confusione verso una chiarezza che ancora le sfuggiva.

Mimì si sedette invece accanto al camino, fissando le fiamme. Elisabeth le lanciò uno sguardo. Entrambe sapevano che molte cose dovevano essere dette. Ma quella non era la serata adatta. Lo avrebbero fatto, lontano da orecchie indiscrete.

30

Mimì ed Elisabeth avanzavano con sicurezza a cavallo lungo le strade polverose di Padria, incuranti degli sguardi curiosi e dei mormorii sommessi degli abitanti.

Mimì assaporava la libertà che quella cavalcata le offriva, lasciandosi alle spalle il peso della malattia di Paola e la sensazione opprimente che la accompagnava dentro le stanze di quella casa, come se fosse prigioniera delle proprie giornate. Lontana dalle imposizioni della famiglia, poteva finalmente condividere con Elisabeth la passione per la storia e l'archeologia della sua terra, ma soprattutto poteva confidarsi come da tempo aspettava di fare. Mimì aveva atteso pazientemente il momento propizio. Adesso sentiva di poterle aprire il proprio cuore senza paura di essere giudicata. Certa di ricevere il conforto e la comprensione di cui aveva bisogno.

Attraversarono la campagna, dirette verso il tempio a pozzo, passando accanto a costruzioni rurali e scogliere. Il paesaggio arido, gli arbusti secchi spinti dal vento e il terreno polveroso che si sollevava sotto gli zoccoli dei cavalli parlavano di una terra dura, difficile da domare e ancor più difficile da coltivare.

Elisabeth lasciò vagare lo sguardo sul paesaggio brullo che le circondava. «Non c'è acqua lungo la costa?» Il confronto con la sua terra natale, sempre bagnata dalle piogge, era inevitabile.

Mimì annuì e, dopo una breve pausa, le rivolse un sorriso enigmatico. «Sai che in alcune zone, per scongiurare la siccità, si ricorreva a un rituale piuttosto macabro?»

«E quale sarebbe?» chiese Elisabeth, scendendo da cavallo con eleganza appena arrivarono.

«Immergevano i crani umani nell'acqua.»

«*Horrible!*» esclamò, inorridita, mentre si avvicinavano al pozzo.

Con un po' di sforzo, sollevarono la lastra che lo sigillava, il suono greve del metallo che scivolava sulla pietra ruppe il silenzio. Poi cominciarono a scendere lungo la scalinata, i passi cauti, le mani che sfioravano il muro per non perdere l'equilibrio.

«Sì, decisamente macabro! E pensa che la cerimonia richiedeva un numero dispari di partecipanti e si svolgeva solo durante il novilunio.»

Elisabeth sorrise maliziosa, lanciandole uno sguardo di intesa. «Le tradizioni locali sono davvero affascinanti. Mi chiedo se ci siano rituali altrettanto particolari per... altre questioni.»

Mimì si voltò, confusa. «Cosa intendi?»

«*Well...*» Elisabeth fece una pausa, divertita. «Per esempio, esistono usanze o rituali per trovare l'amore?»

Mimì arrossì, il viso illuminato dalla poca luce che filtrava dall'apertura del pozzo. «Oh, per l'amore si potevano consultare le *brujas*, interpretare i sogni o osservare dei segni naturali.»

«Che cosa, per esempio?» la incalzò Elisabeth.

«Be', prestare attenzione a incontri con animali particolari, eventi insoliti, semi sotto il cuscino... cose di questo genere.»

«*My God!* E tu cosa hai usato?» scherzò Elisabeth.

Mimì scosse la testa, capiva che Elisabeth le stava offrendo l'opportunità per confidarsi, ma l'imbarazzo era difficile da vincere. «Io, niente» rispose a fatica. «Ho seguito mio padre e ciò che mi diceva lui, come sempre.»

«Ma Augusto ti piaceva?»

«Sì, sì, certo. Lui... voleva subito un figlio, un erede.»

«Figlio...» ripeté Elisabeth, alzando gli occhi al cielo.

Si avvicinarono alla vasca. Elisabeth decise che era arrivato il momento di spingere Mimì ad aprirsi.

«E la tua prima notte d'amore con lui? Ti è piaciuta?» chiese con audacia.

Mimì spalancò gli occhi, sorpresa. «Elisabeth, cosa stai dicendo?»

«*My darling*, ti è piaciuto o no?» replicò con tono divertito.

«Mah... penso di sì, l'ho assecondato e...»

«Pensi di sì? Eravate nudi?»

«Ma no! Avevo la mia veste lunga da camera. Ma tu che cosa ne vuoi sapere, non sei sposata.»

«Ti ho confidato che non ho voluto sposarmi, ma questo non significa che io non conosca l'amore.»

«Dove vuoi arrivare?» chiese Mimì, con un leggero formicolio al ventre.

«Voglio dirti che l'amore non è solo una questione di dovere. Quando incontri un'anima affine, può essere qualcosa di meraviglioso» proseguì Elisabeth tornando seria.

«Io e Augusto non...» rispose Mimì, abbassando lo sguardo.

«Non sto parlando di Augusto, Mimì.» Elisabeth le sollevò delicatamente il viso tra le mani. «Ci sono legami che ci cambiano, che ci rivelano chi siamo davvero.»

Mimì rimase in silenzio, incapace di rispondere.

«*My darling*, quello che volevo dirti è che io ti ho vista.»

Elisabeth la fissò, i suoi occhi azzurri fermi e penetranti, come se volesse leggere ogni angolo del cuore di Mimì. Senza dire una parola, Mimì si scostò lentamente e si sedette accanto al pozzo. L'acqua era immobile. Le parole vennero fuori come un fiume.

«Non capisco come possa essere arrivata fino a questo punto, Elisabeth. Come abbia potuto... Come ho potuto abbandonarmi a questa follia.» Quasi senza accorgersene, i pensieri trovarono finalmente il coraggio di prendere forma grazie a Elisabeth. Parlò di Emanuele, dell'incontro a San Saturnino, del bacio che ancora le bruciava dentro.

«Quando si è ammalata Paoletta, pensavo che fosse colpa mia. Una punizione per ciò che ho fatto. Avrebbe dovuto colpire me, non la mia bambina» disse Mimì, con le lacrime che le rigavano il volto.

Elisabeth restò in silenzio, stringendole la mano.

«Lo desidero ancora. Non riesco a impedirmi di desiderarlo. È più forte di me.» La voce si incrinò appena. «Forse è la parte di me che ho sempre cercato. Quella che non sapevo nemmeno esistesse.»

Elisabeth annuì, senza distogliere lo sguardo. «Non posso dirti cosa fare, *darling*. Ma sei più forte di quanto pensi.»

Mimì si lasciò scivolare contro la pietra, esausta. «Ho paura. Vorrei che qualcuno decidesse per me. Che mi indicasse la strada.»

Elisabeth si avvicinò. «Non sarà facile. Ma ti starò accanto, per quel che posso.» La strinse in un abbraccio, cercando di rassicurarla.

Rimasero a lungo così, poi Mimì si distaccò lentamente. «Ho bisogno di fare un po' di chiarezza» sussurrò infine. Si alzò e iniziò a camminare lungo la vasca, scrutando la volta a *tholos* con attenzione. Elisabeth la seguì, osservando anche lei ogni particolare del pozzo e annotando le informazioni che potevano essere utili alla ricerca del padre.

Mimì di tanto in tanto si fermava, distratta, gli occhi persi nel vuoto. Poi riprendeva a seguirla, facendole domande sulla costruzione, cercando di distoglierla dal peso di cui si era appena liberata. Finalmente era riuscita a parlare del suo tormento. Si sentiva sollevata, come se avesse lasciato andare un respiro trattenuto troppo a lungo. Ma quel sollievo non era abbastanza. Sapeva che quel desiderio era un male che le corrodeva l'anima, da cui non sarebbe stato così semplice guarire.

«Andiamo, ora» disse, con un sorriso stanco, «vorrei passare da Maria Tanda.»

«Perché vuoi passare dalla strega?» Elisabeth la guardò sorpresa, mentre salivano le scale del pozzo.

«Per provare le fumigazioni» rispose, senza guardarla negli occhi. «Un antico rito... qualcosa che possa guarirmi.»

Elisabeth la fissò a lungo, il sorriso velato da una punta di malinconia. «Guarirti?» chiese, la voce morbida ma ferma. «Non c'è nulla da guarire, Mimì. L'attrazione per una persona non è una malattia. È un desiderio che cresce, non qualcosa da curare.»

Non aggiunse altro. Afferrò le redini e montò a cavallo con un gesto rapido. Mimì la seguì senza dire nulla. Nel cielo, un falco pellegrino planava, libero, indifferente, inaccessibile. Mimì lo osservò con un nodo in gola: com'era diversa da lui. Non si librava sopra il mondo, ma arrancava, trascinata da una corrente troppo forte per resisterle.

Arrivate alla grotta di *sa bruja*, smontarono da cavallo, esauste per il viaggio, e la chiamarono a gran voce. Davanti a loro, un masso imponente si ergeva come un guardiano silenzioso, le sue cavità profonde sembravano occhi neri che sorvegliavano il mondo.

Su uno dei bordi sporgenti, Maria le stava aspettando. Dietro di lei un giaciglio di giunchi che a stento nascondeva la pietra, una catasta di legna per il fuoco e un braciere con la cenere. *Sa istria*, il barbagianni, lanciò un verso roco che squarciò il silenzio della grotta.

«Buonasera, *tzia* Maria» disse Mimì timidamente, «volevo mostrare a Elisabeth i *fumentos*.»

«Entrate» sibilò con la sua voce roca, facendosi di lato.

Mimì esitò. Poi abbassò il capo. «Ma non è solo per questo che sono qui... Devo confessarvi una cosa» continuò a capo chino.

«Ditemi» le rispose *sa bruja* con occhi neri e fissi, che sembravano ardere.

«C'è qualcosa che mi sta bruciando, che divora la mia anima.» Le parole le morirono sulla lingua. Elisabeth, accanto a lei, le prese un braccio preoccupata. «Non so che cosa fare.»

Maria annuì e, senza aggiungere altro, indicò un sedile di pietra.

Con movimenti misurati, quasi sacri, mise in una tegola rovesciata un po' di lavanda, legno di cedro, salvia e alloro. Accese il tutto con la fiamma di una candela, osservando il fumo profumato salire e spingendolo verso di loro, recitando antiche parole. Nei suoi occhi brillava una fede incrollabile, il riflesso di una consapevolezza delle proprie virtù sovrannaturali e di un amore sincero verso coloro che riponevano in lei speranza.

Aveva visto di tutto, Maria. Miserie che si annidavano nelle pieghe della vita, drammi che sembravano non avere mai tregua. Aveva ascoltato grida che spezzavano il silenzio della notte e, con la calma delle sue parole, aveva lenito dolori che nessun altro avrebbe osato affrontare. Eppure, fu solo in quel momento che Mimì percepì la forza che emanava quella donna.

Per anni l'aveva osservata senza vederla, un'ombra discreta che si muoveva accanto alla figura ingombrante di Ada. Ora, senza più il filtro del giudizio, la vedeva per ciò che era davvero.

La linea decisa delle labbra, lo sguardo saldo, la postura di chi attraversa il tempo senza spezzarsi. Non era mai stata piccola, mai marginale. Mimì aveva ignorato quella forza, dandola per scontata. Ora davanti a lei non c'era solo una donna. C'era un'antica sacerdotessa.

Maria osservava le spire di fumo salire verso l'alto, seguendone il movimento con uno sguardo che sembrava oltrepassare la realtà. Gli occhi socchiusi, le sopracciglia aggrottate raccontavano di qualcosa che soltanto lei poteva vedere, qualcosa che la turbava profondamente. Con un gesto rapido e deciso, gettò una polvere bianca sulle braci, ma il fuoco rimase immobile, silenzioso, come una notte priva di stelle.

Un sospiro le sfuggì dalla bocca. Il suo corpo pareva essersi piegato sotto un peso invisibile, rimpicciolito dalla tensione. Poi si alzò, con movimenti lenti ma carichi di un'autorità indiscutibile.

«Dovete andare» disse con fermezza, senza guardarle negli occhi, fissando invece un punto indefinito oltre le loro spalle. «Non è il momento di parlare.»

«Ma *tzia* Maria...» iniziò Mimì, quasi supplicandola.

«Non ora» la interruppe lei, abbassando il viso e stringendo le labbra in una linea sottile. Poi, prese un piccolo ciondolo d'argento da una tasca della gonna. Due zanne montate insieme, appese a un filo di cuoio.

Senza dire altro, glielo legò intorno al collo con un gesto deciso, quasi brusco. Era lo stesso ciondolo che aveva messo sotto il cuscino di sua figlia, quando la febbre l'aveva ridotta in fin di vita.

«Tenetelo sempre con voi.» Le dita si fermarono un istante sul nodo, prima di ritrarsi.

Alzò lo sguardo, incitandole ad andarsene. Non poteva dire loro cosa aveva visto. Non ancora. Non era il momento.

31

Ada muoveva la mano con grazia. L'ago scivolava sul lino, il filo tracciava piccoli punti ordinati, mentre i pensieri si annodavano sempre più intricati. Ogni punto un ricordo, ogni nodo una preoccupazione.

Il ricamo era il suo rifugio, un gesto antico che le era stato insegnato da bambina. «Una mano ferma fa pensieri chiari» le diceva una zia. Ma quella mattina, i suoi pensieri erano tutt'altro che chiari. La malattia della piccola Paola l'aveva scossa più di quanto volesse ammettere. E poi c'era Mimì. Non era più la stessa. Ora prendeva decisioni con una sicurezza che non le aveva mai visto, imponendo la propria volontà come se avesse finalmente trovato la propria voce. Un cambiamento che non riusciva a ignorare, per quanto tentasse.

Lontano, un colpo secco alla porta la strappò dai suoi pensieri. Ada sollevò appena lo sguardo, le dita ancora ferme a mezz'aria. La voce della servitù giunse, sommessa ma chiara: «Donna Ada, perdonate, c'è Assuntina Piras. La figlia del mezzadro». La cameriera stava sulla porta in attesa di ordini.

Ada lasciò l'ago sul cuscino, piegò il ricamo con gesti lenti e misurati. «Falla entrare.»

Assuntina varcò la soglia con passo sicuro, la schiena dritta come la lama di una *resolza*. Aveva l'aria di chi conosce il proprio valore, nonostante il vestito semplice e le mani segnate dal lavoro. I capelli neri, raccolti con cura, incorniciavano un volto bello, illuminato da occhi attenti.

«Donna Ada» disse con un accenno di riverenza, la voce ferma.

«Assuntina.» Ada rispose con tono freddo, distaccato. Un saluto che tracciava confini di classe.

Assuntina guardò per un attimo la stanza: la finestra, il letto con le lenzuola di lino, il piccolo tavolo da lavoro. Esitò. Le mani si strinsero come se avessero paura di rompere qualcosa di fragile.

«Volevi parlarmi, Assuntina? O sei qui per ammirare l'arredamento?» La voce, affilata, non era solo impaziente. Era sulla difensiva, come se fosse preparata a un attacco. Cosa poteva volere quella donna da lei? Perché era venuta nella sua casa?

Assuntina inspirò a fondo. «L'ho vista. Volevo dirvelo io prima che lo facciano altri.»

Ada inarcò un sopracciglio. «Chi? Che cosa?»

«Alla chiesa sconsacrata...» Assuntina abbassò lo sguardo, come a voler concedere a Ada qualche istante per assorbire la notizia, lasciando che quelle parole si infilassero come spilli sotto la pelle.

«Si sono baciati, Emanuele Manca e donna Mimì, la moglie di vostro fratello» aggiunse infine, con la precisione di chi sa che non può più tornare indietro.

Ada rimase immobile. Le mani, posate sul grembo, non

tremarono. Le labbra si serrarono appena, in un'espressione che non tradiva emozione. «La debolezza è una ferita che si vede da lontano» le diceva sua madre da bambina.

«Capisco» rispose, la voce tagliente, mentre i pensieri correvano vorticosi dietro lo sguardo impassibile. L'immagine di Mimì ed Emanuele si conficcò nel suo stomaco come una lama affilata. Un bacio. Era un oltraggio, un affronto che non poteva accettare né tollerare.

La vergogna e il tradimento le si strinsero addosso, soffocanti come catene invisibili. Nel petto sentiva crescere qualcosa di oscuro, un veleno, un impulso rabbioso sul punto di esplodere. Un bacio. Un confine superato. Un attacco diretto a lei, alla sua famiglia, alla loro dignità. Il suo sguardo divenne gelido.

«Non sapevo che avessi preso l'abitudine di spiare, Assuntina» aggiunse poi, con una fermezza studiata nella voce, come a voler ristabilire le distanze.

Assuntina non arretrò. «Non volevo spiare, donna Ada. Ma certe cose si vedono, anche senza volerlo.»

Ada si alzò in piedi, i movimenti fluidi e controllati. Fece pochi passi, come se la stanza fosse diventata troppo piccola per lei. Era una donna che aveva sempre saputo domare le circostanze, come si domano i cavalli selvaggi. Ma questa volta sentiva il terreno cederle sotto i piedi.

Si fermò davanti alla finestra, lo sguardo perso tra i tetti. «Hai fatto bene a dirmelo» concesse infine, senza voltarsi. «Ora vai. E non parlarne con nessuno.»

Assuntina esitò, come se aspettasse qualcosa di più. Ma Ada era ormai di pietra, un'ombra contro la luce della finestra.

«Va bene, donna Ada» mormorò Assuntina, e uscì dalla stanza.

La porta si chiuse con un suono sordo, lasciando Ada da sola con il groviglio dei suoi pensieri. Le dita le formicolavano come se stringesse ancora l'ago. Quel bacio era un nodo che qualcuno aveva osato stringere senza il suo consenso. Ora spettava a lei scioglierlo, prima che tutto cadesse a pezzi. Conosceva i sintomi dell'incendio d'amore. La passione, una volta accesa, brucia tutto ciò che trova sul suo cammino, e lei non poteva permetterlo. Sospirò, lo sguardo fermo all'orizzonte. Lontano, il sole cominciava a calare, tingendo il cielo di un rosso cupo e minaccioso.

Il fuoco ardente l'aveva consumata quando aveva solo diciassette anni. Il volto del soldato semplice riaffiorò, come se fosse lì, davanti a lei. Era stato un amore profondo, viscerale, ma la famiglia si era opposta con ferocia: lui non era adatto al loro rango. Ada era stata allontanata e mandata a Sassari, a casa della zia, per spegnere quell'incendio.

Ma il destino li aveva riuniti. Anche il soldato era stato inviato a Sassari, e con la complicità di una cameriera devota avevano continuato a vedersi di nascosto. Un giorno, mentre la zia si trovava al Porto di Torres, il salottino giallo della casa all'Emiciclo Garibaldi era stato il teatro della loro passione. Il desiderio soffocato che li aveva a lungo consumati era stato finalmente ascoltato.

Ma quel giorno aveva segnato anche la fine di quell'amore. Suo padre era arrivato senza preavviso accompagnato dal fratello, Augusto. Li avevano trovati avvinghiati e di lì a pochi giorni il soldato era stato spedito lontano, a combattere in una terra remota. Ada, pur riuscendo a evitare il convento, era stata segregata nella casa di famiglia fino alla morte dei genitori.

Il padre e la madre non potevano però immaginare che

la figlia, tenace come un cespuglio di rovi, aveva continuato ad amarlo in segreto. Gli scriveva lettere appassionate, con l'aiuto della fidata cameriera, sognando di fuggire con lui. Ma il destino era stato crudele: il soldato era morto in battaglia, trafitto da una baionetta prussiana.

Quando aveva ricevuto la notizia, Ada aveva quasi smesso di vivere. I giorni erano diventati sequenze di gesti vuoti, la casa una prigione. Era rimasta accanto al fratello a governare poderi e stanze, come se l'amore non fosse mai esistito. Ma ogni giorno il pensiero del soldato stringeva il suo cuore in una morsa gelida.

Solo *sa bruja*, con le sue arti, riusciva a darle sollievo. Ada varcava la soglia della grotta ai margini del bosco, con piccoli oggetti: un bottone della giacca, una lettera sgualcita. Maria Tanda bruciava le erbe selvatiche, tracciava segni invisibili nell'aria e mormorava parole antiche. Solo lei poteva calmare le anime dei morti, e placare il legame tra il mondo di qua e quello di là.

Ada prese lo scialle e uscì di casa.

Seduta di fronte a *sa bruja*, nella stanza avvolta dal fumo denso, la guardava. La vecchia taceva, gli occhi puntati oltre la realtà, come se vedessero già tutto.

«Cosa vi tormenta?»

Ada esitò un istante, ma alla fine parlò. «Assuntina ha visto Mimì ed Emanuele Manca. Insieme... e non posso permetterlo.»

Sa bruja annuì, mescolando le erbe nel braciere. «Non potete fermare i legami che devono essere. Sono inevitabili come la notte e il giorno: si seguono sempre.»

Ada si strinse nel suo scialle, fissando il fuoco. «Ho paura» mormorò. «Non per loro, ma per tutto ciò che sta per accadere. La cena delle anime... il rito delle spade. Sai cosa significa per la nostra famiglia.»

Sa bruja le porse una piccola ciotola di terracotta. «Prendete il vostro tempo, donna Ada. Quella notte parlerete a chi non può rispondervi. Forse vi ascolterà. Forse vi darà la pace che cercate.»

Ada chiuse gli occhi, cercando di alleggerire il peso delle parole appena ascoltate, ma non riuscì a liberarsene. Poi, con un movimento deciso, si alzò. Ma il respiro rimase corto, teso. Le ombre della sua vita passata continuavano a perseguitarla, mentre il presente la soffocava in una morsa sempre più stretta.

32

L'annuncio arrivò con un rintocco di campane più grave del solito, come se la chiesa stessa piangesse la partenza di un figlio scomodo. Don Ausonio Piras sarebbe stato trasferito a Paulilatino.

Non era una sorpresa per chi sapeva ascoltare: un uomo vicino ai poveri, amico dei banditi, un uomo che sapeva troppo di tutti rappresentava un problema per la Curia. La notizia corse veloce, raggiungendo ogni angolo dei vicoli e delle campagne. Le strade si riempirono di sussurri e fruscio di gonne.

«Lo mandano via, era ora.»

«E chi prenderà il suo posto? Un servo della Curia, vedrete.»

«E noi? A chi ci rivolgeremo, adesso?»

Le vecchie, sedute sui gradini, sgranavano rosari senza alzare gli occhi, mentre i giovani, con i piedi scalzi e i volti inquieti, parlavano a voce bassa, divisi tra rispetto e diffidenza. Don Ausonio era stato secondo alcuni l'unico a vedere nei banditi uomini affamati di pane e dignità, non dei delinquenti. Per altri invece era solo un agitatore, uno che si sporcava troppo volentieri con chi non doveva. In prima fila c'era Assuntina Piras.

Dietro le porte chiuse, tra il crepitio dei focolari, non mancava chi dava ragione alla Curia. Anche i santi hanno nemici.

All'accampamento dei banditi, la notizia arrivò per bocca di un ragazzino. Un grido si levò tra le *pinnettas* e i fuochi accesi: «Lo mandano via! Don Ausonio se ne va!».

L'agitazione fu immediata. Qualcuno bestemmiò, gettando via *sa piccia* di *filu 'e ferru*; altri si guardarono, il sospetto dipinto in faccia.

«E chi verrà al suo posto? Sarà un giusto o un servo della Curia?» ringhiò un uomo dal volto segnato, con una cicatrice che correva dalla tempia al mento.

«Don Ausonio ci proteggeva» rispose uno dei più giovani, con voce tremante. «Sapeva che non siamo solo ladri. Ci vedeva per quello che siamo.»

Un vecchio, seduto accanto al fuoco, batté il bastone a terra. «Non importa chi arriva. Importa che ce lo tolgono. Senza di lui saremo soli.»

Ma il colpo più duro fu per Emanuele Manca. Il suo sguardo fisso, assente, e il suo silenzio dicevano tutto: la partenza di don Ausonio, lo sapeva, significava la fine di un equilibrio fragile, un equilibrio che il prete aveva mantenuto con la sua voce calma e le parole dure come pietre.

La notizia, sinuosa e velenosa come una serpe, trovò il modo di strisciare fino a casa Dessì, senza bussare né chiedere permesso.

Era una mattina vivida come un dipinto. Nel giardino

interno Mimì, seduta su una coperta, giocava con Paola, mentre poco più in là Elisabeth, sulla panca vicina al roseto, era assorta a leggere i documenti del padre. Con gli occhiali appoggiati sul naso e una matita in mano, scrutava ogni pagina.

«Salgo nello studio a prendere un libro per Paola» disse Mimì all'improvviso.

Elisabeth alzò lo sguardo, pensierosa. «*Darling*, potresti controllare se c'è un testo che parli del nuraghe qui vicino?»

«Nuraghe Longu?» chiese Mimì, già in piedi. «Sì, so dove trovarlo.»

Con passo leggero attraversò la sala da pranzo e l'andito, entrambi silenziosi. Augusto e Ada erano usciti, e la casa era tutta per loro. Dalla cucina giungevano gli sbuffi irritati di Maddalena che impartiva ordini in sardo, mentre il profumo dolce e zuccheroso di qualche leccornia si mescolava all'odore selvatico delle carni arrosto.

Mimì entrò nello studio e si diresse verso la libreria. Prese prima il libro di favole per la figlia e poi avvicinò la sedia per salirci e arrivare al volume per Elisabeth. Fu in quel momento che notò un foglio in pergamena sulla scrivania, e una busta di fianco, con la ceralacca rotta. Incuriosita, andò a controllare. L'occhio le cadde sulla firma del vescovo. Certa di non essere vista, lesse con attenzione. La lettera accennava a cambiamenti imminenti nel territorio, tra cui il trasferimento di don Ausonio. Come se fosse stata colpita da uno schiaffo, Mimì allontanò il foglio da sé. Il cuore le batteva forte.

Scese le scale domandandosi quale colpa potesse mai aver commesso il prete. Non era certo un uomo comune, don Ausonio. Non era manovrabile, e la Curia non amava quel genere di persone. Lo ricordava bene, nei pochi incontri fugaci: parole centellinate come fossero pietre preziose, sguardi dritti, capaci di frugare nei silenzi. Don Ausonio conosceva cose che nessuno osava dire, cose che era meglio tacere. Era scomodo per i prelati e per i nobili, troppo scomodo.

Eppure quell'uomo era importante per la comunità. Mimì lo aveva visto: la gente si aggrappava a lui come a un ultimo rifugio. Emanuele... Tra i due c'era un legame profondo, più profondo di quanto potesse intuire. Chissà come stava.

Arrivata nel giardino, Mimì si fermò davanti al roseto. Elisabeth era ancora lì, circondata dai suoi libri.

«Elisabeth» bisbigliò guardando oltre il muro, «lo trasferiscono. Don Ausonio parte.»

La donna sollevò lo sguardo, sorpresa.

Mimì si passò una mano sul viso, nervosa. «Lo voglio vedere. Devo parlargli, prima che se ne vada.»

Elisabeth annuì. «Va bene, non ti preoccupare. Resto io qui.»

Mimì si girò e, senza aggiungere altro, andò a cercarlo nella piccola canonica.

Don Ausonio la accolse con uno sguardo tranquillo, come se l'aspettasse. «Buongiorno, donna Mimì.» La voce calda e gli occhi sereni di chi porta un peso senza farsene schiacciare.

«È vero che vi mandano via? È perché state dalla parte dei banditi?» chiese lei senza indugi, con una nota di preoccupazione.

Don Ausonio sorrise appena, abbassando il capo mentre raccoglieva le sue poche cose. «Aiuto chi ha bisogno. Santi o peccatori, poco cambia davanti a Dio.»

Mimì lo fissò a lungo, combattuta. Fece un respiro profondo, le mani strette come a trattenere qualcosa di troppo grande. Alla fine, le parole si fecero strada: «Io... noi...» balbettò, ma si bloccò. Non riusciva a continuare, anche se dentro di sé sentiva un'urgenza bruciante, un bisogno disperato di confidarsi, di trovare conforto.

«Volete confessarvi, donna Mimì?» chiese don Ausonio.

Mimì annuì, poi si inginocchiò, il respiro affannato ma la voce ferma.

«Padre, provo qualcosa che non ho mai provato per nessuno. Un desiderio che mi consuma e che non riesco a reprimere.»

Don Ausonio ascoltò senza muoversi, il capo chino, gli occhi socchiusi. Non le chiese per chi. Lo sapeva.

«Mi tormentano questi pensieri» continuò Mimì, «so che è peccato, non dovrei. Ma è più forte di me.»

Il prete rimase in silenzio. Conosceva la potenza distruttiva della passione, in grado di travolgere tutto, trasformando l'anima in qualcosa di fragile e vulnerabile. Ma conosceva anche Emanuele, e la vastità del dolore con cui conviveva.

«È umano provare sentimenti simili» disse, infine, «ma la strada che state percorrendo può essere pericolosa.»

«Lo so, padre» sussurrò Mimì, «ma non posso fermarmi.»

Don Ausonio si avvicinò, le mani giunte, il tono ora più basso, quasi confidenziale. «Non vi chiedo di soffocare ciò che sentite, donna Mimì, ma di guardarlo per ciò che è. Non lasciate che questo sentimento diventi una prigione. Il vero amore non schiaccia. Guarisce.»

Mimì chiuse gli occhi, trattenendo il respiro. La paura si mescolava al desiderio. Qualcosa di più profondo bruciava dentro di lei. Non era solo passione.

Il prete continuò, le parole scorrevano dolci ma serrate, come il ritmo di una preghiera. «A volte, dopo un grande dolore, un'anima si smarrisce. La passione può essere una scintilla che riaccende la vita, ma anche una maschera, dietro cui si nasconde una ferita mai guarita.»

Mimì alzò la testa di scatto, sorpresa. Cosa voleva dirle? Stava parlando di Emanuele o di lei?

Don Ausonio fece una pausa, lasciando che il silenzio riempisse la canonica, poi riprese, il tono ora più ruvido. «Ogni scelta ha un prezzo, donna Mimì. E certe strade, una volta percorse, non permettono di tornare indietro.»

Le sue parole restarono sospese nell'aria, come un'eco che rimbalzava tra le pareti. Mimì si alzò lentamente, le gambe rigide, il cuore che le batteva in gola. Uscì dalla canonica senza voltarsi, in preda a una sensazione sconosciuta.

Camminando sotto il cielo limpido, aveva la sensazione che la sua anima si sgretolasse, consumata da una colpa senza nome: non essere mai stata capace di essere felice. Non aveva mai provato niente di simile per nessuno. Quello che sentiva per Emanuele era un desiderio oscuro e profondo, un fuoco che solo la sua presenza riusciva a placare.

Si fermò, abbandonandosi al vento che le accarezzava il viso. Chiuse gli occhi e lasciò che l'aria riempisse i suoi polmoni. Sapeva di terra, di fuoco, di qualcosa di antico e di inevitabile. Ogni pensiero che la trascinava verso di lui, ogni spinta che la faceva avanzare in quel buio erano intrisi di sofferenza.

Eppure, quel dolore portava anche una rivelazione: non c'era più via d'uscita. Aveva sognato l'amore, lo aveva immaginato come una salvezza. Adesso capiva che non lo era. L'amore era l'abisso in cui doveva precipitare, un passaggio oscuro verso l'ignoto. Le stesse ombre che avvolgevano l'anima di Emanuele sembravano volerla trascinare con sé.

Quando tornò a casa, trovò Antonietta che lavorava in cucina. La osservò a lungo, con attenzione. C'era qualcosa in lei che la rassicurava, poteva fidarsi, lo sentiva. Non servivano parole. Le si avvicinò a passo deciso, abbassando la voce. «Ho bisogno di te.»

Antonietta la guardò. «Ditemi, donna Mimì, quello che posso.»

«Va' da Emanuele Manca. Digli che lo devo vedere.»

Senza aspettare risposta, si voltò verso il fuoco che crepitava nel camino. Aveva scelto la sua strada.

33

Antonietta ritornò prima dell'ora di pranzo con passo svelto, il fazzoletto stretto sotto il mento e un'ombra di preoccupazione nello sguardo. «Emanuele Manca vi aspetta a San Saturnino» mormorò a voce bassa a Mimì, attenta a non essere udita da nessuno. Poi, uscì rapida, lasciandola sola.

Elisabeth entrò dalla porta opposta.

«Cosa succede?» chiese, scrutando il viso teso.

Mimì si girò verso di lei, il cuore in tumulto. «Devo vederlo... ma come faccio ad andare?» bisbigliò, cercando aiuto nel suo sguardo.

«*Don't worry*, ci penso io» le rispose con un sorriso complice. «Diremo che stiamo andando al nuraghe Longu. Ora sbrigati.»

La camera di Mimì si riempì del fruscio delle gonne. Le mani le tremavano mentre Elisabeth le stringeva il laccio del corpetto con la consueta precisione.

«*My darling*, stai attenta» le sussurrò preoccupata. «Non lasciare che l'emozione ti renda cieca.»

Si avventurarono furtive nella campagna, i cavalli che affondavano le zampe nell'erba umida di rugiada. Arrivate al bivio, Elisabeth si voltò verso la sua amica.

«I boschi sono deserti, Mimì, perfetti per chi cerca risposte», e senza aggiungere altro incitò il cavallo e galoppò via verso il nuraghe.

Mimì fece un respiro profondo, cercando di calmare l'emozione che la travolgeva. Senza indugio, si avviò lungo il sentiero che portava verso San Saturnino. Il vento frizzante le sferzava il volto mentre gli zoccoli risuonavano sulla terra battuta. All'improvviso le rovine della chiesa sconsacrata emersero davanti a lei, oscure, avvolte dai rampicanti.

Lui era già là, e l'aspettava.

In sella ai rispettivi cavalli, si fermarono a pochi passi l'uno dall'altra. La luce densa del primo pomeriggio avvolgeva ogni cosa. Non appena lo incrociò, Mimì abbassò lo sguardo, poi tornò a fissarlo. Emanuele era lì: l'abito scuro di velluto, il volto intenso e i capelli neri leggermente arruffati.

«Mi hai mandato a chiamare, donna Mimì?» mormorò lui, la voce roca, con un sorriso sottile, tra l'ironico e lo stanco.

Mimì strinse le redini. Il cuoio scricchiolò tra le sue mani. Mentre il vento frusciava tra i cespugli, i cavalli scalpitavano, nervosi.

«Volevo vederti» rispose, con una fermezza che non sentiva dentro di sé.

«E cosa vuole una nobildonna da un bandito come me?» replicò con voce amara, subito portata via dalla brezza. Si passò una mano sul mento, lo sguardo perso verso l'orizzonte spezzato dalle rovine della chiesa.

«Mi hai stregato» esplose Mimì, «anima e corpo.» Scese dal cavallo in un balzo e si avvicinò al suo, afferrandone con forza le briglie. «Perché mi hai baciato?» Le parole erano un torrente in piena. «Non prenderti gioco di me. Non farlo.»

Emanuele abbassò il viso, ma Mimì non gli diede tregua.

«Se provi quello che provo io, dimmelo» lo incalzò. «Oppure nega tutto. Ma fallo, e io sparirò per sempre.»

Lui la fissava, catturato da qualcosa che sembrava impossibile ignorare. Quegli occhi, così diversi da quelli di qualsiasi altra donna, oltrepassavano ogni barriera che aveva costruito. Sentì un nodo sciogliersi dentro di sé, un muro crollare. Senza dire una parola, smontò da cavallo.

«Cosa ti tormenta?» sussurrò Mimì, il viso così vicino da poter percepire il calore del suo respiro. «Non mentirmi. Lo vedo.»

Emanuele scosse la testa, le labbra serrate, incapace di parlare.

«Non c'è nulla da dire» mormorò infine, con un filo di voce.

«Non mentire» ribatté lei, con decisione. «Porti un peso. Lo sento. Dimmelo. Voglio capire cosa provi per me e cosa ti turba davvero.»

«Cosa cambierebbe, Mimì? Il mio passato non si cancella. Non posso essere altro da ciò che sono diventato. Siamo troppo diversi.»

«Forse no» sussurrò lei, con una dolcezza che lo spiazzò. «Forse puoi spiegare chi sei... a me.»

Emanuele abbassò di nuovo lo sguardo e iniziò a camminare. Mimì lo seguì, lui spostava i rovi davanti a sé per farle strada.

«Sono stata da don Ausonio, oggi» disse lei, rompendo il silenzio calato su di loro.

«Parte» annuì lui, senza guardarla. «La Curia lo manda a Paulilatino.»

«Lo so, il vescovo ha informato la nostra famiglia.»

«Per noi sarà una grave perdita. Per me ancora di più.»

«Siete molto uniti?» chiese Mimì.

«Se non fosse stato per lui, la mia vita sarebbe stata un inferno» ammise, la voce quasi rotta. Poi, con una delicatezza inaspettata, le afferrò le braccia, lo sguardo, colmo di rancore e rabbia, si aggrappò al suo, come se cercasse un'àncora. «Ci sono tante cose che tu non sai» aggiunse, sul punto di cedere all'emozione.

Mimì rimase immobile, gli occhi fissi nei suoi.

«Avevo una moglie» continuò, «e un figlio piccolo.» Ogni parola sembrava uscire a fatica, come se gli pesasse troppo pronunciarla. «La mia vita non è stata sempre questa» aggiunse, sfiorandole il braccio con una tenerezza inattesa. «Ero un uomo rispettabile. Amavo la mia famiglia, le mie terre. Avrei dato tutto per loro.» Si fermò, il silenzio che seguì era quasi insopportabile. Poi riprese: «E così ho fatto».

Le raccontò della casa vicino a Nuoro, delle terre rigogliose, del lavoro incessante per accrescere la prosperità della sua famiglia. Un'esistenza piena di sacrifici, costruita con amore e dedizione. Finché la ricchezza non aveva attirato l'avidità di un vicino privo di scrupoli.

«Era un uomo senza onore» continuò, con un'ombra di odio negli occhi. «Con l'aiuto di guardie corrotte, mi accusò di nascondere banditi.» Si interruppe, il respiro più pesante. «Circondarono la casa» proseguì, la voce quasi spezzata. «Un gruppo di uomini armati, pagati per braccarci, non riuscendo a entrare, si lasciò prendere la mano e appiccò il fuoco.»

Mimì sussultò.

«Ero lontano per affari» mormorò Emanuele, il dolore risuonava in ogni sillaba. «Quando tornai... c'era solo cenere.»

Gli occhi di Mimì si riempirono di lacrime.

«Erano morti tutti» aggiunse, lo sguardo perso nel vuoto. Raccontò di come, tra le braci fumanti, avesse trovato il ciondolo che aveva regalato alla moglie, un gioiello di famiglia. Due notti e due giorni era rimasto in ginocchio, senza muoversi, divorato dal dolore. Finché un pastore, testimone dell'accaduto, non si era avvicinato.

«Mi disse chi aveva orchestrato tutto» concluse Emanuele, la voce adesso carica di una rabbia fredda.

Le sue parole lasciarono Mimì senza fiato. Ecco qual era il peso che lui portava addosso.

Mosso da una disperazione cieca, armato della legge non scritta, aveva eliminato a uno a uno i responsabili. Poi, con pochi uomini fidati al suo fianco, era fuggito nelle campagne.

«Fu il periodo più brutto della mia vita» le confessò. «Ho compiuto azioni di cui non vado fiero. Mi muoveva solo l'odio. Poi incontrai Ausonio.» Ogni parola era nuda, sincera. «Grazie a lui» continuò, «ho imparato a lenire il mio tormento. Grazie a lui sono diventato un uomo migliore. Ma il passato non si cancella.»

Mimì lo ascoltava senza riuscire a parlare, di fronte a quella sofferenza mai del tutto svanita. Lo guardò: le spalle rigide, le labbra serrate in un'espressione amara, lo sguardo perso in un punto lontano, troppo lontano per essere raggiunto.

«Mi hanno portato via tutto. È rimasto solo questo» disse indicando il fucile. «Questa vita. Questa fuga.» La voce tremava mentre rievocava i lunghi anni trascorsi a dormire all'aperto, con la roccia come unico giaciglio e il cielo stellato a ricordargli la libertà negata.

Mimì avrebbe voluto dire qualcosa, ma le parole le morivano in gola. «Non sei solo» sussurrò alla fine.

Emanuele scosse la testa, con un sorriso stanco. «Non dire cose che non sai, Mimì.»

Lei si avvicinò, così tanto che riuscì a cogliere ogni dettaglio del suo volto: le cicatrici leggere, il solco profondo tra le sopracciglia, la luce velata negli occhi. La sua mano si mosse quasi da sola. Con delicatezza sfiorò il polso di Emanuele. Il contatto era lieve, ma annullò ogni distanza tra loro.

E poi accadde.

Le mani di Emanuele si sollevarono, fino a sfiorarle il viso. Ciascun gesto era lento, esitante. Il calore delle dita sulla sua pelle fermò il respiro a Mimì. I loro occhi si incontrarono, e in quello sguardo c'era tutto. Il tormento, il desiderio, la resa. Non c'era più spazio per pensare, soltanto per sentire.

Emanuele la baciò. Fu un bacio violento, disperato, come un fiume che finalmente travolge l'argine. Mimì rispose senza esitazione, cercandolo con tutto il corpo, come se solo in quel momento riuscisse a capire davvero chi fosse Emanuele Manca e chi stesse diventando lei.

Lui la strinse forte a sé. «Non hai paura di un ricercato?»

«Ho paura solamente di non averti accanto» rispose lei con impeto.

Il bacio successivo fu ancora più appassionato, una fusione di anime e corpi che li portò sull'orlo di un abisso. Le mani di Emanuele si muovevano con urgenza sugli abiti di Mimì, tracciando percorsi di desiderio. Ogni tocco, ogni carezza erano una promessa e una sfida al destino.

«Ti desidero» mormorò, mentre le dita sfioravano i capelli, le braccia, la vita. Scivolarono sotto il vestito, lungo la pelle morbida. Poi gettò il mantello sull'erba e, prendendola in braccio, la adagiò con delicatezza sulla stoffa spessa, senza mai distogliere lo sguardo da lei. Ogni movimento era delicato, carico di devozione. Le mani di Mimì si aggrappavano a lui, ricambiando le carezze, baciandogli il collo. La passione cresceva, la pelle sembrava ardere. Non sapeva e non voleva resistere. Per la prima volta nella sua vita, sentiva il corpo di un uomo fondersi con il proprio. Ecco, pensava, che cosa erano il piacere e la passione.

Il respiro di Emanuele si mescolava al suo. Quando finalmente lo sentì scivolare dentro di sé, il cuore esplose. Mimì lo accolse con un ardore inaspettato, le mani lo stringevano forte. Si muovevano insieme, anticipando l'uno i desideri dell'altra.

Mimì tremava sotto di lui. Il ritmo dei loro corpi si fece incalzante. Si tese per un istante, poi un fremito profondo la scosse, lasciandola senza respiro. Emanuele la teneva stretta, i loro corpi intrecciati, come due metà finalmente unite. Abbracciati sulla stoffa ruvida, cullati dal rumore del bosco, si abbandonarono a una stanchezza che cancellava qualunque ferita.

Il loro destino era segnato. Quella passione era un fuoco, ardente e indomabile, una promessa incisa nella carne e nell'anima.

Emanuele la strinse più forte, come se temesse che quel momento potesse svanire. Il suo respiro, profondo e regolare, si mescolava al profumo della pelle di Mimì, lasciandolo prigioniero di un'ebbrezza che non sapeva più contenere.

Mimì chiuse gli occhi e per un istante il peso delle scelte scomparve. C'erano solo loro, sospesi in un tempo che finalmente gli apparteneva.

34

Augusto Dessì si era chiuso nello studio. Il rumore dei suoi passi, costanti e ritmati, riempiva la stanza come un metronomo. Camminava avanti e indietro, le braccia conserte dietro la schiena, le spalle curve, i denti che tormentavano il labbro inferiore. Ogni tanto mandava giù un bicchierino di brandy, dono di un generale sabaudo, come se il calore del liquore potesse placare i pensieri che gli martellavano la mente.

La data si avvicinava e con essa il peso della responsabilità.

Per la prima volta avrebbe affrontato tutto da solo. Fino ad allora, il padre era sempre stato accanto a lui, guidandolo in ogni passo. Ora che lui non c'era più, il dovere di custode, depositario di un segreto che aveva attraversato le generazioni della sua famiglia, incombeva su di lui con tutta la sua gravità. Quel ruolo poteva sembrare un privilegio, ma per lui era un macigno.

Aveva giurato di proteggere l'eredità dei Dessì, ma cosa sarebbe successo se non ne fosse stato all'altezza? Se qualcosa fosse andato storto?

Dietro quella porta chiusa, nel cuore della loro casa, si trovava la stanza che custodiva il loro segreto. Non erano semplici reperti archeologici: l'insegna cultuale nuragica, composta dalle tre spade, e il *radius astronomicus* rappresentavano vere e proprie reliquie, il legame indissolubile con gli antenati e con i culti misteriosi che avevano governato la terra attraverso le stelle.

Accanto a loro, testi antichi di astronomia, mappe celesti ingiallite dal tempo, segreti scritti per chi sapeva leggerli.

Eppure, mentre la data del lunistizio maggiore si avvicinava, Augusto non trovava pace. Ogni diciannove anni, i raggi della luna si riflettevano sullo specchio d'acqua del pozzo sacro, attraversando il foro posto sulla sommità della cupola. Era allora che le spade dovevano essere esposte alla luce argentea, per ristabilire un equilibrio ancestrale. Per i Dessì, quel rito non era solo una tradizione tramandata, ma un ponte tra il presente e un passato remoto. Per i discendenti delle antiche stirpi nuragiche, quel rituale, con la sua sacralità immutata, rappresentava il legame con un ordine cosmico che, se spezzato, avrebbe portato chissà quali conseguenze imprevedibili.

Il dubbio tormentava Augusto, implacabile, come un'ombra che non poteva scacciare. E se avesse sbagliato i calcoli sul lunistizio? Generazione dopo generazione, le posizioni lunari erano state osservate, annotate con cura, e il ciclo era stato tramandato come un segreto prezioso. Ma il compito di continuare quella osservazione meticolosa ora ricadeva interamente su di lui. E se un suo errore, anche minimo, avesse compromesso il rituale? Se quell'imprecisione avesse infranto per sempre l'equilibrio che il rito serviva a preservare, macchiando l'eredità che aveva giurato di custodire?

Le parole del padre gli tornarono in mente, nette e pesanti come la pietra: «Un Dessì non può fallire. Non è soltanto il nostro nome a essere in gioco, ma l'equilibrio stesso che ci lega ai nostri antenati. Se tradisci il tuo compito, tradisci la nostra stirpe. Ricorda, Augusto, un errore può spezzare ciò che generazioni hanno custodito».

Il brandy non bastava a placare quella paura. Augusto si fermò, lo sguardo fisso sulla porta chiusa. Per un momento, l'idea di cedere di fronte al peso del dovere lo sfiorò. Ma scosse la testa, cercando di reprimere il panico. Lui era il custode. Doveva esserlo, anche se il terrore gli serrava la gola.

Per generazioni, quei reperti erano stati nascosti nelle profondità della terra, nel pozzo sacro, fino al giorno in cui sua nonna Laura, scivolando, si era ferita con una delle lame. Sembrava un taglio da nulla, ma si era infettato, e pochi giorni dopo lei era morta. La voce si era sparsa come un veleno tra gli abitanti del paese. «Una maledizione» sussurravano. Gli spiriti del pozzo avevano punito chi osava profanarlo.

Suo nonno, logorato dalle dicerie e timoroso dei saccheggiatori che trafugavano reperti nuragici per venderli a collezionisti senza scrupoli, aveva preso una decisione drastica. Aveva portato le spade e gli altri manufatti in casa, e chiuso il pozzo agli estranei, lasciandolo accessibile soltanto alla famiglia, per il rito. Con quel gesto, non solo aveva sigillato un passaggio, ma aveva relegato nell'ombra un capitolo di storia destinato a sopravvivere nei ricordi dei Dessì. Il segreto non era stato cancellato, solamente nascosto. Il lunistizio, la cerimonia delle spade, tutto doveva proseguire, intatto, nonostante l'incessante scorrere del tempo.

Augusto continuava a camminare avanti e indietro, il passo greve come il fardello che portava. Quell'anno tutto gli sembrava fuori controllo. La cerimonia delle spade coincideva con la notte della cena delle anime, e questo lo gettava in uno stato di agitazione che non riusciva a contenere. Ada, con la sua solita testardaggine, insisteva per usare il pozzo anche per *sa chena pro sos mortos*, trasformando le spade in un potente amuleto per invocare l'anima del suo amato.

Per Augusto, già tormentato dal terrore di aver sbagliato i calcoli sul lunistizio, quell'insistenza era intollerabile. Pavido com'era, non riusciva a gestire due cose insieme: il pensiero che qualcosa potesse andare storto con la cerimonia sacra lo paralizzava. Il dovere di custodire l'eredità dei Dessì lo schiacciava e ogni distrazione era un pericolo.

Ada, invece, non aveva paura di nulla. Determinata e inflessibile, non si sarebbe fermata davanti a niente. Augusto la conosceva fin troppo bene: quando si metteva in testa qualcosa, non c'era modo di farle cambiare idea. Ma il rituale delle spade era sacro, e tutto doveva svolgersi senza interferenze. Ogni sua energia, ogni pensiero dovevano essere rivolti a garantire il successo del rito.

«Prima il lunistizio» si disse, stringendo i pugni. «Poi, forse, penserò ai capricci di Ada.»

Il cigolio della porta lo fece sobbalzare, interrompendo il flusso dei suoi ragionamenti. Alzò lo sguardo, un'ombra di fastidio si trasformò in tensione quando vide sua sorella varcare la soglia.

Il passo era deciso, il volto impassibile, ma gli occhi tradivano qualcosa di più. Augusto cercò di decifrare quell'espressione, mentre lei si bloccava al centro della stanza, fissandolo con calma. «Cosa c'è, Ada?» chiese, il tono più brusco di quanto avrebbe voluto.

«Devo parlarti» rispose lei, la voce bassa, tesa, ma ferma.

«Di cosa?» *Eccola*, pensò, *sempre pronta a insistere*. Non sapeva mai fermarsi, neppure davanti alle sue preoccupazioni.

Ada non si mosse, non sbatté nemmeno le palpebre. «Si tratta di Mimì.»

Cosa c'entra Mimì?, si chiese, mentre il gelo gli si insinuava nelle ossa. Restò in silenzio, la mascella serrata.

«Assuntina Piras l'ha vista» continuò Ada, scandendo ogni parola come una sentenza. «Con Emanuele Manca. Alla chiesa sconsacrata.» Fece una pausa, breve ma tagliente. «Si sono baciati.»

La notizia piombò nella stanza, aprendo voragini di silenzio e sconcerto. Augusto rimase immobile, le mani contratte dietro la schiena. Un calore improvviso, feroce, gli salì alla nuca. Lo studio sembrò stringersi intorno a lui, soffocandolo. Ogni suono diventò insopportabile: il fuoco nel camino crepitava rabbioso, il ticchettio dell'orologio martellava implacabile. Le sue labbra si mossero, ma non ne uscì alcun suono.

Un bacio. Sua moglie. La donna che aveva sempre creduto devota, sottomessa, incapace di slanci. Non l'aveva mai reputata alla sua altezza, mai degna di accedere a tutto ciò che i Dessì custodivano. Come aveva potuto?

La parola *onta* prese forma, un marchio rovente che gli offuscava la ragione. Ma oltre alla rabbia, oltre all'umiliazione, c'era qualcosa di più oscuro, un veleno muto. La paura.

Emanuele Manca. Quel nome era un pugno nello stomaco. L'uomo libero. Il bandito. Colui che rappresentava ciò che lui non era e non sarebbe mai stato: forza, ribellione, coraggio senza limiti. Un uomo capace di strappargli tutto: il controllo che credeva saldo, il rispetto che imponeva con fatica, il fragile equilibrio della sua vita.

Ada non mosse un muscolo. Augusto fissò il vuoto, il respiro pesante, il cuore che gli rimbombava nelle tempie.

«Non può essere» riuscì infine a dire, la voce incrinata.

Ada non rispose. Le parole erano state pronunciate. Lo aveva già ferito. Ora toccava a lui raccogliere i pezzi e decidere cosa fare.

Augusto inspirò a fondo per ritrovare il controllo. Alzò lo sguardo su Ada, il volto teso ma severo. «Tu non sai cosa ci aspetta» sibilò, quasi ringhiando. «La cerimonia è vicina. È importante. Per te, per me, per questa famiglia. E certi fatti non possono... non devono contaminarla.»

Scrutò Ada ancora per un istante, poi distolse gli occhi e uscì, il passo rigido e troppo rapido, come se stesse fuggendo. Giunse davanti alla stanza segreta. La chiave, fredda nella sua mano sudata, sembrava pesare il doppio. La inserì nella serratura e la fece girare con uno scatto secco.

L'odore di pietra e polvere lo avvolse. Era come tornare al grembo della terra, un rifugio che sapeva di tempo fermo e responsabilità antiche. Le assi scure delle pareti si stringevano attorno a lui, mentre avanzava lentamente. Davanti alla libreria, attivò il meccanismo nascosto. La parete si spostò, rivelando il cuore della stanza. Le tre spade, l'insegna cultuale nuragica e il *radius astronomicus* lo attendevano, illuminate dalla luce della lampada a olio. Augusto si fermò, li osservò come si osserva un altare. Le dita tremarono mentre sfioravano il metallo freddo delle spade, lame che sembravano ancora vive.

Mimì, pensò, *maledetta*.

Doveva trovare una soluzione. Subito.

Si voltò per richiudere la parete. Ma prima di farlo, si fermò. Il suo sguardo indugiò sulle spade e sul *radius*, quasi a cercare un segno. La stanza, immobile, sembrava ignorare ogni sua angoscia, avvolta in un silenzio indifferente e imperturbabile.

PADRIA, OTTOBRE 2022

35

Tzia Manuella taceva, incapace di dare un seguito al racconto. Le ultime parole restavano sospese nell'aria, come l'eco stesso della sua voce.

Dalla fotografia appesa alla parete, Augusto e Ada le osservavano, con espressioni enigmatiche, quasi a custodire ancora i segreti che avevano segnato la loro vita.

«Incredibile» disse Iride, lasciandosi cadere contro lo schienale della poltrona, come se l'aria le fosse improvvisamente mancata. «Riti segreti, le spade usate nella cerimonia del lunistizio maggiore... È tutto così... assurdo!»

Tata la osservò per un attimo, poi si versò un bicchiere d'acqua. Il movimento era lento, calcolato, come se volesse guadagnare tempo prima di proseguire.

«E Mimì?» insistette Iride, la voce più acuta. «Cosa le è successo, dopo?»

Tata posò il bicchiere sulla scrivania. «Non so altro» disse infine, scuotendo la testa. «Tuo padre mi riferì che Mimì era scomparsa. Qualcuno diceva che fosse annegata, altri la credevano dispersa in mare. Con certezza sapeva solo che

Paoletta era stata cresciuta dal padre e dalla zia. Di più non mi ha mai detto.»

Iride serrò le labbra, gli occhi fissi su di lei, come se volesse scavare oltre quelle parole. «E Augusto? Cosa ha fatto, dopo che ha saputo del bacio tra Mimì ed Emanuele? E la cerimonia delle spade? Perché nessuno me ne ha mai parlato?» chiese con apprensione.

Tata sospirò, guardando fuori dalla finestra. «Non saprei» rispose con un filo di voce. «So che tua nonna disse a tuo padre che di quella storia non si doveva parlare.»

Iride continuava a fissarla. Che fine avevano fatto Mimì ed Emanuele? Come si era conclusa quella storia straordinaria? Ogni domanda senza risposta accendeva in lei una curiosità irresistibile, il desiderio di scoprire ogni dettaglio di quel passato affascinante. Per lei, abituata per lavoro a scavare nel tempo, ogni indizio rappresentava una sfida avvincente, un enigma da risolvere per ridare voce a chi era stato dimenticato.

Augusto, Ada e i riti di famiglia; Mimì, Elisabeth e le spade nuragiche... persino il ritrovamento dello scheletro. Tutto conduceva al pozzo sacro, eppure il quadro restava incompleto. Non riusciva a vedere come i tasselli potessero incastrarsi tra loro, né chi fosse la disgraziata murata insieme alla terza spada. Sempre che fosse una donna.

«Per il pozzo sacro e per lo scheletro cosa dovrei fare?» domandò infine, abbassando il capo. «Dovrei avvertire le autorità? La polizia?»

Tata rimase in silenzio per un momento, poi scosse la testa.

«Hanno aspettato anni, possono aspettare ancora qualche giorno.» Il suo tono calmo strideva con la frenesia che agitava Iride. Lo sguardo di Tata si posò sugli scaffali della libreria, indugiando sulle fotografie sbiadite e sui dettagli della stanza.

«Cosa stai guardando?» le chiese Iride.

Tata scosse di nuovo la testa, accennando un lieve sorriso. «Niente che tu non possa vedere da sola, *fizighè*» rispose con dolcezza, spingendola fuori dallo studio, «è ora di andare a dormire. Fidati di te stessa: se deve venir fuori, lo farà.»

«Cosa intendi dire?» insistette Iride, confusa.

«Che se siamo sulla strada giusta, il resto della storia arriverà. Devi solo avere fede e cogliere i segni che il tempo lascia lungo il cammino.»

Tzia Manuella chiuse con un gesto deciso la porta dello studio. Iride la seguì con lo sguardo, poi scese anche lei. Ma il silenzio della notte non le portò pace. Si rigirava nel letto, i pensieri un vortice incessante. La casa sembrava viva: ogni scricchiolio, ogni lieve gorgogliare delle tubature erano come bisbigli che la chiamavano. Dopo più di un'ora, si arrese. Scivolò fuori dal letto e attraversò le stanze. Lo studio del padre l'attendeva, avvolto nella penombra. La libreria imponente occupava quasi tutte le pareti, ricolma di libri e fascicoli. Iride iniziò a scorrere con le dita i dorsi dei volumi, spostò qualche faldone, consultò documenti che non le dicevano nulla. Non sapeva nemmeno lei cosa cercasse, eppure era sicura che doveva farlo.

Un rumore improvviso spezzò il silenzio. Un colpo secco contro la grande finestra la fece trasalire. Si fermò trattenendo il respiro, mentre l'immagine del suo incubo riaffiorava: la donna dal viso in ombra che batteva la mano contro il vetro. Con il cuore in gola si avvicinò alla tenda. Sollevò la stoffa pesante con esitazione, pronta al peggio.

All'esterno, però, non c'era nulla di minaccioso, solo una

grossa falena, attratta dalla luce della stanza. Iride tirò un sospiro di sollievo, ma il battito del cuore non rallentava. Quelle creature le avevano sempre suscitato un senso di disagio profondo, quasi quanto gli uccelli. Fece un passo indietro, urtò contro l'angolo della libreria e, nel tentativo di non cadere, si aggrappò con forza a un ripiano.

Fu allora che accadde.

Un *clic* seguito da un movimento appena percettibile: uno scaffale intero arretrò di pochi centimetri, svelando un nascondiglio. Iride rimase immobile, gli occhi fissi, come se il corpo avesse perso la capacità di reagire.

Allora è sopravvissuta ai cambiamenti della bisnonna Paola, pensò. Era ancora lì, intatta, nonostante i lavori di ampliamento. Con mani tremanti, spinse l'anta, lasciando che la fioca luce del lampadario filtrasse all'interno. Il tempo, il suo tempo, le stava parlando, la casa, con i suoi segnali, le indicava una strada. E Tata, come sempre, aveva avuto ragione.

Pensò a Piero. Avrebbe voluto accanto la sua presenza rassicurante. Ma era sola. Prese una candela dal cassetto della scrivania, l'accese, inspirò profondamente e, facendosi coraggio, entrò.

La piccola stanza sembrava vuota. Solo un vecchio antro polveroso, che aveva resistito al passare degli anni. Eppure, qualcosa attirò il suo sguardo. Su una mensola, appena visibile, era posata una scatola in radica, simile a uno scrigno. Iride si avvicinò e la prese con cura, portandola alla scrivania. La superficie era coperta da uno spesso strato di polvere, che ripulì con la manica del golf. La chiusura, ormai logora, aveva ceduto in parte, lasciando filtrare la polvere all'interno. Sotto la luce del lampadario sollevò con attenzione il coperchio. Uno dei gangheri si spezzò con un lieve schiocco rivelando un plico di fogli e una piccola scatola d'argento, quelle che un tempo si usavano per custodire i gioielli.

Il suo cuore accelerò. Quella scatola era una promessa di segreti che non vedeva l'ora di conoscere.

Emozionata depose le carte sul piano in cuoio e sciolse con cautela la fettuccia di raso, ormai rovinata, che le avvolgeva. Liberò foglio dopo foglio: carta sottile, velina fragile, pergamena pesante, macchiate da caratteri sbiaditi e tracce di inchiostro ramato. Si sedette sulla poltrona del padre, e con un brivido d'eccitazione iniziò a sfogliarle. Sembrava non fossero state toccate prima di allora. I bordi color grigio fumo, come la polvere che per anni le aveva custodite. Editti del regno, vecchi almanacchi, una patente nobiliare, ma ciò che le fece trattenere il respiro furono le lettere...

Incredibile, pensò, mentre sfiorava il sigillo in ceralacca. La prima missiva era indirizzata a Mimì, ed era firmata da suo padre, Tonino Oppes. Inforcò gli occhiali e si concentrò.

Alla mia amata Mimì,

sono ormai troppi i giorni passati senza poterti vedere. Mi chiedo come sia possibile dividere un padre da sua figlia, come possa tuo marito voler impedire ogni nostro incontro. Augusto mi ha detto che stai male, e questo mi lacera il cuore.

Come posso rimanere lontano sapendo che soffri? Ti prego, scrivimi, o manda qualcuno a rassicurarmi. Questo silenzio è un'agonia che non riesco più a sopportare.

Con affetto eterno,
il tuo devoto padre

Un nodo le strinse la gola. Mimì ammalata? Anche lei vittima della malaria? Rilesse la lettera più volte, girandola in controluce, come se tra le righe si celasse una verità. Ma non c'era altro.

Con mani febbrili, sparse le altre lettere sulla scrivania e iniziò a sfogliarle. La seconda, priva di busta, più che una vera e propria lettera, sembrava una comunicazione destinata a Ada.

Alla mia cara sorella,

ho saputo che continui a frequentare don Ausonio Piras, che vai spesso alla chiesa di Santa Cristina, a Paulilatino.
Non ti nascondo la mia preoccupazione: non tanto per le tue visite, quanto per ciò che potrebbero implicare. Sai bene quanto siano fragili gli equilibri che ci tengono al sicuro, e la sua vicinanza ad ambienti lontani dai nostri non passa inosservata.
Ada, temo per ciò che potresti dire. Certe parole, certi pensieri, non devono uscire dalle mura di casa. Ti prego, spiegami cosa ti spinge a incontrarlo così spesso. Quel prete è un pericolo, e ho paura che possa minare la nostra sicurezza.

Sempre riconoscente,
tuo fratello Augusto

Le altre lettere erano destinate a Paola: parlavano di educazione, di rispetto per i valori familiari e dell'importanza dell'obbedienza. Erano indirizzate "al mio tesoro" e firmate sempre "il tuo devoto padre".

Iride ripose i fogli sul ripiano. Le mani tremavano per l'eccitazione. Aveva bisogno di parlare con Piero e Tata. Il legame tra Augusto, Ada e don Ausonio sembrava nascondere qualcosa. E la lettera di Tonino Oppes a Mimì sembrava voler aggiungere qualcosa alla storia. Ma cosa? Perché Augusto non faceva avvicinare il padre alla moglie?

Il suo sguardo cadde a quel punto sulla scatolina portagioielli. Spinta da una curiosità crescente, la aprì. All'interno trovò un ciondolo e una piccola fotografia in bianco e nero, con i bordi zigrinati. Il pendente, due zanne bianche montate su argento brunito, era un vecchio talismano contro il malocchio. Ma fu la fotografia a lasciarla senza parole: suo padre e sua madre, ritratti davanti all'ingresso del tempio a pozzo, con il *radius astronomicus* in mano.

«Non può essere...» sussurrò incredula Iride. «Allora sapevano!» esclamò.

Una presenza discreta la fece voltare di scatto. Tata era entrata, silenziosa, e la guardava. «La stanza segreta esiste ancora...» mormorò, gli occhi spalancati per la sorpresa. Non era stata annessa allo studio, proprio come aveva immaginato. Si avvicinò, sfiorando con dita leggere il ciondolo, come se il contatto con quell'oggetto potesse confermarle qualcosa. Lo studiò con attenzione prima di infilarlo su un cordoncino che aveva in tasca.

«Tieni, *fizighè*» disse piano, con uno sguardo intenso.

«Tata, siediti» ribatté Iride, mettendosi il talismano in tasca. «Lascia perdere la collanina. Guarda invece queste lettere e soprattutto questa foto... e ascoltami, per favore. Devo capire.»

Cominciò a leggere ad alta voce, il tono che si alzava a ogni frase, un crescendo che ricordava l'approssimarsi di un temporale.

«Mimì si è ammalata... forse di malaria...» sussurrò. «Ada andava da don Ausonio, a Santa Cristina, e Augusto aveva paura che parlasse! Ma di cosa?» La rabbia esplose. «E papà e mamma sapevano del pozzo e del *radius*? Perché papà non me ne ha mai parlato?»

Tata restò immobile, il capo chino. Dopo un lungo silenzio, sollevò la testa e mormorò: «Devi andare a Santa Cristina, *fizighè*. Forse lì troverai le risposte».

Iride tornò in camera, sedendosi sul letto. Le mani, intrecciate, nervose, cercavano un appiglio. Poi prese il ciondolo dalla tasca e lo osservò sotto la luce fioca della lampada. Camminò avanti e indietro, cercando di fuggire al caos nella sua mente. Alla fine, si fermò davanti alla finestra. La luna illuminava i tetti. «Devo andare» disse, decisa.

In giardino, con gesti misurati, Tata posò una brocca d'acqua su una pietra liscia, accanto a un mazzo di erbe fresche. Le sue mani seguivano un antico rituale. Inspirò l'aroma della terra umida, alzò la brocca verso il cielo, e offrì il liquido alla luce della luna.

«Abbiamo smarrito il linguaggio del tempo» bisbigliò, «gli antichi lo ascoltavano, noi lo ignoriamo. Ma il tempo non tace mai. Sta a noi riscoprire come ascoltarlo.»

36

Dal finestrino, Iride fissava la campagna. I campi secchi, le colline ondulate. Gli ulivi secolari, piegati dal vento, sembravano inchinarsi al loro passaggio.

Raccontò a Piero il seguito dell'incredibile storia della trisnonna, della nicchia nascosta nella libreria, della fotografia del padre e della madre e dei segreti che infestavano la sua famiglia. Per la prima volta gli confidò l'incubo ricorrente che la tormentava fin dall'infanzia.

«Non so cosa fare» mormorò, abbassando lo sguardo. «E il pozzo sacro... non ho avvisato né il Museo Sanna né la polizia.»

Piero la osservò, il suo sorriso appena accennato cercava di infonderle calma. «Hanno aspettato per così tanto tempo, un altro giorno non cambierà nulla.»

Iride scosse la testa. Quelle stesse parole le aveva già sentite da Tata, ma non riuscivano a placare la sua inquietudine.

Piero aveva ascoltato con attenzione ogni dettaglio di quella vicenda. La storia della famiglia Dessì era davvero costellata di segreti e ombre. «Iride» disse, con lo sguardo fisso sulla strada, «nelle piccole comunità, la paura del giudizio genera silenzio.»

Iride lo guardò, sorpresa dal tono diretto. «Questo è certo. La paura della gente qui comanda tutto.»

«E quel silenzio, nel tempo, crea leggende.»

«Cosa vuoi dire?» chiese confusa.

Piero scelse con cura le parole. «Credo tu sia al corrente delle voci che circolano sulla tua famiglia.»

Iride sospirò, abbassando lo sguardo. «Al funerale di papà ne ho avuto ancora una riprova.»

«Dietro ogni leggenda» proseguì Piero, «si nascondono verità semplici o, a volte, incredibilmente complesse.»

Iride lo fissò, sempre perplessa. «Stai dicendo che nelle storie che si raccontano sulla mia famiglia c'è un fondo di verità?»

Piero annuì. «Esatto. Le dicerie sulla tua famiglia possono affondare le radici in eventi reali, anche se distorti dal tempo.»

«Potrebbe essere davvero così...» mormorò.

«All'interno di una famiglia» aggiunse Piero, «i segreti possono essere pericolosi.»

«Pericolosi per chi?»

«Per chiunque. Tutto ciò che teniamo nascosto e non affrontiamo continua a condizionare in qualche modo i nostri comportamenti. Fino a quando non lo portiamo alla luce, rimaniamo suoi prigionieri.»

Iride lo osservava, incredula e inquieta. La storia di Mimì poteva aver generato una leggenda che ancora serpeggiava tra le case del paese? Ma come si collegava a suo padre, a sua madre e al pozzo sacro? L'ululato di un cane riecheggiò nel vento, mentre la macchina avanzava nella strada deserta. I cartelli segnalavano che erano ormai vicini.

Dopo un lungo silenzio, Iride non riuscì più a trattenere la domanda. «Piero, pensi che ci sia un legame tra la storia di Mimì e il fatto che mio padre mi abbia taciuto l'esistenza del pozzo sacro?»

Piero non rispose. Alzò una mano, indicando un cartello stradale. «Siamo arrivati a destinazione.»

Scesero dalla macchina. Mentre la precedeva verso Santa Cristina, di una cosa era certo: qualcuno aveva taciuto. I genitori di Iride conoscevano il pozzo, il *radius* e l'uso che la famiglia ne faceva. Allora perché lei ne era sempre stata tenuta all'oscuro? E chi aveva vissuto con loro sapeva qualcosa. Ma aveva scelto di tacere.

L'area archeologica si ergeva su un altopiano basaltico, circondata dagli ulivi secolari. Il pozzo sacro, un gioiello dell'architettura nuragica, si trovava accanto al villaggio, dominato da un nuraghe monotorre che svettava sull'orizzonte. Poco distante, l'insediamento cristiano e la piccola chiesa si inserivano con dolcezza in quel paesaggio sospeso tra sacro e profano.

«Il prete ci aspetta, ma prima ti vorrei mostrare il tempio a pozzo» disse Iride, accelerando il passo.

L'ingresso del pozzo di Santa Cristina era un'opera d'arte: il *temenos*, il recinto sacro a forma di serratura, separava la parte profana da quella dedicata al divino. Attraversarono il vestibolo fino all'apertura triangolare, dove la luce del sole disegnava riflessi morbidi sulle scale di pietra. Iride si fermò, indicando l'accesso con una punta di orgoglio.

«È difficile credere che sia del 1000 a.C., vero? Le proporzioni, la geometria... è tutto straordinario.»

Piero osservò il luogo con attenzione, cercando di coglierne l'essenza. «Davvero stupefacente.»

Scendendo con passo cauto nella camera a *tholos*, Iride si girò verso di lui, eccitata. «Non trovi che somigli al pozzo nella nostra proprietà?»

Piero annuì. «Se fosse meglio conservato, potrebbe essere lo stesso.»

Dopo qualche minuto, risalirono in superficie, diretti verso il villaggio cristiano.

«Anche qui il Clero si è appropriato di ciò che c'era prima» spiegò Iride mentre raggiungevano la chiesa, «hanno edificato sopra i resti nuragici.»

Mentre Piero la ascoltava, affascinato, un giovane prete si avvicinò sorridendo. «Buon pomeriggio» li salutò. Don Giulio, così si chiamava, dopo i primi convenevoli li invitò a seguirlo verso i *muristenes*, le celle dei monaci.

«Queste vengono ora usate durante le feste campestri di maggio» spiegò, «ma il loro fascino antico non è mai svanito.» Una volta nella sagrestia, il prete li guardò con aria riflessiva. «C'è una coincidenza curiosa» iniziò, il tono calmo ma carico di tensione.

Le coincidenze non esistono, pensò Iride, lanciando un'occhiata a Piero. «Quale coincidenza?»

Don Giulio indicò un vecchio armadio scuro. «Stavo riordinando il sacrario quando ho trovato una scatola. Conteneva oggetti appartenuti a don Ausonio Piras.»

Iride trattenne il respiro.

«Mi ha chiamato per don Ausonio, no?»

Iride annuì. «Possiamo vederla?» chiese, emozionata.

Don Giulio indicò la scatola in legno che mostrava i segni del tempo. «È uno scrigno con i suoi averi. Lo può esaminare.»

Iride e Piero si avvicinarono, liberarono i ganci arrugginiti e sollevarono con attenzione il coperchio. All'interno, un rosario, una croce, un breviario, una copia del Vangelo e una cartella in pelle.

«È il diario di Ausonio» spiegò don Giulio, riferendosi alla cartella. «In origine erano solo fogli sparsi, poi il prete che mi ha preceduto li ha raccolti e rilegati in questo quaderno. Forse contiene le risposte che cercate. Parla della sua fede e del legame con la comunità.»

Iride sfiorò il quaderno con mani tremanti, poi lo aprì con decisione. Nonostante fosse usurata, la copertina in pelle era ancora integra. Le pagine si mossero con un fruscio che sembrava amplificato dal silenzio della stanza. Ogni nome, ogni parola poteva essere un possibile indizio.

«Trovi qualcosa?» chiese Piero, tentando di contenere la curiosità.

Iride alzò lo sguardo, eccitata. «Sì. C'è qualcosa. Il diario copre il periodo dal 1880 al 1915, e spesso, nelle pagine di fine secolo, compaiono i nomi di Mimì e di Emanuele.»

Immaginava quei nomi prendere forma, muoversi, intrecciarsi in una storia rimasta sospesa per troppo tempo. Quel diario poteva davvero contenere le risposte che cercava sulla sua trisnonna.

«Dottoressa Dessì» intervenne don Giulio, «può consultarlo a casa. Ci fidiamo di lei.»

Dopo aver firmato una ricevuta si congedarono.

Durante il viaggio di ritorno verso Padria, Iride non fece altro che sfogliare il diario. A tratti si fermava su qualche riga, tentando di leggerla, ma il movimento della macchina la faceva sobbalzare, costringendola a smettere.

«Piero, ma ti rendi conto? Questa storia di Mimì potrebbe nascondere qualcosa di veramente grave legato alla famiglia» esclamò, agitando il diario per enfatizzare il punto. «C'è uno scheletro dentro il pozzo.»

Piero annuì, tenendo gli occhi fermi sulla strada. «Sì, ma non dobbiamo avere fretta. Non possiamo saltare alle conclusioni.»

«Fretta?» ribatté lei con un sorriso nervoso. «Certo che ho fretta. Voglio sapere. Perché questa storia è stata cancellata? Cosa nascondeva?»

Lui sospirò. «Domani parleremo con Tata» disse infine, con calma. «Forse lei può chiarire qualcosa.»

Iride si appoggiò al sedile, mordendosi il labbro. Guardò fuori dal finestrino. Poi tra sé e sé mormorò: «Tata? Cosa c'entra ora?».

37

Iride spalancò i portelloni dello studio e guardò fuori. Il canto solitario del gallo annunciava l'arrivo del giorno.

Trovò Tata in cucina. Come sempre, il forno a legna era acceso e il caffè sobbolliva sul fuoco. Il giorno prima, al rientro da Paulilatino, le aveva mostrato il diario di don Ausonio, ma non erano riuscite a sfogliarlo. L'arrivo improvviso del sindaco, con la proposta di acquistare la loro casa per trasferirvi la sede comunale, aveva cambiato i loro piani. Presa alla sprovvista, Iride aveva accettato di incontrarlo il giorno successivo dal notaio per discuterne.

Si sedette a osservare Tata, intenta a lavare le verdure.

«Non mi hai detto niente del sindaco. Cosa ne pensi?»

«La casa è grande, Iride, ha bisogno di manutenzione» rispose senza alzare lo sguardo.

«Lo so, ma venderla... non ci ho mai pensato.»

«Prima c'era tuo padre, *fizighè*, ma ora? Vale la pena tenerla? Ci vivo solo io...»

Iride scosse la testa. Tata aveva ragione, ma non era pronta a separarsi dalla casa.

«Vado dal notaio per capire i termini della proposta. Poi ne parliamo, va bene?»

«Sei tu che devi decidere» replicò Tata, seria.

Iride la guardò, c'era qualcosa di insolito nel suo comportamento, come se non la stesse davvero ascoltando.

Rimasta sola, Tata spennellò la spalla d'agnello con olio e issopo essiccato. Poi tagliò la misticanza e preparò un'emulsione di limone e sale. Quando finì di preparare, si versò una tazzina di caffè e restò immobile davanti al forno.

Le anime nella casa avevano bisbigliato tutta la notte, un mormorio incessante che sembrava volerla spingere a rivelare ciò su cui Vincenzo Dessì le aveva imposto il silenzio. Ma Tata sapeva che tacere ancora avrebbe fatto più male che bene. Meglio affrontare la verità, anche se dolorosa. *Megliu chi si at imparadu, puru si fa male, chi chi bividi cun l'incertèzza,*[*] si disse.

Con un sospiro, aggiunse un pizzico di issopo alla misticanza, sperando che la pianta purificasse lei e Iride dalle influenze negative. Si pulì le mani sul grembiule e, con uno scialle sulle spalle, uscì a fare la spesa.

Verso sera, il suono sordo del battacchio del portone le sorprese sedute davanti al camino. Neanche il delizioso pranzo e le erbe di Tata erano riusciti a placare l'inquietudine di Iride per quell'inattesa proposta del sindaco.

Piero entrò con passo deciso.

«Mi ha detto: "Finalmente il palazzo potrà riacquistare il suo antico splendore". Hai capito, Piero?» sbottò Iride rac-

---

[*] Meglio sapere, anche se fa male, che vivere nell'incertezza.

contandogli la visita dal notaio. «E ha avuto pure il coraggio di dire che così la gente avrebbe smesso di evitarlo, come se fosse maledetto.»

Piero le fissò entrambe con uno sguardo penetrante.

«Non te la prendere... ne parlavamo ieri. I segreti fanno presto a diventare dicerie...»

Iride sbuffò. «Cosa vorresti dirmi? Che le storie su Mimì e la mia famiglia hanno qualcosa a che fare con me e papà?»

«Lascialo parlare» intervenne Tata, con un'autorità che mise a tacere Iride.

Piero si voltò verso Tata, posandole una mano sul braccio. «*Tzia* Manuella, tu puoi aiutarci, vero?»

Tata lo fissò a lungo, poi abbassò lo sguardo. «Piero, tu hai capito...» mormorò infine.

«Capito *cosa*?» Iride, esasperata, si alzò di scatto. «Qualcuno vuole spiegarmi?»

Tata inspirò profondamente. «Bambina mia, avevi solo cinque anni...»

Vincenzo Dessì chiamava la figlia dalla collina, le braccia tese. Marina, sua moglie, sorrideva accanto a lui, i capelli mossi dalla brezza marina.

«Vieni, Iride, vieni ad aiutarci» disse la madre, sovrastando il frastuono dei gabbiani.

Iride si arrampicò tra le rocce, ai piedi le scarpine con gli occhi, le calze bianche e il vestito a fiorellini azzurri che svolazzava. Quando raggiunse la grande pietra calcarea, il cuore le batteva forte. I genitori l'aspettavano all'ingresso del pozzo sacro.

«Mamma, mamma» gridò all'improvviso, indicando il cielo. Un grande falco volava in cerchi sempre più stretti, sempre più vicino. Il becco segnato di giallo e gli occhi spalancati.

«Mamma, ho paura!» urlò terrorizzata.

Vincenzo scacciò il rapace con un gesto, ma Marina, per proteggere Iride, fece un passo indietro. Quel movimento le fu fatale. Mise un piede in fallo, scivolò, e in un istante il suo corpo scomparve nell'oscurità del pozzo.

«Marina!» urlò Vincenzo, scendendo le scale per soccorrerla.

Iride, impietrita, era bloccata con le braccia in alto, incapace di reagire. «Mamma...» implorò, sporgendosi oltre l'apertura del pozzo, le manine protese.

«Fermati!» le gridò Vincenzo dal fondo, ma era troppo tardi. Vide la madre. Giaceva immobile, il volto pallido, ricoperto di sangue, le mani abbandonate lungo i fianchi. Non parlava.

Iride piagnucolò piano, poi iniziò a urlare il nome della madre battendo i piedini per terra.

«Iride, calmati, ora. Calmati, arriviamo.» Vincenzo cercò di rassicurarla con la voce più ferma che poteva, mentre sollevava il corpo esanime della moglie. Salì i gradini a due a due e si diresse verso l'auto, senza voltarsi, continuando a parlarle. «Iride, tesoro, ora viene *tziu* Gavino, e tu vai in macchina con lui.»

Iride piangeva attaccata ai suoi pantaloni, cercando di fermarlo. Lui riuscì a raggiungere la vettura e a adagiare la moglie sul sedile posteriore. Poi chiamò il fattore, che era accorso alle urla della bambina.

«Portala via tu, portala a casa. Io vado a chiamare il medico!» ordinò, scomparendo nella polvere della strada.

La bambina lo seguì con lo sguardo, con il cuore pesante,

in un silenzio che sembrava non finire mai. Poi salì in auto anche lei.

Tata osservava Iride con gli occhi lucidi.

«Era troppo per te. Tuo padre ti ha protetta, ma il prezzo è stato alto.»

38

Quando Iride riuscì a parlare, la voce le tremava.

«Perché nascondermi tutto? E per tutto questo tempo...»
Il suo sguardo era carico di dolore e incredulità.

Tzia Manuella abbassò gli occhi, il volto segnato da una profonda tristezza. «Tuo padre mi aveva fatto promettere di non dire nulla» sussurrò.

Piero scosse la testa. «Nessuno ha mai saputo come fosse morta davvero. Tutti in paese dicevano che era stato un incidente. Il vecchio fattore non ha mai parlato... forse per volontà di Vincenzo.» Si rivolse a Iride con uno sguardo carico di sconforto. «Credo che il suo dolore fosse immenso: perdere tua madre in quel modo lo ha annientato. Non ha più trovato il coraggio di affrontare quella verità.»

«E io?» mormorò Iride. «Qualcuno ha mai pensato a me?»

Tata si accasciò sulla sedia, la voce sottile. «Non dire così, *fizighè*. Lui pensava a te, eccome. Credeva di proteggerti. Non voleva che ti sentissi in colpa, che pensassi di essere responsabile in qualche modo. Ma con il tempo... quel segreto è diventato insostenibile. Per lui, per me... per tutti.»

Piero la guardò serio. «Tacere spesso è una forma di auto-difesa contro un dolore insopportabile.»

«Non è giusto. Non è possibile» mormorò Iride, stringendo i denti.

«No, non è giusto» ammise Piero. «Ma il silenzio, con il tempo, può diventare una prigione. E chi vi si rifugia finisce per soffocare in quella solitudine.»

Tata si avvicinò e le accarezzò la guancia. «Nessuno ha trovato il coraggio di infrangere quel muro di segreti.»

Iride abbassò lo sguardo, mentre la verità si faceva largo nella sua mente come un fiume in piena. Poi, con voce incerta, formulò una domanda che la tormentava da anni.

«Mamma... è lei? La donna alla finestra che vedo nei miei incubi?»

Tata scosse la testa. «Non lo sappiamo. Non ancora.»

Piero intervenne con dolcezza. «Forse, però, la tua paura degli uccelli è legata a quell'episodio.»

Iride strinse le palpebre, cercando di contenere l'ondata di emozioni. «E il *radius astronomicus* che fine ha fatto?» chiese infine, la voce incrinata, gli occhi colmi di lacrime.

«Tuo padre l'ha distrutto poco tempo dopo» rispose Tata. «Era il ricordo tangibile di quel giorno, come il pozzo, un peso che lo incatenava al dolore.»

Iride annuì. Una lacrima le scivolò lungo il viso.

Piero si alzò, senza mai perderla di vista. «Va bene, vi lascio. Domani possiamo leggere il diario insieme, se vuoi.»

Iride sembrava sorpresa. «Già... il diario. Me ne ero completamente dimenticata... Grazie, Piero» mormorò con un sorriso stanco.

«Ti accompagno» disse Tata, alzandosi a sua volta.

«Non capisco perché abbia lasciato tutto questo peso sulle nostre spalle» disse Iride quando Tata tornò.

«Forse è il momento di lasciare che quel peso scivoli via, *fizighè*» disse dolcemente. «Il passato non può essere cambiato, ma tu puoi scegliere cosa farne.»

«Sono troppo stanca» mormorò.

Tata le sfiorò la mano con dolcezza. «Allora riposa, bambina mia. A volte il corpo ha bisogno di tregua per ritrovare la forza.»

Iride annuì e si alzò lentamente. Le ombre della sera, già lunghe, avvolgevano la casa in un silenzio profondo.

La notte giunse inesorabile, sospingendo la bruma autunnale ad abbracciare ogni cosa.

Iride dormì un sonno tormentato, fatto di ombre opprimenti che sembravano avvolgerla in un sudario. Ogni tentativo di muoversi risultava vano. Sentiva le palpebre pesanti e, nitido e incessante, il bussare della donna misteriosa contro i vetri, un rumore che la paralizzava. Rimase così, sospesa tra paura e impotenza, fino a che le prime luci del mattino non dissolsero l'oscurità, liberandola da quell'incubo. Solo allora riuscì finalmente ad alzarsi.

Il senso di frustrazione non l'abbandonò finché Tata non aprì la porta della camera, con aria preoccupata.

«Come ti senti, *fizighedda*? Hai una faccia...»

«Il solito incubo, Tata.»

Tzia Manuella la fissò per un istante, scuotendo piano la testa. Poi si girò e la precedette in cucina.

Iride, come faceva da bambina quando veniva rimproverata dal padre, prese un foglio e iniziò a scarabocchiare. Il volto, contratto in un'espressione di fatica, tentava di trattenere le lacrime.

«Io... io non mi ricordo niente di mamma, lo sai?» sussurrò, con la voce incrinata.

«Lo so, *fizighè*. Lo so.»

«Ci sei sempre stata tu. E poi papà...»

Tata la guardò con dolcezza, mentre apparecchiava la tavola con biscotti e marmellata. «Iride, prima di leggere il diario» le disse, «ci sono altre cose che devi sapere.»

Iride sollevò la testa, sorpresa.

«Cosa intendi?» chiese preoccupata. Che c'era ancora da scoprire?

«Nella nostra cultura, gli antenati sono il legame tra passato e futuro» continuò Tata, cercando i suoi occhi. «Sono come le radici per l'albero: fondamentali per la crescita, per le foglie e i frutti.»

«Ti ci metti anche tu a fare la psicologa?» disse Iride, aggrottando le sopracciglia.

«È Piero l'esperto. Ma ascolta anche me» ribatté con un sorriso. «C'è qualcosa di importante che devi capire.» Si prese un momento per scegliere le parole. Parlare di tradizioni e credenze non era mai semplice, si correva spesso il rischio di essere fraintesi o giudicati. «I nostri antenati ci guidano, *fizighedda*. Possono diventare dei potenti *daimon*, se impariamo ad ascoltarli.»

«Vuoi dire che ci aiutano?»

«Sì. E, se ci ostacolano, lo fanno solo per indicarci la strada giusta.» Tata smise di parlare per un istante, poi si sedette di fronte a Iride, prendendo una tazzina di caffè con mani ferme. Lo sguardo rimase fisso su di lei. «Ascoltami con il cuore» la esortò. «Il tempo non è una linea retta, *fizighè*. Il tempo è circolare, e i morti tornano» dichiarò Tata con calma.

Un soffio di vento gelido si insinuò nella stanza, come un bisbiglio. Iride si guardò intorno, cercando l'origine dello spiffero, finché non vide Tata sorridere.

«La morte non è un punto finale» continuò Tata, «ma un passaggio per tornare alla nostra dimensione spirituale.»

«Come fantasmi?» chiese Iride, arricciando il naso.

«No. I nostri morti vivono accanto a noi» rispose Tata seria. «Sono anime, non fantasmi. Ma non tutti possono percepirle.»

Iride rimase in silenzio, incapace di comprendere appieno, ma il tono di Tata trasudava sicurezza.

«Solo in certi giorni dell'anno il varco tra i due mondi si apre» aggiunse Tata. «E i nostri cari aspettano questi momenti.»

«Quando?» domandò Iride, con un filo di apprensione nella voce.

«Tra poco» le disse mantenendo il contatto con gli occhi. «Si avvicina *sa chena pro sos mortos*. Il primo novembre è uno di quei momenti.»

Iride le sorrise con gli occhi colmi di gratitudine. Intuiva che Tata stesse cercando di trasmetterle qualcosa di profondo, un messaggio che andava oltre le parole, come un invito a fidarsi di ciò che non poteva ancora comprendere del tutto.

«Grazie» mormorò, abbracciandola forte.

«Non ringraziarmi» rispose Tata, rigida tra le sue braccia, poco avvezza a certe effusioni.

«Sei sempre stata al mio fianco» ribadì. In fondo, una madre, lei l'aveva avuta.

Tata annuì, consapevole di aver trasmesso a Iride un frammento della sua antica sapienza. La donna senza volto, *sas animas malas*, i segreti della casa: tutto era un segnale. Quelle anime non erano "cattive", cercavano solo di fare ritorno alla vita terrena, per aiutarla.

Pensò alla madre di Iride e, con un respiro profondo, uscì dalla cucina per avvicinarsi al portone. Qualcuno aveva bussato.

Lei e Piero salirono nello studio, dove Iride li aveva anticipati con il diario in mano. Prima di varcare la soglia, Tata si fermò un istante. Da qualche parte, il falco pellegrino lanciò il suo richiamo, un grido acuto e ripetuto che squarciò l'aria.

PADRIA, OTTOBRE 1899

39

Il vecchio tavolato, che fungeva da scrittoio, tremava sotto la penna di don Ausonio Piras. Uno dei piedi, più corto degli altri, sbatteva ritmicamente contro il pavimento ogni volta che il prete spostava il peso del corpo.

Il *muristene*, adiacente alla chiesa di Paulilatino, era arredato in modo essenziale: un materasso di paglia, una coperta di orbace e una cassapanca contenente i pochi effetti personali. Le mura spoglie, in pietra viva, non ospitavano croci né crocifissi. Per don Ausonio, i simboli sacri dovevano vivere nel cuore dei credenti, non essere ornamenti da esibire.

All'esterno, il sole calò all'improvviso, cedendo il passo all'*Ave Maria* del vespro. Il canto si alzò, lento e solenne, soffocando ogni altro suono. Il prete sorrise, rapito. Era il momento che amava di più della sua nuova vita. Richiuse la cartella in cuoio che raccoglieva i fogli scritti, la lasciò sul tavolo e uscì per raggiungere gli altri.

Il rumore di zoccoli sulla terra battuta lo costrinse a fermarsi. Si voltò, aspettandosi uno degli emissari di Emanuele, ma il cuore sobbalzò quando vide proprio lui scendere da cavallo.

«Che succede?» chiese il prete, preoccupato, osservando il suo volto corrucciato. «Stai bene?»

Emanuele fece un cenno con il capo, poi tolse il mantello con gesti lenti e avanzò verso di lui. Don Ausonio lo seguì con lo sguardo. Nei suoi movimenti leggeva un peso che l'amico cercava invano di celare. Dopo un momento di silenzio, sollevò il mento e indicò l'ingresso della piccola cappella.

«Vieni. Parliamo, dentro.»

I lineamenti tradivano stanchezza, ma nei suoi occhi brillava un'energia febbrile, un'emozione che voleva emergere a ogni costo. Infine, con un respiro profondo, varcò la soglia e si sedette in un banco.

«Mimì...» iniziò, ma la parola gli morì in gola. Si passò una mano tra i capelli, lasciando che il silenzio colmasse la distanza tra loro.

Don Ausonio non lo incalzò. Restò in piedi, le mani dietro la schiena, in attesa.

«Non riesco più a soffocare ciò che provo» riprese Emanuele, con la voce roca. «Quel vuoto che mi ha consumato per anni... lei lo ha riempito. Ma è sposata. Ha una bambina.»

Il prete si avvicinò, con passo lento, il volto serio ma privo di giudizio. «Emanuele, capisco il tuo tormento. L'amore, quando arriva in modo così intenso, può confonderci, metterci davanti a scelte che sembrano impossibili. Ma ogni legame porta con sé responsabilità, e spezzarlo senza riflettere rischia di lasciare ferite profonde, non solo negli altri, ma anche in noi stessi.»

«Non voglio rinunciare a lei» ribatté, il tono deciso, quasi rabbioso. «Non a lei.»

Don Ausonio sospirò, abbassando lo sguardo per un momento. «Ci sono strade al termine delle quali c'è solo dolore, Emanuele. Per te, per lei... e per chiunque altro sia coinvolto.»

Emanuele scattò in piedi. «Dolore? Sai bene cos'è stata la mia vita finora. Anni di sofferenza, di solitudine. Mimì è la prima luce che vedo dopo tanto tempo.»

Don Ausonio rimase in silenzio. Sapeva che non c'erano risposte semplici. Restarono a parlare per ore. I richiami degli uccelli notturni e il fruscio del vento tra gli ulivi si mescolavano al mormorio delle loro voci.

Quando le prime gocce di pioggia iniziarono a cadere, Emanuele si alzò, calandosi il cappuccio del *gabbanu* sul viso. La sua decisione era ormai presa.

«Non c'è altra via, Ausonio» disse mentre usciva nella notte. «Non posso fermarmi.»

Il prete lo seguì con lo sguardo, poi chiuse gli occhi, sussurrando una preghiera. Mentre si allontanava, inghiottito dal buio, don Ausonio pensò che la strada che il suo amico aveva scelto sarebbe stata lastricata di rischi e sofferenza.

«Non si sente più alcuna voce in questa casa» mormorò Mimì, guardando fuori dalla finestra con lo sguardo perso. L'aria sembrava più densa, quasi immobile. «Nemmeno i canti di Maddalena. Solo il vento... e un silenzio che pesa.»

Elisabeth alzò gli occhi dal libro che aveva in grembo, seduta accanto al camino. Le fiamme si agitavano piano, senza calore.

«È questo che ti turba, *darling*, o c'è qualcosa di più?» chiese, scrutandola con dolcezza.

Mimì scosse la testa, il viso pallido. «È tutto diverso, non te ne sei accorta? Augusto e Ada sono sempre chiusi in quella stanza... Persino le domestiche sembrano camminare in punta di piedi.»

«Io mi sono accorta di Gavina, quella nuova» aggiunse Elisabeth, stringendo le labbra, «mi dà i brividi. Ha un modo di guardare...»

Mimì non rispose. Si limitò a spostarsi una ciocca di capelli dietro l'orecchio e a stringersi le braccia intorno al corpo. Elisabeth si alzò e le si avvicinò, posandole una mano sulla spalla.

«Andiamo a fare una passeggiata» le suggerì. «Anche se c'è vento, un po' di aria fresca ci farà bene.»

Mimì accennò un sorriso stanco. «Sì, forse hai ragione.»

Mentre Mimì ed Elisabeth lasciavano la casa, nella stanza al piano di sopra l'aria vibrava per la tensione. Ada stringeva il fazzoletto tra le mani, Augusto tamburellava con le dita sulla scrivania. Dopo giorni di serrate discussioni, avevano trovato un compromesso.

«Allora siamo d'accordo?» chiese Ada, una sfumatura di soddisfazione nella voce. «Maria Tanda e io andremo al pozzo sacro.»

Augusto alzò il volto verso di lei, ma non rispose.

«Ci saranno i tuoi uomini a farmi da scorta, non devi preoccuparti» continuò Ada. «Porterò l'insegna nuragica, le spade... La nostra famiglia ha la precedenza.»

Il fratello chinò il capo, con un cenno stanco e irritato. «Ricordati quanto è importante quella cerimonia» mormorò, la voce grave. «L'unica che conta davvero per noi.» Sul termine *unica* i denti si serrarono, e le sue dita affondarono sui braccioli della poltrona.

Ada non si lasciò intimidire. «Aspetterò che la cerimonia

delle spade sia conclusa» lo rassicurò. «Solo dopo preparerò con *tzia* Maria ciò che serve per la cena delle anime.»

Augusto sollevò lo sguardo, duro. «Devi stare attenta, Ada. Non voglio che *sa bruja* interferisca nei nostri affari. Non mi piace.»

Ada si irrigidì, poi sollevò un sopracciglio con una smorfia. «A proposito di interferenze... chi è Gavina? Da quando ti occupi di assumere la servitù?»

Augusto si alzò dalla poltrona, infastidito. «Con l'inglese in casa serve più aiuto» rispose evasivo.

Ada incrociò le braccia, ma non si arrese. «Cosa intendi fare con tua moglie? Non ti preoccupa la situazione?»

«Ti ho detto che me ne occuperò io» ribatté, il tono basso, la voce quasi un sibilo. «Non è il momento di parlarne.»

Ada inclinò la testa, lo sguardo scettico. Conosceva fin troppo bene il fratello: un uomo pavido, sempre pronto a sfuggire al confronto diretto. Si tirò su senza fretta, con un sorriso enigmatico. «Fai come vuoi, Augusto.» Lasciò la stanza senza voltarsi.

Augusto la seguì con lo sguardo, immobile. «Stupida» mormorò tra i denti, appena il suono dei suoi passi si spense.

Cominciò a camminare avanti e indietro, le mani strette dietro la schiena. Ogni tanto si bloccava, per poi riprendere a muoversi come un animale in gabbia. Si fermò davanti alla libreria. Era in quella stanza, circondato dai simboli degli antenati, che aveva trovato la risposta. Tra le pagine polverose della *Naturalis historia* di Plinio il Vecchio aveva letto dell'aconito. Il veleno perfetto: subdolo, lento, capace di indebolire senza uccidere. Assuntina glielo aveva procurato e, con la complicità della nuova cameriera, lo stava già somministrando a Mimì. Ogni sera un infuso. La debolezza della moglie sarebbe stata scambiata per malattia. Lei sarebbe stata confinata nella sua stanza, isolata, e nessuno avrebbe sospettato nulla.

Augusto si lasciò cadere sulla poltrona, il volto impassibile. Mancava solo un dettaglio. Elisabeth. Doveva allontanarla. L'amicizia con quella donna era stata nefasta. Aveva riempito la testa di Mimì di sciocchezze, l'aveva resa forte, come mai prima. Troppo difficile da controllare.

Si rialzò, lo sguardo fisso sulle spade. «Con un piano come questo, l'onore della famiglia è salvo» disse a bassa voce, lasciando che le parole si perdessero nella stanza. Tuttavia, il volto di Emanuele Manca gli balenò davanti agli occhi colpendolo come una lama affilata. Augusto si bloccò, la mascella serrata. «E tu» borbottò con rabbia, stringendo forte i pugni, «anche tu farai la fine che meriti.»

Riprese a camminare, il passo deciso che rimbombava sul pavimento e metteva a tacere la paura. «Tutto si risolverà. Tutto.» Si fermò di nuovo davanti alla libreria, scorrendo con gli occhi i volumi che avevano accompagnato i suoi studi sulla luna, sulle stelle, sulla volta celeste. «Assuntina» sussurrò, un ghigno dipinto sul volto. Lei sarebbe stata la sua arma. Subdola, vendicativa, e con un obiettivo ben chiaro: il denaro.

Con un sospiro profondo, si passò una mano sulla faccia. Non c'era spazio per errori. Non prima della cerimonia delle spade.

40

Mimì spalancò le finestre della sua stanza. Il cielo grigio e le nuvole basse, dense e minacciose, sembravano schiacciarla con il loro peso. Le prime gocce di pioggia iniziavano a cadere con un ritmo lento, in netto contrasto con il battito accelerato del suo cuore. Si strinse nello scialle di seta, osservando il panorama senza davvero vederlo. Il ricordo degli incontri con Emanuele era vivissimo. Pensò alle sue mani, alla profondità del suo sguardo, e un dolore sottile, misto a un'eccitazione proibita, le attraversò il corpo. Ma con quelle sensazioni arrivava anche la colpa, sempre più opprimente.

Il letto da cui si era appena alzata sembrava chiamarla, offrendole un rifugio sicuro. La giornata era però piena di impegni ai quali non poteva sottrarsi. Mentre cercava di indossare il vestito da giorno, un formicolio improvviso alle gambe la costrinse a fermarsi. Inspirò profondamente, ma un senso di nausea accompagnata da qualche crampo allo stomaco la colse di sorpresa. Ogni movimento richiedeva uno sforzo immenso.

Gavina irruppe nella stanza con passo deciso per ritirare la tazza dell'infuso della notte precedente.

«Donna Mimì, avete bisogno di aiuto?» chiese con tono sgraziato, sistemandole la sottogonna senza alcuna delicatezza.

«Gavina, ti prego» replicò Mimì, sollevando una mano per fermarla. Quella quotidiana invadenza era faticosa da sopportare. «Non ho bisogno di aiuto.»

«Vostro marito mi ha assunta per questo» ribatté lei con un tono piatto, privo di emozione, che non ammetteva repliche.

Mimì si prese un attimo per osservarla. Il volto della cameriera, segnato da una peluria diffusa, era incorniciato da sopracciglia folte e disordinate, come il manto ispido di un roditore. Quegli occhi intelligenti e indagatori la mettevano a disagio.

Dalla strada giunse improvviso il suono delle *launeddas*. Gavina si voltò verso la finestra, attratta dalla melodia, e come un topo incantato dal pifferaio magico uscì dalla stanza. Mimì tirò un sospiro di sollievo. Non riusciva a capacitarsi di come suo marito avesse potuto metterle accanto una figura simile.

Padria era in fermento per la festa del Ringraziamento del raccolto. Fin dal mattino, gruppi vestiti con costumi tradizionali avevano affollato le strade ballando e cantando. Solo verso mezzogiorno, Mimì ed Elisabeth, accompagnate da Antonietta e dalla piccola Paola, avevano deciso di uscire.

Elisabeth, con gli occhi pieni di meraviglia, era deliziata dai colori vivaci e dal fascino pittoresco dei costumi. Mimì cercava di sorridere, ma il sorriso appariva vuoto, distante.

Passeggiavano con gli ombrellini aperti, tra uomini e donne in costume, che saltavano e si muovevano in gruppo, animati da una gioia che a Mimì sembrava lontana, irraggiungibile. Li guardava ballare, il vociare e la musica le riempivano la testa, ma senza raggiungere l'anima, prigioniera di una colpa schiacciante e di un desiderio che la consumava. Avrebbe dato tutto ciò che aveva per tenerlo stretto tra le braccia, per essere con lui.

«*Oh, my God*, è magnifico!» esclamò Elisabeth, che osservava Mimì di sottecchi. «Non trovi anche tu, mia cara?»

Quella danza che si snodava davanti a loro non suscitava in Mimì la stessa meraviglia. Gli eterei movimenti dei piedi facevano ondeggiare le figure in costume, unite mano nella mano, creando una catena che si avvolgeva e svolgeva. Al centro, le *launeddas* intonavano una melodia antica, intrecciandosi con le voci dei coristi che guidavano la danza. Sembravano un richiamo, un invito a lasciarsi trascinare, ma la mente di Mimì era altrove.

Accennò un sorriso, forzato. «Sì. È il *ballu tundu*» rispose con una voce flebile, il tono di chi sta cercando di nascondere un disagio profondo.

«Mimì, cosa c'è che non va?» le chiese Elisabeth. «Sei pallidissima!»

Lei sollevò il viso, gli occhi pieni di un'angoscia repressa. «Non riesco a smettere di pensare a lui... Ho paura di perdere tutto.»

Elisabeth le prese le mani con decisione. «Non lasciare che la paura ti consumi. Sei più forte di quanto credi.»

«Prima ho mandato Antonietta da lui» le sussurrò. «Ho bisogno di incontrarlo ancora.» Gli occhi lucidi, febbrili, tradivano un desiderio irrefrenabile, talmente forte da risultare visibile. «Non vedo l'ora...» mormorò con voce sommessa. «Ogni minuto lontano da lui è un tormento.»

Elisabeth la fissò in silenzio. «Mimì, non puoi continuare così.» Il tono era morbido ma fermo. «Devi pensare alle conseguenze, a cosa potrebbe succedere se tutto questo venisse scoperto.»

«Lo so» ammise Mimì, stringendo le mani tra loro, «ma non riesco a liberarmi di questo desiderio.»

«E se Augusto iniziasse a sospettare qualcosa? I muri hanno occhi e orecchie, in casa tua. Devi essere cauta. La situazione sta diventando pericolosa.»

Quelle parole risuonarono come un monito, ma il pensiero di Emanuele la teneva ancora prigioniera. Sapeva che stava scherzando con il fuoco, ma non riusciva a fermarsi.

«Vieni con me alla tomba dei giganti» continuò Elisabeth, decisa. «È l'ultima ricerca che devo completare, per il lavoro iniziato da mio padre. Sarà un'occasione per riflettere, per prendere un po' di distanza da tutto. Fidati di me.»

Mimì annuì, con un sorriso amaro, ma le parole di Elisabeth non sembravano avere effetto su di lei.

L'amica la strinse in un abbraccio, poi si allontanò scuotendo la testa. *Devo aiutarla*, si disse, *ma come?* Poi incontrò lo sguardo e il volto dolce e innocente di Paoletta, e un'idea cominciò a prendere forma.

41

«Stai attenta» le sussurrò Elisabeth all'orecchio, mentre saliva a cavallo.

«Grazie, amica mia. Non so come farei senza di te.»

Elisabeth annuì, il volto serio. «Mi preoccupa che Augusto o Ada possano rientrare prima del previsto.»

Mimì ripensava al mattino: Ada e *sa bruja* erano partite di buon'ora, il calesse scortato dagli uomini di Augusto. Aveva intravisto qualcosa avvolto in un tappeto. Poco dopo, Maria Tanda si era fermata a parlare con Antonietta, gesticolando con aria grave. Le sue mani, rapide, avevano passato dei sacchetti alla ragazza, che li aveva nascosti sotto la gonna. Augusto, poi, senza dire una parola, era montato a cavallo e si era dileguato.

«Non preoccuparti» disse Mimì con tono rassicurante, stringendo le redini, «nessuno mi seguirà.»

Elisabeth, però, non poteva fare a meno di notare l'agitazione che Mimì cercava di mascherare. «Non mi fido di Gavina» sussurrò, guardandola passare davanti alla porta. «Quella donna ha qualcosa di sinistro.»

Mimì alzò le spalle con un sorriso tirato. «Poveretta... è solo brutta.»

«*She has an ugly heart*» ribatté Elisabeth in un sussurro tagliente, scuotendo il capo. Poi allentò le briglie e osservò Mimì svoltare nella stradina laterale. Forse non avrebbe dovuto lasciarla andare da sola.

Mimì scelse una scorciatoia, un viottolo isolato e impervio. Bianca affrontava con agilità il terreno accidentato. Giunta alle rovine di San Saturnino, si fermò, scese da cavallo e si sedette su un vecchio scanno, stringendo lo scialle attorno alle spalle per proteggersi dalle temperature pungenti.

Le sue mani tremavano leggermente, la debolezza che la tormentava era diventata più evidente, accompagnata da una sensazione persistente di freddo. Le maniche lunghe e il collo alto del vestito la proteggevano a malapena dal vento gelido. Intorno a lei, il mormorio della sorgente termale riempiva l'aria di un suono ipnotico, quasi consolatorio. I rampicanti che avvolgevano le antiche pietre si muovevano per la brezza, mentre il profumo della terra bagnata si mescolava a quello sulfureo dell'acqua. Mimì accarezzò nervosamente lo scialle che le avvolgeva la testa, i suoi occhi inquieti vagavano sulla campagna desolata. Ogni minuto sembrava dilatarsi, rendendo l'attesa infinita. Il timore che Emanuele potesse non arrivare era sul punto di sopraffarla. Chiuse gli occhi, cercando di calmarsi.

Quando Emanuele apparve, fu come un colpo violento al petto. Mimì trasalì, l'emozione e il sollievo le tolsero il fiato.

Avanzava con passo deciso, il cappello a falda larga che gli ombreggiava il volto.

«Ho controllato la zona. Siamo soli» disse, con voce calma ma vibrante. Poi si avvicinò a lei, il viso teso. «Ti ho pensata, ogni giorno» mormorò.

«Io... io non riesco a smettere di desiderarti.» Lo guardò, il cuore che batteva sempre più forte, mentre lui si chinava per prenderle le mani. «Ma Paoletta... Augusto. Penso a cosa potrebbe accadere se ci scoprissero.»

Emanuele, senza esitazione, l'attirò a sé, avvolgendola in un abbraccio che sembrava volerla proteggere dal mondo intero.

«Lasciati amare, Mimì» le sussurrò all'orecchio. «Lasciami essere tutto per te, anche se solo per un istante.»

Quelle parole, che mai nessuno aveva pronunciato per lei, bastarono ad abbattere qualsiasi resistenza. La mente si quietò, i brutti pensieri svanirono come nebbia al sole, e il suo corpo si abbandonò a quel desiderio che non riusciva più a contenere.

Le mani di Emanuele le sfiorarono il viso con dolcezza, il suo respiro si fece più rapido. «Non so cosa ci riserva il futuro, ma non voglio rinunciare a te, Mimì. Non importa quanto sia difficile... io sarò con te. Non c'è futuro senza di te. Farò qualsiasi cosa per proteggerti. Te lo prometto.»

Mimì alzò lo sguardo, incontrò i suoi occhi. La complicità che li univa era più forte di qualsiasi parola.

Si abbandonò, trovando rifugio e calore nel suo abbraccio. E, quando finalmente le loro labbra si fusero insieme, fu come se il mondo si fosse fermato. Ogni paura, ogni distanza e ogni ostacolo si dissolse in quel bacio, una dichiarazione d'amore e un atto di ribellione al destino.

Emanuele la strinse forte, sentendola tremare sotto le sue mani. «Non voglio starti lontano. Voglio solo te.»

«E io... io voglio solo perdermi in te» rispose Mimì, il respiro in affanno, incapace di frenare un'urgenza che premeva dentro di lei.

I loro corpi si cercarono, si trovarono, si fusero, ogni fibra del loro essere accesa da qualcosa di più grande di loro. Non c'era più spazio per le paure, soltanto per il desiderio che li legava. E così, nel silenzio che li circondava, tra le rovine della chiesa, si amarono, e quell'attimo sembrò a entrambi eterno.

42

La sala da pranzo era immersa in una penombra soffusa. Elisabeth stringeva tra le mani la tazza di tè bollente, cercando conforto nel calore che si diffondeva tra le dita. Le amate *pompias* giacevano intatte davanti a lei, dimenticate. Il suo sguardo indugiava inquieto su Mimì, che sedeva accanto a lei, immobile, con gli occhi persi oltre il vetro della finestra.

«Non mangi la crostata? È la tua preferita. Cosa c'è che non va, *darling*?»

Mimì accennò un sorriso stanco, le mani intrecciate sul grembo per nascondere il tremore. «Non ho fame, tutto qui.»

«Mimì, guardati» insistette Elisabeth, posando la tazza con un gesto deciso. «Sei pallida, più del solito. Hai bisogno di un medico? Non ti senti bene?»

«Avrò preso freddo... ieri, alla chiesa, non è niente.» Ma non appena cercò di tirarsi su, le gambe vacillarono, e dovette aggrapparsi al bordo del tavolo per non cadere.

Elisabeth si alzò di scatto, sorreggendola per un braccio. «E questo, allora? Smettila di minimizzare, sono preoccupata per te.»

Mimì si liberò dalla presa con dolcezza, scuotendo la testa. «Ma no. È solo un momento di debolezza.»

Un lieve scricchiolio interruppe la conversazione. Gavina apparve sulla soglia, con un bricco tra le mani e lo sguardo freddo. I suoi occhi scrutavano ogni dettaglio della stanza.

«Serve qualcosa?» chiese, con un tono privo di reale interesse.

Elisabeth la fissò per un istante, poi rispose con decisione: «*Yes, please.* Porta via questo piatto». Indicò la crostata intatta davanti a Mimì. «Donna Mimì non ha appetito.»

Gavina si avvicinò con un gesto quasi studiato. Il suo sguardo si posò su Mimì un attimo più del necessario, pieno di qualcosa che Elisabeth non riuscì a decifrare.

Appena la cameriera uscì dalla stanza, Elisabeth si chinò verso l'amica. «Devi venire con me. Nei prossimi giorni partiremo per la tomba dei giganti. Ce ne andremo lontano da questa casa, lontano da tutto.»

«Non posso» mormorò Mimì. «Non adesso.»

«Mimì, cosa ti trattiene?»

Mimì non rispose. Il silenzio calò nella stanza, rotto solo dalla risata lontana di Paoletta che giocava in giardino, finché un rumore improvviso, proprio dietro la porta chiusa, fece sobbalzare entrambe. Elisabeth si alzò di scatto e, quando la aprì, sorprese Gavina china sul pavimento, intenta a raccogliere un bicchiere rotto.

«Tutto bene?» chiese, il tono carico di sospetto. La donna le stava spiando, ne era certa.

«Tutto a posto» rispose Gavina senza guardarla, la voce bassa. Ma quando si rialzò, Elisabeth notò sulle sue labbra un sorriso inquietante.

Richiusa la porta, Elisabeth si voltò verso Mimì. Appoggiata alla finestra, la luce del giorno evidenziava il pallore del suo volto. «Devo parlarti di una cosa importante.» Il tono era dolce, ma tradiva una certa tensione. «*Darling*, devo rientrare in Inghilterra, ho ricevuto una lettera importante» disse infine, la voce velata di dispiacere. «Lo farò subito dopo la visita alla tomba dei giganti. Ma non ti nascondo che l'idea di lasciarti qui da sola mi preoccupa.»

Cercò negli occhi di Mimì una reazione, però non arrivò. Solo il leggero tremore delle sue mani ne tradiva l'emozione.

«Te ne vai...» bisbigliò infine.

Elisabeth le si avvicinò. L'idea di abbandonare Mimì con Augusto e Gavina era per lei insopportabile.

«Mimì, devi fidarti di me» dichiarò con fermezza. «Qualcosa in questa casa non va, e io devo capire come proteggerti.»

«Come farò senza di te?» sussurrò, la voce rotta dall'emozione trattenuta.

Elisabeth le posò una mano sul braccio, tentando di infonderle coraggio. «Vieni con me alla tomba. Capiremo insieme cosa fare. Non accetto un *no* come risposta.»

Mimì si limitò a un cenno, le labbra serrate e una lacrima solitaria che scivolava lungo la guancia. Poi, senza dire altro, si lasciò accompagnare da Elisabeth fino alla sua camera.

Poco dopo Antonietta bussò e, senza attendere risposta, varcò la soglia, chiudendo la porta dietro di sé, come per difendere quel momento da orecchie indiscrete. «Donna Mimì» bisbigliò, la voce appena udibile, il capo chino, «vi devo dire una cosa.»

Mimì annuì, lo sguardo stanco ma dolce.

«Maria Tanda è preoccupatissima per voi. Dice che ci sono segni... segni che qualcosa di brutto si avvicina. Ha detto di mettere questi sacchetti sotto i materassi delle camere» continuò Antonietta, porgendole dei piccoli involucri di stoffa grezza. «Dice che le erbe che contengono sono potenti, vi proteggeranno da qualsiasi male.»

Mimì guardò i sacchetti, poi mise la mano sul talismano che portava al collo. Un nodo le serrava la gola.

«Grazie, Antonietta. Fallo tu, per favore.»

Antonietta annuì, esitante. «Mi ha anche detto di stare attente...»

Mimì si avvicinò alla finestra e, con gesti lenti, la aprì, lasciando entrare la luce del sole. Paura si aggiungeva alla paura. Stare attente? E a che cosa? Forse presto la sua colpa sarebbe stata scoperta? Restò lì, le mani appoggiate al davanzale, lo sguardo cieco e un'espressione di sconforto. Pensò a suo padre, lo immaginò mentre controllava il lavoro dei contadini nei campi, assicurandosi che tutto fosse al suo posto. Un sorriso le sfiorò le labbra, ma si spense in fretta. Non poteva coinvolgerlo, non ancora, non finché non avesse avuto le idee chiare.

Dal giardino, la risata cristallina di Paoletta le giunse alle orecchie, dolce e lontana. Era tutto nelle sue mani, lo sapeva. E il tempo per agire si stava rapidamente esaurendo.

43

«Avete sentito?» sibilò Assuntina, inclinando il capo verso un manipolo di uomini radunati intorno al fuoco. «Emanuele... sembra distratto. Forse non gli interessa più quello che accade qui. O forse ha altro per la testa...»

I banditi si voltarono verso di lei. Qualcuno rise sottovoce, altri si limitarono a scuotere la testa. Uno di loro, in disparte, si irrigidì. L'odore acre del fumo si mescolava a quello della terra umida, rendendo l'aria più pesante.

Emanuele, seduto in disparte, affilava un coltello.

«Che dici, Emanuele?» lo provocò uno dei più giovani, il sorriso appena accennato sulle labbra. «Non è che ci nascondi qualcosa?»

La lama che scivolava sulla pietra si fermò. Emanuele sollevò lo sguardo gelido, fissandolo dritto negli occhi. Il giovane sbiancò, ma non abbassò lo sguardo.

«Vi piace sprecare il fiato?» tagliò corto alzandosi in piedi. Il tono di voce bastò per far arretrare il gruppo.

Emanuele si girò bruscamente e si allontanò verso il limite dell'accampamento. Dietro di lui, i sussurri ripresero ma lui non li ascoltava più. La sua mente ribolliva. Fedeltà al gruppo. Il codice d'onore. Mimì. I pensieri si infrangevano uno sull'altro, come onde contro gli scogli. Tutto sembrava vacillare. Bisognava fare qualcosa prima che fossero gli altri a decidere per lui. Serrò i pugni, guardò il cielo scuro sopra di sé e chiuse gli occhi.

Poco lontano, nella grande casa di Padria, Mimì giaceva a letto. Ogni movimento le costava ormai uno sforzo immenso, il respiro era spezzato da un affanno costante. Le voci di Augusto e Ada arrivavano ovattate dalla stanza accanto.

«Potrebbe essere contagiosa» sussurrò Ada, torcendosi le mani. «Dobbiamo tenerla isolata. Finché non sappiamo cos'ha...»

«Non sembra malaria» rispose Augusto con voce fredda. «Meglio che resti in camera. È per il suo bene. E per il nostro.»

Ada annuì, ma aggiunse, con esitazione: «Faccio chiamare Maria Tanda».

Augusto mosse impercettibilmente il labbro, ma non disse nulla.

Mimì rabbrividì per il tono di Augusto, era così carico di risentimento. Si voltò sul cuscino, cercando un sollievo che non arrivava. Un pensiero le martellava la mente: *Devo fuggire.* Sfinita, chiuse gli occhi e, per qualche minuto, il sonno la colse. Ma fu risvegliata da un odore acre che impregnava l'aria. Aprì gli occhi con fatica. *Sa bruja* era lì, il volto quasi completamente nascosto sotto un pesante scialle nero. Si muoveva lenta, mormorando parole incomprensibili. In una delle mani teneva un fascio di ramoscelli che faceva oscillare sul suo corpo, tracciando figure nell'aria.

«Non è un male che conosco» disse infine, con voce roca. Si avvicinò al letto, gli occhi di brace che guardavano ogni cosa. «Non viene da dentro, si insinua dentro... e non sempre lascia scampo.»

Mimì trattenne il respiro, lo sguardo che tradiva il terrore. Che mai poteva avere? Di cosa stavano parlando?

«Deve riposare» suggerì Ada, coprendosi la bocca con la mano e interrompendo i suoi pensieri.

Sa bruja si fermò un attimo prima di uscire, lasciando che l'odore di erbe bruciate si mescolasse al silenzio. «Le preparo un infuso di ortica. L'aiuterà.»

Nel pomeriggio Mimì trovò la forza di tirarsi su dal letto. Le erbe di Maria Tanda, o forse il riposo, le avevano restituito un barlume di energia.

«Come ti senti, mia cara?» le chiese Elisabeth, che era corsa a sedersi accanto a lei.

«Meglio... credo» rispose Mimì, accennando un sorriso.

Elisabeth iniziò a raccontarle di Londra, della sua casa a Chelsea, del maggiordomo che battibeccava sempre con la governante, e dei colori delle foglie in autunno nelle Cotswolds. Descriveva tutto con passione, i balli, la vita mondana, la libertà. Mimì l'ascoltava, affascinata, con le labbra dischiuse. A un certo punto, Elisabeth abbassò la voce e le si avvicinò. «Mimì, ho un piano» sussurrò. «Devi venire via con me, in Inghilterra. Non posso lasciarti qui, ho paura per te.»

Mimì la fissò, sorpresa. «Ma che dici...» balbettò. «Paoletta... papà... Emanuele...»

«Tua figlia deve venire con noi» rispose senza esitazione, «non possiamo lasciarla qui.»

«Augusto... non ci permetterà mai di andare via!» esclamò, il volto contratto dalla paura.

«Augusto non deve saperlo. Dobbiamo scappare. Ho già pensato a una soluzione, fidati di me. Chiederemo ad Antonietta di accompagnarci alla nave. Ma solo quando rientrerò dalla tomba dei giganti.»

Mimì abbassò lo sguardo, combattuta. «E mio padre? Ed Emanuele?»

Elisabeth le strinse la mano. «Tuo padre ha fatto le sue scelte, Mimì. Ora devi pensare a te e a tua figlia. Quanto a Emanuele, sono certa che ci seguirà. E anche lui deve aiutarci.»

Mimì si prese qualche istante per riflettere. L'idea di lasciare tutto – le sue catene, la sua insoddisfazione – le sembrava quasi troppo bella per essere vera. Ma c'era Emanuele. Poteva davvero convincerlo a seguirla? E lui avrebbe accettato?

«È un uomo forte, libero, Mimì» la rassicurò Elisabeth leggendo i suoi pensieri. «Potrebbe avere una vita migliore. Nemmeno lui ha nulla da perdere.»

Mimì si morse il labbro. Una vita con lui, lontano da tutto, lontano da Augusto. Che bellissimo sogno sarebbe stato. Ma non più che un sogno, lo sapeva bene.

«Non abbiamo molto tempo» continuò Elisabeth, il tono deciso. «Domani andrò alla tomba dei giganti e quando tornerò dovremo essere pronte. Partiremo il giorno dopo. Ricorda, non avvertire Antonietta, per il momento, e non preparare niente, né per te né per la bambina. È troppo pericoloso.»

Mimì osservò la sua amica, ammirandone la determinazione e il coraggio. Si immaginò nelle campagne inglesi, con Emanuele e Paoletta, lontana dalle ombre di quella casa. Forse, allora, era possibile.

«Devo parlare con Emanuele» disse infine, con una scintilla di speranza negli occhi. «Per favore, chiama Antonietta.»

Mentre Elisabeth lasciava la stanza per organizzare i preparativi, Mimì, senza indugio, spiegò ad Antonietta cosa fare. La bambinaia affidò Paoletta a Maddalena e sgattaiolò oltre il cortile. Mimì si alzò e si vestì con movimenti lenti, i pensieri incastrati tra desideri e timori. Le risate di Paoletta dalla cucina le infondevano un senso di pace, anche se sapeva che quel momento sarebbe stato breve.

Nessuna di loro aveva potuto notare l'ombra dietro la porta socchiusa. Gavina, con le orecchie tese, aveva ascoltato ogni parola. Quando fu certa di aver capito abbastanza, strinse gli occhi e si allontanò di soppiatto. Don Augusto doveva sapere.

44

La luce rossa del tramonto inondava la chiesa sconsacrata di San Saturnino, tingendo le pietre antiche di riflessi sanguigni. L'aria era fredda, ma il *gabbanu* che Emanuele portava sulle spalle sembrava sfidare il vento autunnale. Le mani erano strette a pugno, mentre gli occhi scrutavano l'orizzonte. La sensazione opprimente che lo attanagliava da giorni non lo lasciava. I mormorii al suo accampamento, le insinuazioni, tutto gli lasciava intendere che qualcosa stava per accadere.

Poi la vide. Una sagoma sottile che si stagliava contro il cielo crepuscolare. Mimì sembrava un'apparizione, una *jana* emersa dai racconti dei vecchi intorno al fuoco, con la pelle diafana e lo sguardo dolce. I capelli sciolti le incorniciavano il volto e gli occhi color del miele brillavano nella luce calda. Mentre avanzava, il cuore di Emanuele batteva con violenza, colmo di desiderio e paura.

«Mimì...» mormorò, muovendosi verso di lei.

Lei corse tra le sue braccia, e le loro labbra si incontrarono in un bacio disperato. La brezza, che fino a quel momento aveva ghermito le sue vesti come una bimba birichina, si acquietò mentre i due corpi si perdevano l'uno nell'altro.

«Emanuele...» disse piano, la voce vibrante.

Emanuele la allontanò con dolcezza e le sorrise. Un sorriso triste, quasi rassegnato. Con una mano le accarezzò le labbra. «Mimì, che succede?»

Lei si ritrasse, cercando di recuperare la forza che sentiva sfuggirle. «Dobbiamo partire, Emanuele... Dobbiamo partire per l'Inghilterra. Io, Elisabeth, Paola e Antonietta... Non possiamo più restare qui» disse di getto.

Emanuele corrugò la fronte. «Partire? Che vuoi dire...? Fuggire?»

Mimì annuì, abbassando lo sguardo. Le parole uscivano a fatica. Gli raccontò di come Augusto le si rivolgesse ormai a monosillabi, di Gavina che non la lasciava sola un attimo, quasi fosse la sua carceriera, della strana spossatezza che l'aveva sopraffatta negli ultimi giorni e delle parole di Maria Tanda. E poi c'era Elisabeth: doveva rientrare in Inghilterra e non voleva lasciarla sola lì, aveva paura che fosse in pericolo.

«Aspetta. Non capisco... È di Elisabeth l'idea? Mi stai dicendo che pensa che tu sia in pericolo?»

Mimì annuì. «Vuole partire dopo la visita alla tomba dei giganti. Ma io non posso andarmene senza sapere... senza sapere che tu ci sarai.»

Le mani di Emanuele si strinsero con forza. Il dolore lo dominava, la consapevolezza che stava per perderla lo annientava. «Mimì, cosa mi stai chiedendo?»

Lei sollevò lo sguardo, gli occhi lucidi, dilatati dal panico. «Fuggire è l'unica possibilità, Emanuele. L'unica. Qui non c'è vita per noi, non ci sarà mai. Se ci scoprissero... non so cosa potrebbe succedere, non voglio nemmeno immaginarlo. Mio marito, la mia famiglia... non avremmo scampo.»

La voce le tremò, le mani si strinsero attorno alle sue braccia come a cercare un appiglio. «Perderò mia figlia, perderò la mia libertà, e non posso permetterlo!»

Emanuele si voltò, guardando le ombre degli alberi che si allungavano sul terreno. «Se scappo, tradisco tutto ciò che sono. Il codice, i miei uomini, il mio onore.»

Mimì non distolse lo sguardo. «Se non vieni con me, tradisci tutto ciò che provi» ribatté, la voce provata ma risoluta. Era certa di non sbagliarsi sui sentimenti di Emanuele. Si lasciò andare contro di lui, appoggiando la testa sul suo petto. Il ritmo dei loro cuori riempiva il silenzio della chiesa.

«Domani all'alba...» proseguì Mimì. «Elisabeth ha predisposto la carrozza. La porterà alla tomba dei giganti. Al suo ritorno dovremmo partire per l'Inghilterra.»

Emanuele si irrigidì. «Come pensate di farcela? Augusto lo verrà a sapere. È impossibile nascondergli questa cosa. Se ti scopre non ci sarà scampo.»

Mimì cercava di fermare il tremore che le agitava le mani. Inspirò a fondo, come se raccogliesse le ultime forze. «Non c'è altra scelta, Emanuele. Augusto non mi lascerà mai andare. Quella casa è sempre di più una prigione. Devo trovare un modo. Ci ho pensato, questa è l'unica possibilità. Per me, per Paoletta... per noi.»

Emanuele si passò una mano tra i capelli. Non poteva ignorare ciò che aveva udito. Possibile che Augusto sapesse? Gli tornò alla mente Assuntina. Il suo confabulare serrato all'accampamento. Forse parlava più del dovuto, forse qualcosa era arrivato alle orecchie sbagliate, pensò con terrore.

Si rivolse a Mimì, il volto tirato. «Augusto non è stupido. Qualsiasi movimento farete, lui sarà sempre un passo avanti.»

«Non importa» replicò lei con forza. «Questo piano è tutto ciò che ho. Se resto e ci scoprono, perdo tutto: Paoletta, la mia libertà... te.»

Emanuele rimase in silenzio. Fuggire da suo marito sarebbe stato difficilissimo e le conseguenze sarebbero state disastrose. Per tutti. Ma se aveva ragione Elisabeth, se Mimì era davvero in pericolo e se li avessero scoperti, sarebbe stata la fine per lei.

«Io sarò sempre con te Mimì. Non ti lascerò mai» disse infine, con un tono deciso, pieno di amore folle. «Tu sei tutto ciò che conta. Sei convinta di quello che stai facendo? Perché una volta iniziato, non si torna indietro.»

Mimì annuì, le lacrime di gioia le rigavano il viso. Strinse la sua mano come se fosse l'unica àncora di salvezza. «Non potrei mai farcela senza di te.»

Emanuele la abbracciò forte, il cuore diviso tra il desiderio di proteggerla e la consapevolezza che, una volta presa quella strada, non ci sarebbe stato ritorno. Ma senza di lei, ormai ne era certo, niente avrebbe più avuto senso.

«Non hai paura di vivere con un ricercato?» chiese, la voce bassa. «Non sarà facile nemmeno lontano da qui.»

Mimì alzò lo sguardo verso di lui, e nei suoi occhi Emanuele vide una forza inaspettata. «Ho paura solo di vivere senza di te» rispose con impeto.

Emanuele la tenne stretta, mentre l'oscurità li avvolgeva in un silenzio irreale. Sapeva che all'alba qualsiasi scelta sarebbe stata pagata a caro prezzo. Eppure, guardandola, pensò che qualunque fosse il costo, era disposto a pagarlo.

Il vento disperse le loro ultime parole. Ma dietro le rovine, un'ombra si muoveva silenziosa, sfiorando la terra con la precisione di un predatore. Aveva ascoltato ogni cosa. Augusto era un uomo che non lasciava nulla al caso. E quella notte non avrebbe fatto eccezione.

45

La carrozza usciva da Padria percorrendo le strade deserte e silenziose. All'interno, Elisabeth teneva un fazzoletto profumato sul naso per mitigare il lezzo dei due uomini armati che la scortavano, volti severi e sguardi che evitavano il suo. Pensava al piano, ai rischi che ogni passo comportava. Ogni dettaglio sembrava fragile, pronto a crollare e lei non riusciva a togliersi di dosso la sensazione che tutto fosse appeso a un filo troppo sottile. Non avevano studiato le loro mosse nei minimi dettagli: come sarebbero arrivate al porto? Come avrebbero evitato che Augusto le vedesse? Avrebbe voluto Mimì accanto, per discutere ogni particolare con calma, ma era consapevole della sua debolezza. E forse era proprio quella strana malattia a spaventarla di più.

Superate le ultime case del paese, la vettura si arrestò bruscamente, facendola sobbalzare. Il cuore accelerò. Strinse il fazzoletto con forza, mentre lo sguardo scivolava verso l'esterno. Una figura si stagliava contro la luce: Augusto avanzava deciso, seguito dai suoi uomini. Elisabeth scostò la sottile tenda del finestrino, imponendosi di non lasciar

261

trapelare alcun timore. Il suo abito da viaggio in lanaggio scozzese, con il corpetto rigido e la pellegrinetta che le copriva le spalle, sembrava una corazza. Ma nulla poteva proteggerla dal gelo dello sguardo di Augusto. Si fermò accanto allo sportello e, con un gesto brusco, lo aprì. «Lady Elisabeth, perdonatemi» disse, con una voce cortese ma che non lasciava spazio a repliche. «Mimì non sta bene, e non è più prudente che rimaniate nella mia casa. Dopo la visita alla tomba dei giganti i miei uomini vi scorteranno al Porto di Torres. Una nave vi attende per riportarvi a Londra.»

Elisabeth si sforzò di mantenere la calma. Portò una mano alla pellegrinetta, aggiustandola, per guadagnare tempo.

«*Dear* Augusto, vi capisco. È per il bene di Mimì, immagino» rispose, cercando di usare un tono neutro. Un pensiero, però, rimbombava dentro di lei: *Ha fiutato qualcosa. Il nostro piano è in pericolo.*

Augusto annuì, il volto impassibile. «È esattamente così. Ma anche per voi. Senza alcuna certezza sul male che l'affligge, non sappiamo se possa essere contagiosa.»

Elisabeth cercò di mostrarsi indifferente, ma dentro di sé fremette. Come poteva pensare che gli credesse? E, soprattutto, quanto aveva capito del loro piano? Il dubbio le serrò la gola, spingendola a fingere docilità. «Ma devo riprendere i miei bagagli. Sono ancora a casa vostra.»

«Di questo non dovete preoccuparvi, un carro li porterà direttamente all'imbarco, domani.»

Elisabeth si limitò a chinare il capo. Non poteva fare nulla. Con il cuore in gola, si costrinse al silenzio. «Mi atterrò alle vostre indicazioni» disse, le dita strette intorno al corpetto, l'unico appiglio che le restava.

Augusto, dopo un breve cenno di saluto, si allontanò, lasciandola sola con i due uomini. La carrozza ripartì, ma Elisabeth rimase immobile, bloccata in una spirale di panico. Come avrebbe fatto ad avvertirla? E se anche Mimì fosse riuscita ad arrivare al porto il giorno successivo, gli uomini di Augusto l'avrebbero certamente fermata. La fuga sarebbe fallita e per Mimì sarebbe stata la fine... e non solo per lei.

I cavalli galoppavano decisi sotto la frusta dei cocchieri. La carrozza scivolava agile lungo le gole strette, incorniciate da querce da sughero dai tronchi marroni, bruciati dal sole. Elisabeth era rannicchiata sul sedile, lo sguardo fisso fuori dal finestrino. I contadini solitari nei campi, gli uomini avvolti nei mantelli neri che camminavano lungo il ciglio della strada, le capre che si arrampicavano con una calma innaturale sulle radici sporgenti: la Sardegna le appariva ora crudele e impenetrabile, come un'ombra incombente che sentiva stringersi intorno a lei.

All'improvviso la carrozza rallentò, finché fu costretta a fermarsi. Davanti a loro, una processione bloccava il cammino. Una lunga fila di uomini e donne vestiti di rosso, bianco e nero, si snodava verso una chiesetta. Gli uomini aprivano il corteo, i volti bruciati dal sole, seguiti dalle donne in abiti ricamati che ondeggiavano come fiamme al vento. Le bambine stringevano candele tra le mani, le gonne scarlatte e i grembiulini immacolati. Il salmodiare si alzava al cielo, accompagnato dal suono cupo della campana. Elisabeth si sporse dal finestrino, cercando di decifrare il significato di quella scena antica e solenne. Mentre la carrozza avanzava con difficoltà per superare la processione, notò gli sguardi che si posavano su di lei. Occhi curiosi, diffidenti, quasi accusatori. Quando finalmente svanì alle loro spalle, il suono delle preghiere restò nell'aria, come un monito divino. Elisabeth tentò di concentrarsi sul piano. Mimì e Paoletta avrebbero dovuto prendere la nave con lei, ma ora come avrebbero fatto? Augusto doveva sapere qualcosa. Perché altrimenti avrebbe insistito così tanto per anticipare la sua partenza?

Arrivarono alla tomba dei giganti quando le ombre lunghe del crepuscolo avevano ormai rapito la giornata. La luce dorata si spegneva lentamente tra le valli, tingendo il paesaggio di una bellezza malinconica.

Elisabeth scese dalla carrozza, avvolta dal profumo pungente del mirto e del lentischio. Uno degli uomini le fece cenno di seguirlo verso la radura, dove le rovine si ergevano maestose. Le grandi lastre di granito disposte a semicerchio e una stele centrale, imponente, dominavano il panorama come un portale verso l'ignoto.

Si fermò, il respiro irregolare, spezzato dall'affanno. A ogni passo cresceva la sensazione di essere osservata, non solo dagli uomini che l'accompagnavano, ma da qualcosa di più profondo, più primordiale. Posò una mano sulla pietra, cercando di assorbire la forza di quel luogo. Ma nella sua mente non c'era spazio per altro che per la paura. La paura di fallire. Mettendo così a rischio la vita di Mimì.

Con gesti rituali aprì la valigetta da viaggio e ne estrasse il taccuino, alcuni strumenti e una piccola bussola d'ottone. Si avvicinò alla lastra principale, ne sfiorò la superficie ruvida, poi si distese sotto la pietra, i piedi rivolti verso l'esterno, e la testa infilata sotto la cavità centrale. Seguiva le indicazioni di suo padre: *Respira, senti l'energia*. Ma ogni pensiero tornava a Mimì e a Paoletta. Il calore della pietra sembrò avvolgerla, il cuore batteva al ritmo di un'unica, inquietante certezza: Augusto sapeva troppo.

Fu allora che udì il primo sparo, seguito da un urlo e da un secondo colpo. Vide il cocchiere crollare al suolo, e una macchia scura allargarsi sulla camicia bianca. I cavalli, imbizzarriti, trascinarono via la carrozza.

Terrorizzata, con un gesto istintivo si alzò e si nascose in una piccola rientranza, tra i massi di granito, coperta da una macchia fitta di lentischio. Carponi sulla terra secca, intravide tra i rovi gli zoccoli di un cavallo che si fermavano davanti a lei, sollevando un po' di polvere.

Era spacciata.

46

Il suono metallico degli zoccoli ferrati che colpivano il granito le fece accapponare la pelle. I cavalli si muovevano ostinati, avanzando e retrocedendo vicino al suo nascondiglio. Elisabeth non capiva se l'avessero scoperta. La polvere sollevata aveva riempito l'aria, rendendo tutto sfocato. Sentì un altro sparo e il rumore delle ruote della carrozza che si allontanava. La paura le impediva quasi di respirare. Chi poteva essere? Qualcuno a conoscenza del suo viaggio o una banda di malfattori che li aveva avvistati durante il tragitto? I pensieri si susseguivano con frenesia, senza ordine. Aveva troppa paura.

Poi, di colpo, gli spari e le urla cessarono, lasciando spazio a un silenzio minaccioso. Vide le zampe di un cavallo avvicinarsi e scacciare quello che stava davanti al suo nascondiglio. Il cavaliere scese con un movimento fluido e determinato, abbassandosi verso di lei. Elisabeth trattenne il fiato. Solo quando il volto di Emanuele apparve tra i rami del lentischio, riuscì a respirare. Con difficoltà si tirò su, ancora scossa dai brividi.

«Elisabeth, non avere paura.» La sua voce era ferma, rassicurante. Le porse una mano, per aiutarla a liberarsi dai rovi.

«Emanuele... sei tu?» mormorò, incredula, il cuore in gola.

«Sì. Ti stavo cercando, dopo che Mimì mi ha rivelato che cosa state cercando di fare.» Esitò un istante, poi aggiunse: «Ho preso la strada principale e ho visto un gruppo di banditi attaccarti».

Elisabeth si portò una mano alla bocca, tremante. «Chi può essere stato? Solo Augusto sapeva che sarei andata alla tomba dei giganti... non è possibile.»

«Non lo so» ammise Emanuele, scuotendo la testa. «Potrebbero essere stati uomini al soldo di chiunque. Quel che conta ora è che tu stia bene. Sei ferita?»

Lei scosse il capo, la voce incerta. «No, sto bene. Ma il piano... è in pericolo. Gli uomini di Augusto» disse indicando i corpi dei suoi accompagnatori, «mi avrebbero dovuto scortare al porto, subito dopo la visita alla tomba.»

«Scortare al porto? Perché?»

«All'uscita del paese Augusto ha fermato la carrozza, mi ha comunicato che dovrò lasciare la casa. Mimì non sta bene da giorni, è debole, si spegne ogni giorno di più. Parla poco, sembra stanca, come se qualcosa la stia consumando. Lui dice che potrebbe avere una malattia contagiosa e, allontanandomi, vuole proteggermi. Ma io, Emanuele... io sospetto che sappia qualcosa. Dobbiamo stare attenti.»

Emanuele rimase in silenzio per un istante, il volto teso.

«Non faremmo mai in tempo ad avvertire Mimì e Paoletta» aggiunse Elisabeth.

Lui annuì, riflettendo rapidamente. «Il tuo piano è saltato. Non possono partire con te. È troppo pericoloso. Le accompagnerò io, troverò un altro modo. Tu devi continuare a fare quello che lui si aspetta. Ti accompagnerò al porto, ma non mi farò vedere. Dirai che sei riuscita a sfuggire da sola a un agguato. Dovrà credere che tu stia seguendo i suoi ordini. Io penserò al resto.»

Elisabeth lo fissò, con gli occhi spalancati. «E se non ce la farai?»

«Non c'è altra possibilità. Troverò il modo» ribadì Emanuele con fermezza. «Non permetterò che Mimì e Paoletta restino lì.»

Lei abbassò il capo, stringendosi le mani nervosamente. «D'accordo. Ma promettimi che non farai nulla di avventato.»

«Lo prometto» rispose lui, con un sorriso appena accennato. Poi le porse la mano. «Ora vieni, dobbiamo riprendere il viaggio prima che qualcuno torni a cercarci» aggiunse, guardandosi intorno con circospezione. Alzò l'altra mano e impartì un ordine silenzioso. Un uomo si avvicinò e offrì il suo cavallo a Elisabeth.

«Hai qualcosa con te per il viaggio?» chiese Emanuele.

«Il carro con i miei bagagli mi aspetta al porto. Augusto ha pensato a tutto» rispose scuotendo la testa. «E la mia valigetta è qui con me.»

Dopo aver messo all'interno il taccuino e i suoi strumenti, salì sul cavallo e insieme si avviarono nella notte. Elisabeth osservava il volto dell'uomo accanto a lei, gli occhi che sembravano penetrare l'oscurità.

Emanuele le raccontò del malcontento che serpeggiava nell'accampamento. Assuntina aveva iniziato a seminare discordia, insinuando dubbi tra gli uomini, cercando di metterli contro di lui.

«Perché mai avrebbe dovuto farlo? È una di voi.»

Emanuele scrollò il capo. «Non lo so. Ma è astuta, e certe persone, per convenienza, sono capaci di tutto.» Dopo un attimo di esitazione aggiunse: «Di una cosa, però, sono certo. Assuntina mi odia».

«E per quale motivo?»

«Perché l'ho sempre respinta» rispose, mettendo fine alla discussione.

I cavalli correvano lungo le strade buie. Emanuele stringeva le redini, ogni muscolo teso nello sforzo di trovare una soluzione. Se Augusto era già al corrente di tutto, avrebbe potuto agire in qualunque momento. Non poteva permettere che accadesse: doveva anticiparlo, doveva salvarla.

La mente di Elisabeth, invece, si affollava di pensieri, di paure. Partire significava lasciare Mimì sola, esposta al marito, alla cognata, a tutto ciò da cui avrebbe voluto difenderla.

«Ormai non puoi fare nulla» disse Emanuele, anticipandola. «Se Augusto ha deciso di allontanarti, devi obbedirgli. Restare significherebbe compromettere tutto o... peggio. Non sappiamo fino a che punto potrebbe spingersi. E Mimì non si perdonerebbe mai se ti succedesse qualcosa a causa sua.»

Elisabeth abbassò lo sguardo, stringendo le redini del cavallo. «E se lui vi scoprisse? Se non riusciste a fuggire?»

«Fidati di me. Ti prometto che le porterò da te sane e salve.»

«Va bene» disse con un filo di voce. «Ma stai attento. Augusto è più infido di quanto immagini.»

«Non preoccuparti per me. Ora dobbiamo proseguire. Il porto non è lontano.»

La notte cominciava a cedere il passo all'alba, e le prime luci rischiaravano il cielo. All'orizzonte il mare si apriva come una terra sconosciuta. Elisabeth si voltò verso Emanuele Manca per un'ultima volta, prima di dirigersi verso il porto. «Non dimenticare la tua promessa» disse con un filo di voce.

«Mai» confermò Emanuele, fermando il cavallo e i suoi uomini con un gesto della mano.

Elisabeth avanzò verso la cittadina, con il cuore pesante. Al molo la nave era pronta a salpare. Vide gli scagnozzi di Augusto caricare a bordo le sue cose e, senza voltarsi, salì sulla passerella. Poco dopo, le pesanti gomene furono sciolte e gettate in acqua, mentre i marinai si preparavano alle manovre. Quando la nave cominciò ad avanzare verso il mare aperto, Elisabeth si girò verso la riva. Ma Emanuele e i suoi uomini non si vedevano, neanche in lontananza.

Mentre la costa si sfocava, rimpicciolendosi all'orizzonte, abbracciò la Sardegna con un ultimo sguardo. Una parte di lei sarebbe rimasta per sempre lì, tra quelle terre aspre e quei cieli vasti.

47

La mattina era iniziata con il latrare furioso di un cane. Augusto, sveglio dall'alba, l'aveva percepito come un cattivo presagio. Ma la giornata era sul punto di volgere a suo favore. Sedeva nel suo studio, lo sguardo perso tra i documenti sparsi sulla scrivania, quando Assuntina entrò senza aspettare alcun invito e si accomodò davanti a lui.

«L'inglese è partita» annunciò con un tono tagliente, il sorriso complice che le sollevava le labbra.

Augusto alzò lentamente lo sguardo, tamburellando sul ripiano con le dita. «È andato tutto secondo i piani?» chiese con calma apparente, gli occhi fissi su di lei.

Assuntina si appoggiò allo schienale, lasciando che la scollatura della camicia svelasse il seno abbondante. I capelli corvini le incorniciavano il volto e cadevano morbidi sulle spalle, rendendola sensuale e sicura di sé. «Più o meno» rispose con un dubbio nella voce. «È arrivata al porto sola, a cavallo. Dicono che sia stata vittima di un'imboscata lungo la strada.»

Augusto si alzò di scatto. «Un'imboscata? Di chi?»

«Non si sa. Nessuno dei nostri» rispose con calma, lasciando scivolare le dita lungo i braccioli della sedia. «Ma che cosa importa, adesso? Quel che conta è che sia partita. Come volevate.»

Augusto si avvicinò alla finestra, appoggiando le mani sul davanzale. «E quindi?» ribadì senza voltarsi. «Perché sei ancora qui? Cosa vuoi?»

«I denari che mi avete promesso» rispose lei, guardandolo.

Augusto si girò. *Ora non mi resta che sistemare la bambinaia*, pensò mentre apriva un cassetto. Tirò fuori un sacchetto di monete che tintinnarono, il sorriso sulle labbra non aveva nulla di benevolo. «Ecco i tuoi denari.»

Assuntina si alzò e, con un'occhiata fredda e calcolatrice, prese il sacchetto e lo infilò sotto la gonna. «Ai vostri ordini» disse con un accenno di riverenza, prima di uscire dalla stanza.

Elisabeth era sulla nave, lontana. Assuntina non aveva torto. Quello era ciò che contava. Ora Mimì era davvero sola. Non avrebbe più avuto nessuno a proteggerla. Augusto l'avrebbe colpita nel suo punto più vulnerabile: la sua amicizia con l'inglese. E poi, senza più ostacoli, avrebbe potuto dedicarsi a ciò che davvero importava: il rito delle spade.

La trovò seduta accanto alla finestra della loro camera. Il volto pallido, gli occhi persi nei riflessi del sole che giocava con gli alberi nel cortile.

«Elisabeth è partita» le disse senza preamboli, con una freddezza calcolata. «Senza dire nulla. È salita sulla nave senza nemmeno salutarti.»

Mimì lo guardò, incredula. «Che cosa dici? Partita? Quando? Non ci credo, non è possibile. Perché non mi avrebbe salutato? È andata alla tomba dei giganti...»

Augusto scrollò le spalle. «Dopo è partita direttamente. Senza dire niente a nessuno. Forse non sei così importante per lei come pensavi. E forse non è la persona che abbiamo creduto che fosse.»

Le parole colpirono Mimì come un pugno. All'inizio avvertì solo una pressione sottile, un dolore che cresceva, ma ben presto lo sentì scorrere nelle vene, pronto ad avvelenare ogni fibra del suo corpo. Le mani tremavano mentre stringeva il talismano al collo, quasi potesse darle un minimo di conforto.

«Stai mentendo» gridò con le poche forze che aveva. La sua voce tradiva dolore e disperazione.

Augusto la fissò, il volto imperturbabile. «Puoi crederci o no, ma questa è la realtà. Ti ha abbandonato.»

«Elisabeth...» mormorò Mimì, mentre il corpo si piegava sotto il peso delle parole. Crollò a terra.

Augusto, approfittando del momento, si avvicinò. Con un gesto rapido e preciso le strappò il talismano dal collo. «Non ne avrai più bisogno» disse, fissandola con un misto di disprezzo e soddisfazione.

Mimì lo guardò, con gli occhi pieni di lacrime. «Basta» sussurrò, ma la sua voce era ormai priva di impeto.

Augusto si voltò verso la porta e chiamò le cameriere. «Donna Mimì non deve uscire da questa stanza fino a nuovo ordine» disse a voce alta, fissando ciascuna negli occhi, mentre camminava davanti a loro, le braccia incrociate dietro la schiena. «E nessuna, dico nessuna, deve entrare senza il mio permesso. Solo Gavina è autorizzata a portarle i pasti. Ci siamo intesi?»

Poi puntò il dito verso Antonietta. «Tu accompagnerai Paoletta a Sassari dalla zia Corinna. Finché donna Mimì non sarà guarita. È meglio per tutti», e alla parola *tutti* la bocca si aprì in un perfido sorriso.

Antonietta provò a protestare, ma un'occhiata di Augusto la zittì. Sapeva di non avere scelta. Guardò un'ultima volta Mimì, con il cuore pesante, e andò via.

Mimì rimase immobile. Il silenzio della stanza divenne assordante, una condanna che la schiacciava. Elisabeth era partita. Senza dire nulla. Senza portarla con sé. La fuga, la vita in Inghilterra con Emanuele e Paola, il sogno della libertà... tutto si era sgretolato in un istante. Un peso le schiacciò il petto, come se all'improvviso le mancasse l'aria. Si avvicinò alla finestra, sentì Antonietta che preparava i vestitini di Paoletta nell'altra stanza. La figlia che rideva. Ignara di tutto. Felice di andare dalla zia. La sua bambina, lontana da lei. Come avrebbe resistito? Antonietta a Sassari. L'ultimo filo che la legava al mondo esterno. Reciso anche quello. La disperazione si era ormai impossessata di lei. Non avrebbe più potuto parlare con nessuno, avvertire Emanuele, chiedere aiuto. Era in trappola.

Ada, senza farsi notare, aveva assistito a tutto. Il viso rigido, ma l'anima fluttuante in un limbo oscuro e indefinito, preda di un tormento che non riusciva più a ignorare. Era forse responsabile di quanto stava accadendo a Mimì? Non avrebbe potuto agire diversamente, si ripeteva. Rivelare tutto ad Augusto era stata la cosa giusta. Eppure, ora si chiedeva se ciò che ne era seguito fosse necessario. Un presentimento l'attraversò. Qualcosa di grave e ineluttabile stava per accadere.

48

L'ultimo giorno di ottobre portava con sé il profumo di crisantemi e del fumo acre dei fuochi dove bruciava il lentischio. Nel villaggio dei banditi, il dolce aroma del mosto e della *sappa* riempiva l'aria. Le donne impastavano *papassini* e *ossus de mortu*, decorando con mani pazienti ed esperte quei dolci che avrebbero accompagnato, il giorno seguente, la cena delle anime. I bambini, eccitati, intagliavano le maschere per la questua, le loro risate interrompevano il silenzio della macchia.

Emanuele, seduto sullo sperone di roccia che dominava l'accampamento, osservava i banditi andare avanti e indietro. La mente, però, era lontana. Da quando aveva lasciato Elisabeth al porto, il silenzio di Padria e della casa Dessì lo tormentava. Voci frammentarie parlavano di una presunta malattia di Mimì, di un incidente, e del fatto che la casa fosse come sigillata. Aveva mandato Antonio da Antonietta, per avere notizie più certe. Ma il tempo scorreva e ogni minuto poteva costare caro.

Uno stormo si levò in volo, e il battito delle loro ali sembrò scuoterlo dai pensieri. Quando finalmente vide tornare i suoi uomini, con un gesto della mano li fece salire. Antonio avanzava in testa, il respiro affannato.

«Emanuele» disse il giovane, «qualcosa non va.»

Emanuele si alzò, il viso teso. «Parla.»

Antonio abbassò lo sguardo per un attimo e riprese fiato. «Antonietta non c'è. L'hanno mandata a Sassari con la bambina.»

«A Sassari? E perché mai?»

«Non lo so» rispose, «dentro la casa nessuno dice niente. Gavina ferma tutte le lingue.»

Emanuele strinse i pugni. «E Mimì?»

Antonio esitò. «Donna Mimì sta molto male. È chiusa nelle sue stanze e nessuno può entrare.»

Il cuore di Emanuele accelerò, ma il viso rimase impassibile. «Augusto?»

«Ha raccontato in paese che donna Mimì è gravemente malata, l'ospite inglese è partita subito per paura del contagio e sua moglie è impazzita per il dolore.»

Emanuele si voltò, fissando l'orizzonte. Il vento era gelido. Qualcosa di terribile stava per accadere, ne era certo, ma non poteva permettersi il lusso della disperazione. La fuga di Mimì e Paoletta doveva essere anticipata. Doveva avvertire il comandante del brigantino perché li venisse a prendere quella notte stessa, con una scialuppa. E Antonietta... Antonietta doveva raggiungere Mimì, raccontarle tutto, assicurarsi che anche *sa pizzinna* fosse con loro. Ma come?

Quando parlò, la sua voce risuonò ferma e decisa. Nessuno doveva intuire l'angoscia che lo divorava, ma i suoi uomini meritavano la verità.

«Devo partire» disse loro. «Devo andare lontano, oltre il mare. Non ho più scelta.»

I banditi lo guardarono senza parlare. Era il loro capo, era un uomo di valore, lo rispettavano.

«Una nave mi attende alla fonda, ad Alghero. E mi porterà in Inghilterra. Devo lasciarvi. Non so per quanto. Forse per sempre.»

Le parole di Emanuele erano pesanti, cariche di sofferenza. I suoi occhi lo tradivano. Li fissò, a uno a uno. Raccontò loro della moglie, del figlio, della sua vita, di Mimì. Per la prima volta, aprì loro il suo cuore.

«Ho bisogno di voi.»

Non era mai successo prima. Nessuno parlò. Non serviva. La lealtà non si esprime con le parole. Si batterono un pugno sul petto. Antonio deglutì, con gli occhi lucidi. Poi annuì. Emanuele li aveva salvati, lui e gli altri, più volte. Ora era il loro turno.

«Devi andare a Sassari, Antonio. So che è pericoloso arrivare in città, c'è il rischio di un arresto da parte dei Carabinieri Reali, ma è importante. Trova Antonietta e la bambina» gli disse mettendogli una mano sulla spalla, con la voce tesa. «Portale via da lì.» Antonio non fece in tempo a rispondere che Emanuele aggiunse con urgenza: «Poi accompagna Antonietta a Padria. Deve aiutare Mimì a scappare. Devono raggiungermi con la bambina. Io predisporrò tutto per partire. All'alba, da Poglina». Un'ombra gli attraversò lo sguardo. Il volto di Antonio si fece più duro mentre Emanuele continuava: «Non sarà facile. Augusto potrebbe avere spie ovunque e aver preso le sue precauzioni». Si fermò un istante, abbassando il capo. «Di' ad Antonietta di stare attenta, Gavina potrebbe essere al soldo di Augusto. E fai attenzione anche qui. Nessuno deve sapere... soprattutto Assuntina.»

Erano pronti a partire. Emanuele li guardò allontanarsi,

ma il pensiero di restare fermo era intollerabile. Ogni secondo che passava era una lama che gli affondava dentro. Cercò di riordinare le idee. Mimì. Le parole di Maria Tanda. Il sospetto di qualcosa di terribile lo assalì. Non poteva aspettare. Aveva bisogno di risposte.

Mandò uno dei suoi, l'ultimo rimasto a presidiare l'accampamento, ad avvertire il capitano del brigantino che l'appuntamento era anticipato a quella notte. Poi sellò velocemente il cavallo e senza più esitare si lanciò al galoppo verso la casa di *sa bruja*.

La grotta emergeva come un'ombra contorta contro il cielo. Una luce fioca illuminava l'interno. La porta gemette al suo passaggio accogliendolo con l'odore pungente delle erbe bruciate. Maria Tanda era seduta, gli occhi neri fissi sulle fiamme.

«Sei venuto per sfidare il destino?» disse restando immobile, il volto nascosto dallo scialle.

Emanuele non perse tempo. «Mimì. Devo sapere. Cos'ha Mimì, *tzia* Maria? Quale malattia l'affligge?» La voce era più rabbiosa che supplice.

Sa bruja non rispose subito. Soffiò sulle braci, lasciando che il fumo si levasse nella grotta. I suoi occhi, opachi e insondabili, incontrarono i suoi. «Il vostro amore ha cambiato le sorti di tutti. Ora tutto si muove contro di voi.»

Emanuele serrò i pugni. «Ditemi cos'ha Mimì, o non ho motivo di restare qui.»

Sa bruja rise, una risata che sembrava provenire dalle viscere della terra. «Augusto gioca una partita che non comprendi. Tu invece hai cambiato il ciclo della vita.»

«Che volete dire?» insistette Emanuele.

Maria Tanda lo fissò. «Ogni azione ha un costo, ogni gesto altera qualcosa. Non esiste un equilibrio senza sacrificio.» Fece un passo avanti. Le braci riflettevano ombre inquietanti sul suo volto. «Mimì non è malata. La stanno avvelenando.»

Emanuele trasalì. Indietreggiò, come se quelle parole lo avessero colpito fisicamente. «Avvelenando?» sussurrò.

Sa bruja non si mosse. «Ma non è solo questo.» La voce era un soffio. «Augusto ha contaminato ciò che le è più caro. Il veleno non è solo nel corpo, ma nell'anima.»

Emanuele serrò la mascella. «Cosa devo fare?» chiese teso, l'ansia che gli chiudeva la gola.

«Va' da lei, combatti per ciò che ami.» Maria Tanda si girò verso il fuoco come se avesse detto abbastanza. «Io parlerò con Ada. Lei è la chiave.»

Emanuele si diresse verso l'uscita, ma prima di varcare la soglia si girò. «Siete sicura di quello che dite?»

Sa bruja annuì. «Ho visto il veleno. È invisibile agli occhi, ma parla attraverso il dolore.»

Non c'era altro da aggiungere. Maria Tanda lo seguì con lo sguardo mentre scompariva nell'oscurità, poi si voltò verso il fuoco. Le braci ardevano ancora, ma presto si sarebbero spente, lasciando solo cenere. Così accadeva a ogni cosa, così accadeva anche a lei. Il suo compito si avvicinava alla fine, di lei non sarebbe rimasto che calore di fiamma lontana. Pensò a Mimì, a Emanuele, alla piccola Paola. Scosse la testa. Al destino non c'era modo di opporsi. Ora non restava che affrontare Ada.

Emanuele montò a cavallo. Galoppò senza sosta, il vento che gli tagliava il volto, le parole della strega che gli martellavano la mente. Non avrebbe permesso che Mimì soccombesse a quel mostro. Doveva salvarla.

49

Era una giornata cupa, quella destinata a cambiare il destino di tutti, con nuvole basse che sfioravano i tetti delle case. Padria era avvolta da una foschia grigia e opprimente, solo le foglie morte scricchiolavano trascinate dal vento lungo le strade deserte. Il primo novembre era arrivato, avvolgendo tutto con un velo di malinconia. Dalla magione dei Dessì l'ombra dei morti sembrava dilagare come un miasma velenoso.

Eppure, nelle case del paese, le donne continuavano a muoversi tra i focolari accesi, impastavano il pane, riempivano piatti di fave e lardo, preparavano dolci di miele e mandorle. Adagiavano le tovaglie più candide sui tavoli, ogni piega sfiorata e distesa con gesti attenti, mentre le *lantias* venivano accese una dopo l'altra, una per ogni defunto. Gli anziani, seduti accanto al camino, intrecciavano i racconti con le ombre danzanti del fuoco, le voci basse e cadenzate avvolgevano i più piccoli in un ritmo ipnotico. Le parole fluivano lente, come un sussurro, spiegando ai bambini che la morte non spezzava i legami, ma li trasformava, li spostava oltre il velo sottile che separa i vivi da chi è già passato oltre. Era allora che la luce fioca e tremula delle fiamme si allungava sulle pareti, aprendo un varco tra la terra e l'eternità. E in quella notte sospesa, il respiro dei vivi sfiorava quello dei morti. Le anime dei cari tornavano silenziose, scivolando tra le stanze per vegliare su chi era rimasto.

In casa Dessì, la cucina, di solito animata dalla presenza operosa di Maddalena, era avvolta in un silenzio innaturale. Nella sua stanza, Mimì giaceva sul letto, il viso esangue e il respiro debole. La partenza della bambina l'aveva spezzata, nel corpo e nell'anima. L'aveva vista entrare con il suo passetto giocoso, aveva sentito il suo abbraccio caldo, e in quel momento aveva avvertito il vuoto farsi voragine dentro di sé.

Un lieve scricchiolio annunciò la presenza di Gavina sulla soglia. La donna avanzò con passo misurato, portando su un vassoio un piatto di brodo fumante. Mimì la guardò fugacemente, poi scostò il piatto con gesto appena accennato. Intuiva che qualcosa di oscuro la stava consumando. Il vento che filtrava attraverso le finestre socchiuse sembrava portare con sé un presagio, un avvertimento muto che le stringeva il cuore.

Ada, le redini del calesse salde in mano, si dirigeva al pozzo sacro. Nella mente un unico pensiero martellante: la cena delle anime. Ogni anno, la notte del primo novembre, apparecchiava la tavola e attendeva l'anima del suo amato, restando in piedi, accanto alla porta, sperando che si mostrasse. Ma quella volta era diverso. La cerimonia si intrecciava con il rito antico della sua famiglia, al pozzo sacro, rendendo quel momento più potente, più carico di significato. Probabilmente in quella notte speciale lui le avrebbe parlato.

Per un istante, il volto della cognata si insinuò nei suoi pensieri, fragile, pallido. Ada scacciò quell'immagine come si scaccia una mosca fastidiosa. Non ora. Non quella notte. Dopo, forse, ci sarebbe stato tempo per i dubbi. Tempo per la colpa. Dopo avrebbe pensato a Mimì.

Il cavallo si fermò bruscamente davanti all'antro di Maria Tanda. Ada la chiamò a gran voce.

«Sono qui.» La voce ruvida della vecchia arrivò alle sue spalle.

Ada si voltò di scatto, il cuore in gola. «Mi hai fatto spaventare. Presto, dobbiamo andare.»

Maria Tanda non si mosse. «Io non verrò da nessuna parte» dichiarò risoluta.

Ada spalancò gli occhi, incredula. «Cosa vuol dire?» Il tono tradiva insieme rabbia e ansia. Non era abituata a sentirsi dire di no.

La vecchia la fissò con gli occhi di brace. «Quello che sta accadendo nella vostra casa è inaccettabile. Non posso fare finta di nulla.»

«Cosa vuoi dire?»

Sa bruja girò intorno al calesse, impedendole di scendere. «Qualcuno sta uccidendo donna Mimì con erbe velenose. Qualcosa che non lascia scampo. E voi sapete chi e perché.»

Ada strinse i pugni, lottando per mantenere il controllo. «Non posso fare nulla ora, *tzia* Maria. Devo capire chi è il responsabile. Rischierei di disonorare la mia famiglia davanti a tutti.»

Maria Tanda si avvicinò, sussurrando al suo orecchio con una voce ruvida. «Il vero onore è proteggere chi si ama. Ricordate cosa avete subìto. È Augusto che deve essere fermato.»

Ada si girò di scatto, il volto teso. «Farò qualcosa, te lo prometto. Ma non stasera. Stasera al pozzo sacro... È importante.»

Maria Tanda scosse la testa, gli occhi colmi di un'antica, immutabile saggezza. «Non contate su di me. Se chiudete gli occhi su ciò che accade a casa vostra, non mi vedrete mai più.»

Un silenzio teso calò tra le due donne. Ada abbassò lo sguardo per un istante, poi il fuoco dell'orgoglio la travolse. Senza una parola, frustò il cavallo, rischiando di investire *sa bruja*.

«Vecchia pazza» sibilò, le labbra contratte in un ghigno. «Nessuno mi fermerà. Neanche tu.»

Le parole rimasero sospese nell'aria, mentre il calesse spariva tra gli alberi. Il pomeriggio avvolgeva tutto in un abbraccio silenzioso, rotto solo dal rumore delle ruote sulla terra battuta.

50

Il vento ululava tra le rovine del castello aragonese, insinuandosi tra le pietre abbattute dalla demolizione. Le mura,
un tempo temuto tribunale dell'Inquisizione isolana, resi-
stevano in frammenti, gettando ombre sulle strade deserte
di Sassari.

Tre figure camminavano guardinghe, i volti semicoper-
ti dai mantelli. Un passo risuonò sul selciato. Una sagoma
solitaria avanzava, avvolta in uno scialle che il vento cercava di strappare via. I tre si scambiarono un'occhiata, pronti a fuggire, quando riconobbero i lineamenti di Antonietta.

Antonio le si fece incontro, la strinse in un abbraccio, la
sfiorò con un bacio. Antonietta era stupita e felice di riveder-
lo, ma quando lui iniziò a raccontarle quello che sapeva, il
suo sorriso si spense lentamente. A ogni parola, il suo volto
si incupiva e la fronte si corrugava in un'espressione di angoscia.

«Partirò subito» gli assicurò. «Dirò che qualcuno è venuto ad avvertirmi che mia madre sta male e devo rientrare al
più presto. Donna Corinna è una persona anziana, e non può

badare da sola alla bambina. La tranquillizzerò dicendo che lascerò la piccola con mia cugina Caterina, a Padria, e sarò di ritorno domani.»

Salì in casa giusto il tempo di preparare Paoletta. Scesero le scale senza voltarsi. Uscirono in strada e si avviarono a piedi verso i cavalli, la bambina avvolta in una coperta calda tra le sue braccia. Quando raggiunsero la fontana di Rosello, trovarono uno dei banditi ad attenderle. Si scambiarono poche parole sottovoce prima di montare in sella. Poi presero la via del paese.

Sulla collina che sovrastava il ponte di Rosello, due uomini a cavallo osservavano la scena. Antonio, volto noto all'Arma dei Carabinieri Reali, era stato avvistato alle porte di Sassari e dal comando era partito l'ordine di seguirlo. Lo avevano pedinato a distanza, senza farsi notare, e ora non avevano dubbi: dovevano avvisare il loro capitano. Dopo un breve cenno di intesa, spronarono i destrieri.

Antonietta e gli altri giunsero a Padria mentre il sole calava, tingendo le case di una luce rosso fuoco. Uno dei banditi si staccò dal gruppo e galoppò via per chiamare Emanuele. Lo trovò poco dopo, ai margini del paese. Senza esitazione, il bandito raccolse le briglie e si mise subito in marcia per raggiungere i suoi uomini. Il volto era scuro, ma nei suoi occhi brillava una feroce determinazione.

Quando arrivò al punto di incontro, li trovò ad aspettarlo. «Grazie, Antonietta» disse con la voce ferma, accarezzando la testa della bambina, addormentata tra le sue braccia.

«Emanuele, per ora lascio Paoletta da mia cugina Caterina. La verremo a riprendere una volta liberata donna Mimì.»

Emanuele annuì. Era la scelta più sicura. Muoversi in troppi avrebbe attirato l'attenzione. Una volta che Mimì fosse riuscita a fuggire, avrebbe mandato Antonio a prenderle per condurle alla spiaggia di Poglina.

La bambinaia sparì nei vicoli, mentre i banditi si disperdevano per non dare nell'occhio. «Non preoccupatevi» aveva detto loro prima di lasciarli, «so bene io come accedere alle stanze di donna Mimì. Nessuna Gavina potrà fermarmi.»

Mimì giaceva nel buio della sua stanza soffocante, in preda a un torpore che l'avvolgeva come nebbia. Sentì un lieve scricchiolio alla porta e aprì gli occhi con fatica. La figura esile di Antonietta entrò silenziosa come un'ombra. Si inginocchiò accanto a lei.

«Donna Mimì, ascoltate, non c'è tempo. Elisabeth non è fuggita come vi hanno raccontato. Emanuele l'ha messa su una nave, temeva per la sua vita. Tutto quello che avete sentito sono bugie di vostro marito. Ora però dobbiamo andare. Siete in pericolo qui. Emanuele vi aspetta.»

Mimì si strinse il petto con una mano. Paoletta. Il suo nome rimbombò nella mente, mentre un nodo le serrava la gola.

«Antonietta...» sussurrò con affanno. «E se Gavina ci scopre, dirà tutto ad Augusto. Lui sa, ne sono certa. Mi ucciderà. E che ne sarà della bambina?»

Antonietta si avvicinò ancora. «Don Augusto non c'è, donna Mimì, e Gavina è uscita. È tornata a casa della sorella per la cena delle anime. Ma potrebbero rientrare da un momento all'altro. Dobbiamo fare in fretta.»

Mimì chiuse gli occhi, cercando di raccogliere le forze. Con uno sforzo immenso si sollevò dal letto. «Aiutami a prepararmi. E dimmi, dov'è Paoletta?»

«Non vi preoccupate, la bambina è da mia cugina Caterina, qui a Padria. Quando saremo al sicuro penseremo anche a lei.» Abbassò la voce. «Ora dobbiamo muoverci», e finito di allacciare un abito da viaggio, la prese per mano e la condusse fuori dalla stanza.

Si mossero furtive in quella casa diventata prigione, terrorizzate all'idea che un carceriere potesse sorprenderle. Ogni scricchiolio del pavimento, amplificato dal silenzio, aggiungeva terrore al terrore. Uscirono nel cortile, il vento freddo flagellava i muri. Antonietta si voltò per assicurarsi che tutto fosse tranquillo. Il cortile sembrava deserto.

Si affrettarono verso la stalla, aprendo la porta con cautela. L'odore di paglia e bestie riempiva l'aria. Antonietta sistemò le redini e la sella alla cavalla e la condusse piano verso l'uscita che dava sul cortile.

«Presto, salite» sussurrò, cercando di soffocare il tremore nella voce.

Mimì le lanciò un'occhiata, grata, e la strinse in un abbraccio rapido. Antonietta l'aiutò a montare in sella, sostenendola con forza. La donna era troppo debole per reggersi da sola.

«Vi porterò io, donna Mimì» sussurrò conducendo la cavalla nel cortile. «Dobbiamo andarcene, subito.»

Mimì, aggrappata alla sella, tentava con fatica di restare in equilibrio. Antonietta afferrò la staffa, pronta a montare dietro di lei, quando un suono indistinto la fece esitare. Un rumore quasi impercettibile. Un lieve scalpitio. Antonietta si voltò all'istante, i sensi all'erta. Arrivava qualcuno.

«Donna Mimì, non c'è più tempo! Dobbiamo andare, ora!» esclamò stringendo con forza il corno della sella per issarsi.

Le parole si dissolsero, inghiottite da un rumore sordo e cadenzato, che si faceva sempre più vicino. Passi, questa volta più distinti, avanzavano decisi dall'interno.

All'improvviso, un'ombra si stagliò contro la luce della porta: Augusto, il volto contratto in una maschera di rabbia, avanzava minaccioso.

«Maledette» sibilò tra i denti. «Non andrete lontano.»

Mimì sentì il gelo della paura paralizzarla. Non c'era più tempo. In due sul cavallo sarebbero state più lente. E poi c'era la bambina da prendere. Doveva andare via, sola.

Si voltò verso Antonietta, la voce concitata.

«Va' via, va' da Paoletta» disse, allungando le braccia per allontanarla.

Antonietta la fissò, incredula.

«No...»

«Fidati di me... nasconditi!» La voce di Mimì era bassa ma il suo sguardo non vacillava. Poi, con uno sforzo disperato, cercò di incitare Bianca.

Antonietta spalancò il portone che dava accesso al cortile per farle uscire nella strada e si nascose lì vicino.

Augusto si precipitò verso di lei. Mimì si voltò disperata, ma non riusciva a governare la cavalla. Sentiva Augusto avvicinarsi, la ghiaia scricchiolare sotto i passi pesanti e inesorabili.

«Avanti, Bianca, avanti» gridò, quasi supplicando la cavalla, stringendo con forza le redini.

Ma era troppo tardi. Un attimo dopo, un'ombra si scagliò su di lei. Augusto l'aveva raggiunta, e con un movimento secco, aveva afferrato le briglie, strattonandole con forza. Bianca aveva sbandato, nitrendo.

«Pensavi di scappare?» urlò con voce roca.

Bianca impennò nel tentativo di sfuggire alla presa. Mimì si aggrappò alla sella, cercando di resistere, ma il contraccolpo la sbalzò a terra.

Un tonfo sordo. La sua testa colpì il cordolo in granito che delimitava l'ingresso. Un dolore lancinante esplose prima che tutto diventasse buio.

Augusto si fermò, le mani tremanti. Si avvicinò al corpo inerte di sua moglie, chinandosi su di lei. «Alzati» sibilò tra i denti. Ma lei non si mosse. Per un istante Augusto vacillò, ma bastò il ricordo del tradimento, dell'onta, a far svanire ogni barlume di pietà. Sellò il suo cavallo e lo portò nel cortile. A fatica sollevò Mimì, barcollando per lo sforzo sotto il carico improvviso. Un'imprecazione gli sfuggì mentre la sistemava sulla sella.

«Se l'è cercata» mormorò. «Al pozzo sacro, ora» disse a se stesso, come ubriaco.

Spronò il baio, senza voltarsi indietro. L'oscurità li inghiottì mentre cavalcava verso il luogo dove tutto sarebbe stato deciso.

Antonietta, nascosta dietro un muretto, tratteneva il respiro. Aveva visto ogni cosa. Aveva sentito dove andavano. Attese, immobile, finché il rumore degli zoccoli non fu svanito nella notte. Solo allora si voltò e, senza esitare, si lanciò di corsa in strada.

Il vento fischiava tra le fronde sollevando vortici di polvere. Le ombre si allungavano, come braccia tese, a trattenerla. Antonietta correva, inciampando sui sassi. Ogni passo la portava sempre più vicino al solo uomo che poteva aiutarla. Emanuele sapeva sicuramente dove si trovava il pozzo sacro.

51

Gli occhi fissi sul sentiero, Ada guidava il calesse stringendosi nel mantello, sferzata da raffiche improvvise. Il cavallo oltrepassò il cancello aperto e si fermò. Poco più avanti
il destriero del fratello brucava l'erba, le redini lasciate pen-
zolare sciolte. Ogni suono, ogni fruscio sembrava amplificato nel silenzio. Ada scese e avvicinandosi vide Augusto che
varcava l'ingresso del pozzo sacro. Teneva Mimì tra le braccia. Il volto della cognata, privo di sensi, era illuminato dalla
luna. Ebbe paura. Aspettò qualche minuto prima di seguirlo, mentre le parole di Maria Tanda le tornavano in mente:
Qualcosa che non lascia scampo. Si costrinse ad avanzare, decisa ad affrontarlo, ma le gambe sembravano piombo.

Si affacciò con cautela all'apertura. Le pareti umide e
fredde del pozzo sacro riflettevano la luce fioca della luna,
che filtrava dall'alto. Vide Augusto inginocchiato accanto
alla vasca rituale, che mormorava le parole tramandate nella sua famiglia di generazione in generazione. Il volto teso, lo
sguardo fisso sul riflesso dell'acqua. Le tre spade erano ancora accanto alla nicchia scavata nella roccia. Il foro sulla volta

a *tholos* del pozzo lasciava entrare un raggio di luce argentea che colpiva direttamente l'insegna nuragica.

Suo fratello aveva calcolato con precisione il lunistizio maggiore. C'era riuscito. Il ghigno che gli vide dipinto in faccia la paralizzò. Poi, la vide. Mimì giaceva nella nicchia, immobile. Ada si portò una mano alla bocca per soffocare un gemito. L'angoscia le strinse la gola.

La fiamma tremolante delle candele, il riflesso dell'acqua, l'odore resinato della cera e quello acre e pungente delle erbe bruciate saturavano l'aria. Augusto impugnò una delle spade, quella più lunga, decorata da una lamina trapezoidale e da due protomi cervine, puntandola verso il cielo, come a sfidare le stelle. Ada serrò i pugni. Quella scena era così diversa da ciò che aveva sempre visto.

I loro antenati, gli studi astronomici, i calcoli, la solennità del momento che si ripeteva da secoli in quel luogo sacro... tutto adesso era distorto, piegato dalla follia del fratello. Il pozzo, luogo di serenità e preghiere, era diventato il teatro di un rituale corrotto.

Ada si spostò attorno all'apertura, il senso di oppressione cresceva. Rimase ferma. Incerta sul da farsi. Cercò rifugio nell'idea che l'amato, forse, sarebbe tornato da lei quella notte. Poi, lentamente, il gelo dentro di lei si incrinò. La paura lasciò spazio a un'ondata di rabbia. *Cosa ho fatto? Come ho potuto permettere questo?*, cominciò a ripetersi mentre osservava la scena.

L'immagine di Mimì, lì sotto, inerte, le diede il coraggio di cui aveva bisogno. Il suo cuore esplose in un battito furioso. Non c'era più spazio per l'inerzia. Senza esitare un momento di più, scese le scale e si precipitò davanti ad Augusto. Lo trovò ancora con la spada in mano, immobile.

«Che le hai fatto?» urlò, gli occhi fissi su Mimì, il corpo che tremava. Si avvicinò e le toccò la fronte: era gelida, ma il lieve movimento del petto le fece capire che c'era una speranza. Le sfiorò la nuca e la mano le si macchiò di sangue.

«Augusto, parla! Che cosa le hai fatto?» gridò togliendosi il mantello e stendendolo sopra Mimì.

Augusto si inginocchiò con una calma glaciale, le mani strette lungo i fianchi. «È caduta da cavallo, Ada. La provvidenza l'ha voluto. Questa donna ha disonorato la nostra famiglia. Pensava di fuggire con un altro. Un'adultera, una vergogna.»

Ada lo fissò incredula. «Vergogna? La stavi avvelenando, confessalo. È la madre di tua figlia!»

Augusto scrollò le spalle, indifferente. «Solo per tenerla lontana da quel bandito, per farla stare a casa. Il veleno non l'avrebbe uccisa. Se dosato bene.»

Ada trasalì. «Ti rendi conto di cosa dici, per l'amor di Dio?»

Lui la guardò impassibile. Poi si alzò. «È per il bene di tutti» continuò senza l'ombra di pentimento. «Per me, per te, per il nostro nome. Nessuno dovrà mai parlare alle spalle dei Dessì.»

Le parole la colpirono come una coltellata. Ada sentì un'ondata di repulsione salire dallo stomaco. Senza pensarci, lo schiaffeggiò con tutta la forza che aveva. Il suono secco lacerò l'aria, riecheggiando come una frustata nel silenzio.

«Sei pazzo!» gridò.

Augusto barcollò, più per la sorpresa che per il dolore. La fissò con occhi pieni di sdegno. Lo schiaffo non gli aveva solo bruciato la pelle. Ada, la sorella da sempre al suo fianco, obbediente e silenziosa, ora si azzardava a sfidarlo.

«Come osi?» ringhiò. «Tu, proprio tu ti permetti di giudicarmi?»

Ada tremava, le parole di *tzia* Maria ben chiare nella mente. «Ho sbagliato» disse con voce ferma. «Ho sbagliato a lasciarti fare. Ma tutto questo deve finire. Ora.»

Augusto inclinò il capo di lato, un sorriso sprezzante gli increspò le labbra.

«Fai come vuoi, sorella. Io non ho tempo per i tuoi moralismi.»

Si voltò e salì le scale del pozzo con grandi falcate. Prima di sparire si fermò, senza girarsi. «La cerimonia delle spade è compiuta. Il mio dovere è stato assolto. Per Mimì è finita.»

Ada restò pietrificata, il cuore che le batteva nel petto, senza tregua. Guardò Mimì, il corpo esanime ma ancora vivo. Si chinò accanto alla cognata e sussurrò: «Non ti lascerò, Mimì. Non questa volta. Perdonami. Perdonaci».

Sentì il ritmo dei passi del fratello, poi gli zoccoli del cavallo allontanarsi al galoppo. Adesso era sola. Sola con la paura, il respiro corto e l'urgenza di agire. Doveva correre a chiamare qualcuno, trovare aiuto. Sollevarla da sola era impensabile. Prese la tovaglia bianca che aveva portato per il rito della cena delle anime e la sistemò sotto la testa di Mimì, poi le bagnò le labbra con qualche goccia d'acqua, sperando di darle sollievo, quindi si alzò di scatto, doveva muoversi.

L'oscurità avvolgeva i boschi ma lei conosceva ogni curva, ogni scorciatoia. In poco tempo avrebbe raggiunto Padria. Non c'era tempo per cercare *sa bruja*, ma doveva avvertirla comunque. Quando raggiunse le prime case del paese rallentò. Una figura avanzava nell'oscurità, avvolta in uno scialle.

La notte non era finita.

52

Augusto si era allontanato dal pozzo sacro con un sorriso gelido sulle labbra, lanciando il cavallo al galoppo tra gli alberi scuri. Il vento notturno gli sferzava il viso, ma lui non rallentava. La tensione si sciolse nella corsa, a risuonare era solo il battito sordo degli zoccoli sulla terra.

L'immagine di Mimì esanime gli attraversò la mente. Gli occhi spalancati, il corpo che si abbandonava alla caduta. Come quell'animale ferito che, anni prima, aveva trovato nel bosco: immobile, il respiro flebile, in attesa della fine. Inevitabile, come per Mimì. Non sarebbe sopravvissuta, ed era giusto così. Aveva scelto il suo destino. La cerimonia delle spade era compiuta, il dovere familiare onorato. Aveva dimostrato di essere all'altezza del padre, degno degli antenati. Nessuno avrebbe mai osato dubitarne. Restava solo un'ultima cosa da fare: sbarazzarsi di Emanuele Manca, isolarlo, consegnarlo alla giustizia.

Mentre l'eco degli zoccoli del cavallo di Augusto si perdeva nella notte, Emanuele galoppava nella direzione opposta, spinto da una furia disperata. Antonio lo aveva intercettato prima che raggiungesse il punto di ritrovo concordato, con il fiato corto e lo sguardo allarmato.

«Antonietta... donna Mimì è caduta... Augusto l'ha portata via... bisogna fare in fretta... tu sai dov'è il pozzo sacro... ne è sicura!»

Mentre Emanuele lo ascoltava raccontare cos'era successo, il gelo gli serrò il petto, ma la sua voce rimase ferma, un ordine senza incertezze.

«Io vado al pozzo. Tu vai a prenderle... Antonietta e la bambina. All'alba portale a Poglina, alla spiaggia.»

Poi balzò in sella e si lanciò nel buio, il corpo fuso con il cavallo, una creatura legata a lui da un'intesa silenziosa, da una fiducia che in quel momento diventava speranza. Mentre galoppava verso il pozzo sacro, le mani serrate sulle briglie, il vento che gli sferzava il volto, la paura lo divorava, ma non poteva cedere.

La collina che celava il pozzo sacro si stagliava contro il cielo, illuminata dalla luna piena. Mimì gliela aveva descritta nei minimi dettagli, raccontandogli delle sue gite con Elisabeth. Scese da cavallo. Il vento soffiava tra gli alberi, sibilava tra le rocce, eppure... qualcosa in quel luogo sembrava irreale. Un'assenza, un vuoto che lo fece rabbrividire. Il posto era irriconoscibile. Ostile. Nessun uccello notturno, nessun battito d'ali. Neppure una lucciola. Si precipitò giù per le scale.

E la vide. Adagiata in una nicchia, avvolta in un mantello. E corse. Le ginocchia toccarono il suolo accanto a lei. Le mani tremanti cercarono il suo viso.

Mimì emanava una calma innaturale. Le labbra leggermente dischiuse, le ciglia delicate posate come ali di farfalla, e la pelle di un pallore irreale, nonostante la luce calda delle candele. I riccioli ramati incorniciavano i lineamenti, morbidi e scomposti, dando l'illusione di un quieto riposo. Ogni tratto era sereno, senza traccia di tormento, lontano da ogni turbamento terreno. Emanuele tese una mano e le sfiorò una guancia. Era fredda, nonostante il mantello che l'avvolgeva. L'umidità del pozzo impregnava l'aria, insinuandosi nelle ossa, accentuando quel gelo innaturale.

«Mimì...» sussurrò, mentre il terrore gli serrava la gola.

Cosa poteva fare? I pensieri si accavallavano, la paura lo paralizzava, poi l'istinto prese il sopravvento. Doveva portarla via da lì. Ma prima doveva assicurarsi che non fosse ferita. Qualunque movimento avventato avrebbe peggiorato la situazione. Prese una delle candele che trovò nel pozzo e fece scorrere la fiamma lungo il corpo di lei, illuminandone i contorni. Esaminò le braccia e le gambe, cercando tracce di gonfiore. Sulla nuca, una ferita scura, segno di un colpo violento. Il sangue rappreso ne incorniciava i contorni. Si chinò, avvicinando l'orecchio al petto. Il battito era debole, quasi impercettibile. Quante volte, nel cuore della notte, aveva salvato compagni feriti... Chiuse gli occhi. Dopo qualche istante, si alzò in piedi e le passò con delicatezza un braccio sotto la testa, l'altro sotto le ginocchia, sollevandola con cautela. Con passi rapidi e sicuri risalì i gradini del pozzo, stringendola a sé, la mente già proiettata verso l'unica speranza rimasta. Il dottore era troppo lontano. Solo Maria Tanda poteva aiutarlo.

Arrivato al cavallo, con movimenti precisi la sistemò in sella. Controllò la sua posizione con cura, accertandosi che fosse stabile, poi montò dietro di lei, serrandole il corpo con il proprio. Con un tocco leggero sulle redini, spronò il cavallo, che partì al galoppo.

Il sentiero era stretto e accidentato, il vento fastidioso. Ogni tanto abbassava lo sguardo su di lei, cercando segni di miglioramento, un tremito, un respiro più profondo.

Quando l'ombra della grotta di Maria Tanda emerse tra gli alberi, Emanuele scese da cavallo con Mimì tra le braccia, affannato, l'angoscia che gli serrava il petto. Varcò la soglia. L'aria all'interno era densa di fumo e di erbe bruciate, un silenzio greve avvolgeva ogni cosa.

Maria Tanda lo aspettava accanto al fuoco. Non si mostrò sorpresa, come se sapesse già che sarebbe arrivato.

«Adagiala qui» disse, indicando una stuoia accanto al fuoco. «E parla in fretta. Sai se è colpa del veleno?»

Emanuele serrò la mascella e scosse la testa. «Antonietta l'ha vista cadere da cavallo. Augusto la inseguiva. Poi l'ha portata al pozzo. Il battito c'è, ma si sta spegnendo.»

Tzia Maria si inginocchiò accanto a Mimì, posando una mano rugosa sulla sua fronte. Il suo sguardo si spostò alla ferita sulla nuca. Con dita leggere la sfiorò, come se quel tocco potesse rivelarle il suo destino.

«È un brutto colpo» mormorò, poi aggiunse qualche parola a bassa voce che si perse nel crepitio del fuoco. Si alzò con movimenti lenti, afferrò una ciotola colma di un decotto scuro, dal quale si levava un vapore denso e intriso di un odore acre.

«È la notte di *sa chena pro sos mortos*» sussurrò, mentre sollevava con cautela il capo di Mimì. «Gli spiriti camminano tra noi. Se vuole vivere, la tratterranno qui.»

Emanuele si irrigidì. La tensione gli chiudeva lo stomaco. «Questo la guarirà?» chiese, la voce rotta dalla paura, indicando l'infuso.

Maria Tanda lo fissò con occhi di brace, uno sguardo che

sembrava trapassarlo. «Io posso solo aprire una porta. Ma è lei che deve decidere se attraversarla.»

Emanuele strinse i pugni. Non poteva accettarlo. «Non potete lasciarla morire!» gridò.

Sa bruja scosse la testa. «Non sono io a decidere, figlio mio.»

Il fuoco scoppiettava, proiettando ombre lunghe sulle pareti. Fuori, il vento ululava tra gli alberi, scuotendo i rami con furia.

In paese, le *lantias* ondeggiavano nelle case, fiammelle tremule che accompagnavano il rientro dei cari nelle proprie case. Le tavole con i piatti colmi di fave, salsiccia, *papassini* attendevano i loro ospiti invisibili. Nei vicoli deserti, il silenzio si mescolava ai sussurri delle preghiere mormorate sottovoce. Qualcuno restava sveglio e guardava, attraverso le porte socchiuse, le candele accese per chi non c'era più, per chi forse sarebbe tornato a camminare tra i vivi, sfiorando con dita impalpabili i volti assopiti. Per indicare loro la via.

Nella grotta di Maria Tanda, Emanuele si inginocchiò accanto a Mimì e le prese la mano, le dita fredde tra le sue. Il respiro era flebile, appena un soffio.

«Se puoi sentirmi, resta» bisbigliò, con la voce incrinata. «Resta con me.»

53

Ada tirò le redini, scrutando l'ombra davanti a sé. La riconobbe.

Antonietta si fermò, lo sguardo sgranato. Aveva lasciato Antonio con l'incarico di avvisare Emanuele e ora correva verso la casa della cugina, il cuore in gola, pronta ad attendere che qualcuno le venisse a prendere.

Il calesse avanzò di qualche metro.

«Donna Ada...» sussurrò Antonietta, appiattendosi contro un muro.

Spettinata, il volto segnato, l'altra le andò incontro. «Non fare domande» disse. «So tutto. Augusto... Sono stata cieca, ho creduto alle menzogne di mio fratello, ho ignorato l'infelicità che avevo sotto gli occhi.»

Antonietta la scrutò, incerta. «Cosa posso fare, donna Ada?»

«Mimì è al pozzo sacro, è viva, ma sta male. Ha bisogno di noi. Devi venire con me. Da sola non posso sollevarla, e nessun altro deve vederla là.»

Il pensiero dell'onta e delle dicerie che avrebbero potuto infangare la sua famiglia la sfiorò per un attimo, ma non c'era più spazio per il dubbio. Doveva agire. Ora.

Antonietta la fissò per un istante, poi annuì, senza esitazioni, e salì sul calesse. Si mossero in fretta, silenziose e, una volta a casa, si misero subito all'opera. Gli anni accanto a Maria Tanda avevano addestrato bene Antonietta. Prese arnica, salvia e rosmarino per le ferite, acquavite e aceto per disinfettarle, miele per lenire la pelle. Strappò delle vecchie lenzuola per farne bende. L'acqua del pozzo le avrebbe aiutate. Se necessario, avrebbe usato la cera delle candele per sigillare i tagli più profondi.

Augusto non era rientrato a casa, per loro fortuna.

Si avviarono verso le stalle, scrutando l'oscurità con circospezione. Gavina avrebbe potuto sorprenderle, e lui rientrare da un momento all'altro. Antonietta esitò mentre saliva sul calesse. Aprì la bocca, ma le parole si fermarono. Antonio, Emanuele... avrebbe voluto dirle tutto, invece tacque. Ada non avrebbe mai accettato l'aiuto di Emanuele.

Mentre le ruote sobbalzavano sul terreno irregolare, Ada si aggrappò a un solo pensiero: salvare Mimì significava salvarsi. Il rimorso la divorava, ma doveva restare lucida. Forse quella notte i suoi cari le stavano indicando la via, forse quella notte sacra le stava offrendo un'ultima possibilità. Chiuse gli occhi, cercando la forza necessaria.

Al limitare del bosco, l'aria immobile e pesante le avvolse. Un fruscio tra gli alberi fece irrigidire Ada. Augusto? Trattenne il respiro, imponendosi di stare calma. Antonietta si voltò, le mani strette al sedile.

Il pozzo sacro si spalancava nero davanti a loro. Ada legò le redini, lo sguardo fisso sull'imboccatura. Afferrò il sacco con le erbe medicinali e scese, i passi cauti sul terreno reso scivoloso dalla brina. Antonietta la seguì, stringendo l'ampolla di acquavite e le bende. Ada sentiva il cuore martellarle nelle tempie.

«Non possiamo fallire» mormorò. Antonietta annuì, sperando che Emanuele fosse già lì e Mimì al sicuro.

L'interno del pozzo le accolse silenzioso, le candele ancora accese riflettevano una luce tremula sulle pareti umide. Ada si fermò bruscamente. Qualcosa non andava, una sensazione impercettibile che prendeva forma a mano a mano che scendeva le scale fino a trasformarsi in una certezza quando toccò il suolo: il mantello con cui aveva coperto Mimì giaceva nella nicchia, ma di lei nessuna traccia.

Il respiro le si mozzò in gola.

«No...» disse avanzando verso il giaciglio.

Antonietta si coprì la bocca con la mano. Allora era vero. Era arrivato... Ma ancora una volta scelse il silenzio. Era pur sempre la sorella di don Augusto, non poteva fidarsi di lei.

Ada scattò in piedi. Qualcuno l'aveva portata via. Non fece in tempo a dire nulla che un rumore di zoccoli e il calpestio sulla pietra le fece voltare entrambe di colpo.

La sagoma di Augusto apparve all'imboccatura del pozzo. Aveva temuto di poter essere scoperto. Era tornato indietro. Doveva cancellare ogni traccia, portare via le spade, assicurarsi che tutto fosse davvero finito. Ma, soprattutto, doveva sapere. Il dubbio che Mimì fosse ancora viva era intollerabile.

«Dov'è?» urlò scoprendo la nicchia vuota. «Dove l'avete messa, maledette?»

Nessuna rispose. Gli occhi di Augusto guizzavano febbrili, mentre frugava ogni angolo del pozzo, mormorando frasi sconnesse. La sua voce, di solito ferma, ora tremava.

«Dove l'hai nascosta? Cosa stai cercando di fare?» gridò,

nel vuoto, come se le pareti potessero rispondergli. «Tu...» sibilò puntando Ada con uno sguardo carico di veleno. «Hai architettato tutto tu, vero? Mi hai tradito!»

Ada indietreggiò. Lo vide accasciarsi divorato dal terrore di aver perso il controllo su tutto.

«Basta, Augusto, non so dov'è» proruppe la sorella, cercando di apparire ferma mentre il panico contagiava anche lei. Il fratello sembrava un animale in gabbia. Rabbia e paura si fusero in una furia che lo travolse.

«Non può essere lontano!» gridò, lo sguardo che andava da Ada ad Antonietta in cerca di un colpevole. Poi si fermò sulla bambinaia. «Tu... sei stata tu» sibilò, avanzando. «Ti ho visto. Sei sempre stata con lei.»

Antonietta non si mosse. Il terrore le serrava la gola, ma sostenne il suo sguardo. «L'unico responsabile siete voi. Ho visto tutto! L'avete fatta morire come un cane.»

Ada trasalì. Si sentì fragile, meschina, al cospetto della determinazione di quella giovane donna. La dignità, pensò, non aveva nulla a che fare con il ceto e la condizione sociale. Guardò Antonietta, la fermezza dei suoi occhi, la sua incrollabile volontà. *Io, al suo posto, sarei stata capace di tanto?*

Augusto vacillò. Quelle parole lo colpirono più di uno schiaffo. «Non osare mai più accusarmi.»

Le afferrò le spalle, le dita artigliate allo scialle. Un gesto cieco, istintivo. Antonietta tentò di divincolarsi, fece un passo indietro, ma l'umidità del pavimento la tradì. Scivolò. Le braccia si agitarono nel vuoto, le mani cercarono invano un appiglio. Il corpo ruotò, la schiena sbatté contro l'altare di pietra. La testa scattò all'indietro. Un suono sordo. Un colpo secco contro lo spigolo della nicchia sacra. Un fremito. Poi più nulla.

Ada trattenne il respiro. Lo sguardo indugiò sul volto di Antonietta, piegato in un angolo innaturale, gli occhi sbarrati, la bocca socchiusa. Una scia di sangue si insinuò tra le crepe della pietra.

Augusto rimase immobile. Le mani ancora tese nel vuoto, come se potesse afferrarla prima della caduta. Antonietta non si muoveva. Il viso reclinato, gli occhi spalancati.

Ada fissava la scena con orrore. La voce strozzata in gola. Si chinò su Antonietta. Nessun respiro.

Sollevò lo sguardo su Augusto.

«L'hai... l'hai uccisa...» sussurrò.

Augusto scosse la testa, gli occhi fuori dalle orbite. «Io... io non volevo... volevo solo farla tacere» balbettò. Ma sapeva che era inutile.

Il peso di quell'atto li travolse. Non sarebbero più potuti tornare indietro.

Ada fissò il corpo di Antonietta, poi Augusto, immobile, lo sguardo attonito. Per la prima volta le parve perso. Deglutì, combattuta tra l'istinto di fuggire e la necessità di agire.

«Dobbiamo...» la sua voce un sussurro, «dobbiamo portarla via.»

Augusto la fissò, smarrito. Poi gli occhi scivolarono sulla nicchia ora vuota. «La seppelliremo qui» mormorò.

Ada si sentì gelare, ma annuì. Non c'era alternativa. Il pozzo sacro sarebbe diventato la tomba di Antonietta.

Si mossero meccanicamente, trascinandola senza mai guardarsi. Uscirono dal pozzo e, senza dirsi una parola, iniziarono a raccogliere le pietre sparse lì attorno, ammucchiandole accanto alla nicchia. Con mani tremanti, mescolarono la terra con l'acqua, creando una fanghiglia densa, appiccicosa. A una a una, posarono le pietre per richiudere il varco, sigillandole con la fanghiglia, premendo con forza perché si compattasse e bloccasse ogni spiraglio.

Giunti alla fine, si fermarono per prendere fiato. Ada rivolse un ultimo sguardo alla bambinaia, ancora visibile nella nicchia, prima che le ombre la celassero del tutto. Fu allora che Augusto si accasciò sulle ginocchia, e un singhiozzo spezzò il silenzio. Ada si voltò di scatto, sorpresa. Non l'aveva mai visto piangere.

«Non volevo...» sussurrò lui, la voce ridotta a un filo.

Lei esitò, ma serrò la mascella. Non c'era più spazio per il rimorso. Conficcò l'ultima pietra nel muro improvvisato, sigillando per sempre quel capitolo nefasto della loro vita. Solo allora si accorse che qualcosa mancava. Le spade cerimoniali. Sgranò gli occhi. Una non era più accanto alle altre.

«Augusto!» gridò, indicando lo spazio vuoto.

Lui impallidì. «No...» balbettò, gettandosi sulla parete e cercando di scavare nei detriti. «Deve essere finita lì dentro. Per forza.»

Ada gli afferrò il braccio. «Basta!»

«Non capisci?» Il fratello ansimava. «Quando è caduta... è stata Antonietta... si è portata con sé la spada.»

«Non dire sciocchezze» lo zittì, spostandolo con decisione.

«Può essere solo così... è stata lei... ci ha maledetti tutti!»

Ada non rispose. Il peso di quelle parole gravava nell'aria. Forse era vero. Forse era ciò che si meritavano.

Con un ultimo gesto, batté la pietra con il palmo, premendola nel suo alloggio. Poi sparse un'ultima manciata di fango sulle fessure. La nicchia scomparve alla vista. Il sepolcro era sigillato. Per sempre.

54

Le nuvole correvano veloci, oscurando la luna che poco prima rischiarava la spiaggia. Il vento, come un funesto presagio, sferzava la cala di Poglina, sollevando sabbia e spruzzi salmastri. Il mare, cupo e vasto, sembrava un abisso pronto a inghiottire ogni certezza.

Sulla riva, i fuochi accesi per segnalare la loro presenza tremolavano nella notte delle anime, come spiriti inquieti in attesa che il varco tra i mondi si dischiuda.

Poco più in là, nel buio, la sagoma della scialuppa si stagliava contro il riflesso inquieto delle onde. A prua, uno dei marinai reggeva una lanterna, gli altri cercavano con i remi di contrastare la forza delle onde.

Mimì, avvolta nel *gabbanu* di Emanuele, giaceva sulla sabbia umida. Il volto, pallido, segnato dalla debolezza, spiccava nell'orbace scuro. Gli occhi socchiusi seguivano la luce lontana della scialuppa, mentre un sorriso le sfiorava le labbra. Paoletta sarebbe arrivata all'alba.

Emanuele, accanto a lei, osservava ogni dettaglio del suo viso, attento a ogni piccolo segno di miglioramento. Le accarezzò la guancia con una mano, stringendola in un abbraccio protettivo. L'angoscia lo soffocava, ma Mimì non doveva saperlo. Antonietta era scomparsa, e quello non prometteva nulla di buono.

«Antonio è andato a prendere la bambina dalla cugina di Antonietta» disse, tentando di mascherare la tensione nella voce.

Mimì sorrise appena. «Paola... tra poco sarà qui.» Non aggiunse altro, inspirò, chiuse per un attimo gli occhi, poi mormorò: «Emanuele... se mi dovesse succedere qualcosa...».

«Non dirlo.»

Lei sorrise, scuotendo la testa. «Se dovesse accadere, promettimi che l'affiderai a Elisabeth.»

Emanuele la fissò, trattenendo il respiro. «Sta arrivando.»

Mimì socchiuse gli occhi lasciando che il vento le accarezzasse il viso. «Eravamo destinati a stare insieme. Per sempre.» La voce era un soffio, smarrito tra le raffiche sempre più forti. Emanuele le strinse la mano, incapace di rispondere. Quelle parole erano speranza o certezza? Un addio o una promessa?

In lontananza, la scialuppa si avvicinava. Il bagliore della lanterna a prua compariva e scompariva tra le onde, mentre i remi fendevano l'acqua.

Mimì sollevò il capo, inspirando l'aria salmastra. «Quando ero ancora una bambina papà mi portava fuori all'alba. Mi diceva di ascoltare la musica del mondo. Ascoltala anche tu...»

Il vento infuriava sul mare. Emanuele chiuse gli occhi: il fragore delle onde, il richiamo di un gabbiano, il fruscio della macchia. Poi, la voce di una poiana che modulava il canto, il cinguettio allegro del gheppio, il grido tagliente di *s'istria*, il re della notte, che dall'alto piombava sulle prede addormentate.

Mimì lo osservava con un'espressione quieta, mentre il coro della natura cresceva invaso dai richiami degli uccelli migratori.

«Si chiamano» sussurrò.

Il cielo iniziava a tingersi di sfumature tenui, un chiarore pallido sfiorava l'orizzonte. Mimì posò la testa sulla spalla di Emanuele, il respiro debole, ma il volto sereno.

«Amore mio, non temere» gli disse guardandolo. «Il nostro amore resisterà a questa vita. Siamo destinati all'eternità.»

Emanuele le sfiorò le dita, le lacrime che bruciavano. «Non dire così, Mimì... vedrai, ricostruiremo tutto in Inghilterra.»

«Forse...» rispose lei con un filo di voce. «Ma non importa il luogo, non importa il tempo... la nostra anima lo sa.»

«La tua anima è qui con me. Qui, adesso.»

«Lo sarà sempre.» Il suo sguardo brillava di una luce più forte del dolore, della paura.

«Non posso immaginare un giorno senza di te.»

«Non dovrai. Anche se la tempesta ci separerà, se il vento ci disperderà... io ti ritroverò sempre.»

Il tempo sembrò fermarsi. Le onde si infrangevano sugli scogli che chiudevano la cala. La scialuppa era ormai vicina.

Emanuele infilò una mano nella tasca e ne trasse un ciondolo d'oro con due iniziali incise. Mimì lo prese tra le dita, sfiorandolo. «M ed E» lesse a fior di labbra. All'interno due minuscoli scomparti con il vetro, pronti a custodire i loro ritratti.

Emanuele le mise la catenina attorno al collo e la strinse forte, aggrappandosi con tutte le forze a quell'anelito di vita.

55

Antonio si muoveva con passo cauto tra le strade silenziose di Padria, il fucile appeso alla spalla e lo sguardo che scrutava ogni cosa. Giunto davanti alla casa della cugina di Antonietta, bussò piano. Dall'interno rispose una voce esitante. «Chi è?»

«Sono io, apri.»

La serratura scattò, il legno cigolò. Caterina si fece da parte, stringendosi nello scialle.

Antonio entrò in fretta. «Non trovo Antonietta. Dov'è?»

Caterina aggrottò la fronte. «Non è ancora rientrata.»

Lui impallidì. «E la bambina?»

«Paoletta dorme. Vuoi che la svegli?»

Antonio rimase muto per qualche istante, incerto sul da farsi. Non potevano aspettare. Né lui né la nave.

«Sveglia la bambina» si risolse infine. «Dobbiamo andare, subito.»

Caterina si allontanò e tornò poco dopo con la piccola in braccio che si stropicciava gli occhi.

«Andiamo, Paola» sussurrò Antonio, cercando di rendere rassicurante la voce. «Vieni con me. Ti porto da tua madre.»

Era appena uscito, quando dal vicolo si udì un rumore di passi. Un tonfo di stivali pesanti sulla pietra. Poi la voce perentoria: «Fermi!».

Antonio si voltò di scatto. Un drappello di uomini avanzava dalle ombre, le divise scure, le mani sulle armi.

«Antonio Murru, sei in arresto per banditismo e rapimento di minore» disse uno di loro.

Antonio fece un passo indietro, spingendo Caterina dentro casa. «*Sa pizzinna!*» sibilò tra i denti. «Tienila al riparo.»

Paoletta si aggrappò alla veste di Caterina, spaventata, il viso rigato di lacrime. Antonio la vide tendere le mani verso di lui, ma un braccio forte la sollevò. Uno degli uomini l'aveva presa.

«Mamma!» gridò Paola, scalciando nel vuoto.

Senza pensarci, Antonio si scagliò contro la guardia che tratteneva la bambina, colpendola con tutta la forza che aveva. Il caos esplose. Urla, ordini, un colpo sparato in aria. Un altro carabiniere lo afferrò, ma lui si divincolò con uno strattone. Si voltò e corse nel buio. Dietro di lui, gli spari squarciarono la notte. Qualcuno gridò il suo nome. Non si fermò. Doveva avvertire Emanuele. Doveva dirgli che l'avevano presa.

Mentre quattro degli uomini in divisa partivano all'inseguimento, gli altri rimasero in casa di Caterina. «Chi è questa bambina? Parla!» le intimò uno di loro.

Un altro avanzò di un passo. «Perché il bandito la voleva portare via?»

Caterina serrò le labbra, spaventata.

«Parla!» La minaccia era chiara. Il silenzio non l'avrebbe protetta a lungo. Esitò un istante di troppo.

«È la figlia di don Augusto Dessì.»

Uno dei carabinieri annuì. «Voleva rapirla. Eh?»

Caterina non aprì più bocca.

L'altro lo fermò con la mano. «Mandalo a chiamare. So dove abita.»

L'alba tingeva il cielo di sfumature livide quando Antonio arrivò trafelato sulla spiaggia di Poglina. Il fiato corto, segnato dalla corsa e dalla preoccupazione.

Emanuele gli andò incontro di scatto. «Dove sono? Dov'è Paoletta?»

Antonio scosse la testa, incapace di parlare. Mimì, appoggiata contro una roccia, parve irrigidirsi. Le mani incrociate sul petto, il respiro che le mancava. Le raffiche sollevavano la sabbia intorno ai suoi piedi, come a volerla trascinare via.

«Antonietta è sparita. *Sa pizzinna...* l'hanno presa i carabinieri» riuscì infine a dire Antonio.

«No!»

La voce di Mimì fu prima un sussurro, poi un grido straziante. Le gambe erano deboli, ma l'istinto la rimise in piedi. Il mantello le scivolò via dalle spalle mentre si lanciava in avanti, con la furia cieca di una madre a cui hanno strappato la figlia. «Dov'è? Dov'è?» urlò, gli occhi fiammeggianti di terrore. Afferrò Antonio per la camicia, lo scosse con una forza che non avrebbe dovuto avere.

«Donna Mimì... Aspettate...» provò a dire lui, ma lei non ascoltava.

Scalciò, cercò di liberarsi da mani che non c'erano, come se qualcuno già la trattenesse. Si voltò verso Emanuele, il respiro spezzato.

«Tu lo sapevi...?» sibilò.

Emanuele avanzò per fermarla, ma Mimì si divincolò. Le unghie graffiarono l'aria, voleva correre, ma le gambe non la sorressero. Un cedimento. Tentò di nuovo, buttandosi avanti. Dove? Non lo sapeva.

Il veleno, il colpo alla testa, il freddo. Tutto sembrava non esistere più. Poi, il buio.

Quando riprese conoscenza il suo sguardo era fisso sul mare, sulla scialuppa che toccava la riva tra le onde. Il brigantino attendeva all'orizzonte, beccheggiando sotto l'impeto del vento.

«Mimì, ascoltami.» Emanuele si chinò su di lei con voce gentile. «I carabinieri hanno sicuramente chiamato rinforzi, ora non possiamo andare a prenderla.»

Lei non rispose. L'espressione assente, pareva che la vita la stesse abbandonando. «Senza di lei, non sopravvivrò» sussurrò infine.

Emanuele sentì il gelo serrargli il petto. Lo sapeva. Ogni fibra del suo essere gli diceva che portarla via, ora, significava tradirla. Eppure, l'unica cosa che poteva fare per salvarla era proprio quella.

«Se restiamo, sarà la fine per tutti.» Esitò. «E per te...» Per Mimì... sarebbe stato peggio. Augusto avrebbe potuto farla dichiarare folle e cancellarla dal mondo. L'avrebbero privata di tutto, persino del diritto di rivedere sua figlia. Sarebbe stata umiliata, annientata, dimenticata. Il solo pensiero lo faceva impazzire. «Non sarà facile» disse.

Mimì sollevò lo sguardo su di lui. Nei suoi occhi non c'era più speranza, solo un dolore disumano.

«Torneremo per lei» le promise, prendendole il viso tra le mani. «Ti giuro sulla mia vita che torneremo.»

Lei non rispose. Non si mosse. Poi, d'improvviso, la sua testa ricadde all'indietro, il corpo si afflosciò tra le sue braccia.

«Mimì!»

Emanuele la strinse a sé. Sapeva che non l'avrebbe più perdonato. Ma non aveva scelta. Si voltò verso Antonio, un cenno rapido. Dovevano partire. Antonio aiutò Emanuele a sollevare Mimì, il suo corpo leggero come fosse già un'ombra.

«Vattene. Scappa!» gli gridò poi. «Ti farò avere mie notizie.»

Le onde si infrangevano sulla riva con un fragore sordo. Gli uomini vogavano con forza, cercando di contrastare la furia del mare. Il vento continuava a soffiare, ma Mimì non lo sentiva più.

Emanuele la teneva stretta, però lei era già altrove, il respiro debole, quasi impercettibile.

«Mimì, resisti. Torneremo a prenderla.»

Sfiorò la sua fronte con le dita, come a trattenerla, ad ancorarla alla vita, al loro sogno. La abbracciò e chiuse gli occhi. «Le anime non si perdono, amore mio. Si ritrovano sempre.»

Il respiro di Mimì si fece ancora più lieve, mentre le onde si gonfiavano e si frangevano intorno allo scafo, e la scialuppa scivolava sull'acqua scura.

56

La mano di Ausonio Tanda scivolava incerta sulla pagina. La barba bianca, lunga e spettinata, sfiorava il bordo del tavolo mentre la testa ciondolava seguendo il movimento del braccio. Le candele gettavano ombre tremolanti sugli occhiali, ma dietro le lenti i suoi occhi restavano vigili, come se nulla potesse sfuggire al loro sguardo. Il corpo portava il peso degli anni, ma la mente non si era mai arresa.

Fuori, i primi vespri si levavano nell'aria tiepida della sera, un canto antico dedicato alla grande madre. Don Ausonio chiuse la cartella in cui raccoglieva i suoi fogli, con un gesto lento. Avrebbe voluto raggiungere i novizi, sedersi accanto a loro e gioire nella luce calda del tramonto, ma le gambe non lo sostenevano. Soffiò sulle fiammelle e attese che gli occhi si abituassero all'oscurità della cella. Poi, con estenuante lentezza, si avviò con il bastone saldo nella mano.

Quindici anni erano trascorsi dalla notte in cui, nella rada di Poglina, le onde avevano inghiottito ogni certezza. Eppure, il passato non aveva mai smesso di bussare alla sua porta.

Il giorno prima Ada Dessì, in compagnia della nipote, era arrivata con un carico di formaggio e farina. Senza di loro, l'opera di carità della chiesa di Santa Cristina non sarebbe sopravvissuta. E Dio solo sapeva quanto ce ne fosse bisogno. Paola era ormai una giovane donna, aggraziata e sensibile. Aveva preso ben poco dal padre, aveva pensato con sollievo. Gli aveva sorriso, porgendogli lenzuola e coperte. Donna Ada era riuscita a tirarla su bene: libera, colta, curiosa. Ancora stentava a credere che quella donna, così austera, che aveva preso in mano le aziende della famiglia, e aveva restituito ai Dessì l'antico rispetto di cui godevano, fosse stata anche capace di tanto amore verso quella sventurata nipote.

Il prete sorrise, scuotendo lentamente la testa. Ma quel sorriso si spense presto, sostituito da un velo di malinconia. Il ricordo di Emanuele lo rabbuiò come un'ombra improvvisa. Nessuno aveva più avuto sue notizie, solo voci lontane che si confondevano con la leggenda. C'era chi diceva che fosse giunto nelle Indie e avesse fondato una città, chi lo immaginava a combattere in Africa, chi sosteneva che fosse morto in un naufragio. Eppure, ovunque fosse, il suo nome risuonava ancora. C'era chi lo ricordava come un uomo d'onore, chi come un ribelle. Ma nessuno osava dimenticarlo.

Don Ausonio si lasciò cadere sulla panca di pietra, il cuore appesantito dai ricordi. Alzò il viso scarno al cielo e, con voce roca, si unì al canto dei novizi.

A Padria, Ada e Paola avevano appena assistito alla benedizione dell'autovettura giunta dal continente. Per l'occasione, il cortile era stato messo in ordine, vietato l'accesso ai carri dei pastori e dei contadini, e la macchina, tirata a lucido, svettava al centro dello spazio aperto, pronta per la fotografia di rito.

Paola indossava un completo di seta color panna, con le maniche a sbuffo, che addolcivano la figura. Un cappello a falda larga, ornato da una veletta, incorniciava il viso, lasciando sfuggire alcuni riccioli bruni. Accanto a lei, Ada manteneva l'abituale rigore: capelli raccolti con precisione e una camicia bianca dal collo austero, ingentilita, quel giorno, da un filo di perle. Ma ciò che davvero aveva fatto bisbigliare gli abitanti di Padria erano i pantaloni di cotone, impensabili per una donna, perfetti per guidare la prima automobile del paese. Gli occhialoni da corsa completavano l'audace mise.

La macchina giunta il giorno prima, tra il fermento generale, dopo una notte trascorsa nelle stalle accanto al calesse, era stata esposta per la benedizione e ammirata da tutto il paese. Ai margini della scena, fuori dall'inquadratura del sedicente fotografo, la servitù assisteva in silenzio allo scatto.

Di tutti coloro che avevano servito la famiglia negli anni, solo Maddalena era rimasta, fedele e operosa, rallegrando ancora la tavola con i suoi manicaretti. Maria Tanda, invece, era stata portata via dalla febbre malarica cinque anni prima, ma aveva lasciato a Ada la sapienza delle sue erbe.

Il parroco, in disparte con i chierichetti, osservava la scena mentre i paesani, spingendosi sulla punta dei piedi, cercavano di scorgere ogni dettaglio della straordinaria novità.

Anche Augusto, sebbene impacciato, abbozzava un sorriso dietro Ada e Paoletta. Era sceso dalle sue stanze portando il *radius astronomicus*, che aveva consegnato alla figlia per la foto. Il ruolo di precettore di Paola era uno dei pochi incarichi che la sorella gli aveva concesso.

Fin da bambina, aveva ricevuto un'educazione rigorosa: latino, greco, francese, inglese e storia. Seguendo il padre e la zia, aveva sviluppato un vivo interesse per l'astronomia e l'archeologia, ma la sua vera vocazione era un'altra: lo studio delle piante e degli animali vissuti in epoche remote. Quella era la sua strada. Per questo, seppure a malincuore, il padre e Ada avevano acconsentito alla sua partenza per Londra, ospite della madrina. Un viaggio di formazione, come si usava nelle classi sociali più elevate. E Paola era ormai prossima alla partenza.

«Mi mancherai da morire» sussurrò Ada alla nipote, mentre il lampo del magnesio immortalava il suo viso e quello del padre, rivolto verso di lei.

«Anche voi» rispose la fanciulla, con gli occhi colmi di lacrime. «Ma non sarà per sempre. Potete sempre venire da noi. Sono certa che Elisabeth ne sarebbe felice.»

Elisabeth... In tutti quegli anni, era tornata tre volte. La prima per la cresima di Paoletta, le altre per proseguire le ricerche del padre. Quando non era in Sardegna, ogni mese una sua lettera raggiungeva la piccola. E quando Ada si era trovata a combattere da sola per mantenere in piedi le attività della famiglia nelle fasi più critiche, Elisabeth c'era sempre stata. Era stata lei a inviare un uomo di fiducia dall'Inghilterra, qualcuno su cui Ada aveva potuto contare quando le difficoltà nelle miniere minacciavano di travolgerla.

Ada osservò la nipote. Serena, felice. La tragedia vissuta da bambina, quella che aveva segnato la vita di tutti, sembrava non aver lasciato ombre su di lei. Sospirò. Forse per la nipote era stato davvero possibile lasciarsi il passato alle spalle. Per lei, invece, il passato aveva un nome preciso:

Mimì, la donna all'apparenza fragile, che si era innamorata di un bandito, Emanuele Manca. Un nome che ancora faceva parlare di sé. E per lui aveva fatto tutto, persino tentare la fuga in un altro paese. Ada rabbrividì.

Dopo quella notte terribile, lei e Augusto erano rientrati in silenzio, sconvolti per ciò che avevano fatto. All'alba, i carabinieri erano giunti al portone della loro casa e avevano riconsegnato Paoletta alla famiglia, facendo domande, chiedendo spiegazioni. Solo l'autorità dei Dessì e il rispetto dovuto al loro nome erano riusciti a spegnere i sospetti e a tacitare le voci. Ma Mimì era scomparsa nel nulla.

Non passava giorno senza che Ada non ripensasse all'incontro con l'emissario di Emanuele Manca, avvenuto circa due mesi più tardi, in una radura vicina al nuraghe Longu.

Antonio l'aveva salutata con un cenno del capo, poi, senza preamboli, le aveva dato la notizia che le avrebbe cambiato la vita: «Donna Mimì è caduta dalla scialuppa. Il mare l'ha inghiottita senza lasciare traccia».

Una punizione divina, una condanna ineluttabile: così Ada aveva vissuto la morte di Mimì. Un dolore lacerante, come quando le avevano annunciato la fine del suo amato. Disperata, era corsa da don Ausonio, in preda ai deliri, e gli aveva confessato tutto. Di Assuntina, di Antonietta, del fratello. Infine, aveva reso ufficiale la morte di Mimì.

Con il tempo ogni cosa aveva trovato il proprio posto, lasciandole solo il peso ineluttabile di ciò che era stato.

Mentre il fotografo immortalava la scena, un verso si levò improvviso, interrompendo il flusso dei suoi pensieri. Ada alzò gli occhi e vide *s'astore* volteggiare sopra la casa, padrone del cielo, libero e imponente. Nessuna gabbia, nessuna paura, solo la forza del vento sotto le ali e l'istinto a guidarlo.

Guardò Paoletta: così simile a sua madre, così diversa da lei. Libera, mite, coraggiosa. Come era stata Mimì. Anche se lei lo aveva capito troppo tardi.

PADRIA, OTTOBRE 2022

57

«Secondo te è morta...» «Ha abbandonato la figlia?» «L'Arma dei Carabinieri Reali aveva consegnato Paoletta al padre?» «È una storia assurda...» «Perché Emanuele non è ritornato a prenderla?» «Don Ausonio sapeva di più...» «Ada non era in fondo pessima...» «Lo scheletro nel pozzo sacro quindi...?» «È fuggita con Emanuele in Inghilterra?» «Ha lasciato la figlia alla cognata e al marito?» «Non erano tempi facili per le donne, quelli...» «Ma *sa bruja* l'aveva curata?» «Ma se Augusto fosse morto, sarebbero potuti tornare?» «Se Elisabeth ha seguito Paoletta in quel modo, allora significa...»

Iride stringeva forte la mano di Tata. Piero, le braccia incrociate, lo sguardo fisso su un punto indefinito, sembrava voler dare un ordine a tutto ciò che aveva appreso.

Il vecchio diario di Ausonio Piras giaceva aperto davanti a loro, le pagine ingiallite testimoni di una storia che non voleva essere dimenticata. Quella fotografia in bianco e nero appesa alla parete aveva aperto un varco, trascinandoli in un passato che ormai sentivano risuonare dentro di loro con una forza inaspettata.

«Forse non siamo noi a cercare le storie» sussurrò Iride. «Forse sono loro a trovare noi, quando siamo pronti.»

Tata aprì la finestra lasciando che il vento disperdesse tutte quelle domande. Un refolo sollevò i fogli sparsi sulla scrivania, facendoli svolazzare.

«Ma Mimì è morta?» insistette Iride, raccogliendoli. Tata chiuse la finestra senza rispondere, mentre Piero rimuginava. Qualcosa gli sfuggiva. Un pensiero ancora sfocato, sepolto chissà dove, non gli dava pace. Frammenti d'infanzia riaffioravano: vecchie foto, racconti, voci lontane.

«Insomma» proseguì Iride, «tre donne sono morte in quel pozzo sacro. La nonna di Augusto, la povera Antonietta e mamma.»

«Ma adesso sai chi è la donna del pozzo» intervenne Piero.

Tata li osservava. Tutti gli avvenimenti del passato stavano trovando il loro giusto posto. Lei sapeva bene che quella non era solo una storia antica, ma un filo sottile che intrecciava il passato con il presente, legando destini lontani. La trama era quasi completa.

La pendola scoccò le dieci di sera. Il suono si propagò nelle stanze, interrompendo i loro pensieri e riportandoli a un presente che, ormai, aveva un sapore diverso.

Piero si avvicinò a Tata, le sfiorò la guancia con un bacio, e si voltò verso Iride. «È tardi» disse. «Devo andare.»

«Ti accompagno» mormorò Tata a Piero, poi si rivolse a Iride: «*Fizighè*, in frigorifero c'è del formaggio e dell'insalata». Le accarezzò i capelli con un gesto familiare. «Le risposte arriveranno. Domani è il primo novembre.»

Quella sera Iride si lasciò cadere sul letto, ancora vestita. Il corpo era stanco, ma la mente no. Ogni volta che chiudeva gli occhi, le immagini si accavallavano: il volto sfocato di Mimì, il diario di don Ausonio aperto su una pagina strappata. Qualcosa le sfuggiva, senza mai farsi afferrare. E se le cose non fossero andate come tutti credevano? Se quel passato nascondesse ancora qualcosa che non riuscivano a vedere? Il silenzio di Tata, a volte, sembrava voler parlare. Allungò una mano sul comodino, sfiorando il diario. Avrebbe voluto leggere ancora, ma le palpebre erano pesanti. Un sospiro. Un lieve brivido sulla pelle, poi il sonno la prese.

La casa tratteneva il respiro, immersa nel silenzio della notte. Solo Tata non dormiva. Il primo novembre era alle porte, e tutto doveva essere pronto. Nella grande cucina il fuoco ardeva nel camino, e lei, in una danza antica, si muoveva con la precisione di chi ha ripetuto quei gesti per una vita intera. Sulla spianatoia c'erano le noci tritate grossolanamente, le mandorle tostate e l'uva passa ammorbidita nell'acqua. Con mani esperte, impastò lo strutto con la farina, unì le uova e lo zucchero, la scorza di arancia grattugiata, amalgamando tutto fino a ottenere una pasta morbida. In seguito la stese con cura, ricavando piccoli rombi pronti per essere infornati. Poi si dedicò agli *ossus de mortu*, i biscotti di mandorle indispensabili per la commemorazione dei defunti. Tritò le mandorle, le aggiunse ai tuorli lavorati con lo zucchero e le scorze di limone, e infine incorporò le chiare montate a neve, mescolandole lentamente dal basso verso l'alto con un mestolo di legno. Distribuì il composto in piccoli mucchietti sulla placca imburrata, dando ai dolci una forma allungata.

Il profumo dolce e antico si diffuse subito nella stanza, riempiendo l'aria di ricordi. Don Vincenzo Dessì. Il pozzo. La donna sepolta con la spada. La storia di Mimì. E ora, proprio ora che le porte tra i mondi si assottigliavano, Iride e Piero erano tornati, dopo così tanti anni. Come se qualcosa li avesse richiamati. Tata non credeva nelle coincidenze. Forse il passato non cercava solo di ricomporsi, forse aspettava qualcuno che lo comprendesse.

Ma i *papassini* attendevano. Con movimenti lenti, cosparse ogni biscotto con la glassa di albume e zucchero, lasciando che la superficie si ricoprisse di una patina lucida, sottile come il velo che in quella notte sacra separava i vivi dai morti. Tutto doveva essere pronto per l'indomani. La tavola sarebbe stata apparecchiata come ogni anno, con i piatti preparati per chi, quella notte, sarebbe tornato. Le anime inquiete, legate a un passato irrisolto, avrebbero trovato finalmente il loro posto.

E insieme a loro, forse, sarebbero arrivate anche le risposte.

58

Piero percorreva pensieroso la strada del paese. L'aria umida portava con sé l'odore di pioggia, di terra bagnata e di camino.

Quando entrò in casa, la luce nella stanza della madre era ancora accesa. Cercò di non fare rumore, ma prima che potesse raggiungere la sua camera, la porta si aprì.

«Stai bene?» chiese Teresina, scrutandolo con attenzione. «Hai una faccia...»

«Tutto bene» rispose con dolcezza, cercando di mascherare il suo stato d'animo. «Tu, piuttosto, cosa fai ancora in piedi? Di solito vai a dormire presto.»

«Ero in pensiero per te. Lo sai che ho paura ogni volta che vai in quella casa.»

Piero sospirò, scostandosi appena. «Mamma, per favore, non ricominciare.» Tentò di liberarsi dal braccio che lo tratteneva, ma lei non aveva nessuna intenzione di lasciarlo andare.

«Piero, ti devo parlare.» La sua voce, diversa dal solito, lo bloccò. Nel tono un'urgenza non mascherata. «È importante. Ti prego. Ti voglio spiegare.» Lo trascinò in cucina, davanti al camino ancora acceso. «Aspettami qui.»

Piero si scaldò l'acqua per un tè e si sedette. Donna Teresina riapparve poco dopo con un grosso album rilegato in cuoio. «Ci ho messo un po', era nascosto.» Si lasciò cadere sulla sedia, il petto che si sollevava affannato.

Piero la fissò, scettico. «Un album fotografico? A quest'ora, mamma...?»

«Aspetta, *fizu meu*, aspetta» disse Teresina senza scomporsi. «Dammi il tempo di riprendermi.»

Prese a sfogliare l'album lentamente, accarezzando ogni ritratto con le dita. «Ti ricordi?» mormorò all'improvviso, gli occhi umidi. «Da bambino lo guardavamo sempre insieme. Mi chiedevi chi fosse questo, cosa avesse fatto quell'altro...»

Piero sospirò, stanco. «Mamma, ti sembra il momento?»

«Pie', dammi tempo.» Continuò a girare le pagine di cartone sottile, separate da veline, poi, a un certo punto, si fermò. «Eccolo.»

«Eccolo *cosa*?»

«Il tuo prozio.» Un lampo negli occhi. «La causa di tutto.»

Piero si sporse. «Di che stai parlando, mamma?»

Teresina esitò, poi abbassò la voce. «Del perché la nostra famiglia e quella di Iride... ecco... be'... insomma...» Si interruppe, cercando le parole. «Ti avevo parlato della maledizione, no?»

Piero sbuffò, spazientito. «Ancora questa storia...» Fece per alzarsi, ma lei fu più veloce. Lo trattenne con fermezza.

«Ascoltami.» Il tono era cambiato. Faceva fatica a parlare, quasi si vergognasse. «Non volevo dirtelo. Non volevo che lo sapessi. Non volevo che ti avvicinassi a Iride... ma ormai è troppo tardi.»

Piero scosse la testa, rassegnato. «E dunque?» la incalzò, sperando che finisse in fretta.

Donna Teresina non rispose subito. Sfilò una vecchia fotografia dall'album e gliela porse. Un piccolo dagherrotipo dal bordo frastagliato, tagliato a metà.

Piero lo prese, curioso. L'immagine, risalente con molta probabilità agli anni Trenta o Quaranta, ritraeva un uomo seduto davanti a una scogliera bianca. Un bell'uomo. I capelli, ancora scuri nonostante l'età avanzata, erano spruzzati di grigio. Lo sguardo affilato, da falco. Qualunque fosse l'angolazione, sembrava fissare l'osservatore con un'intensità inquietante. Indossava una camicia bianca e un gilet scuro. Dal taschino pendeva una catenella.

«Si chiamava Emanuele Manca.» Donna Teresina parlò piano, fissandolo negli occhi. «Era un bandito. Ma prima di tutto era il tuo prozio.»

Piero rimase immobile, il braccio ancora teso, la fotografia sospesa sopra il tavolo. «Cosa?» riuscì a dire.

«Non devi impressionarti.» Scrollò le spalle. «All'epoca i banditi erano uomini d'onore.» Poi aggrottò la fronte. «Forse non tutti.»

Piero la fissò, incapace di accettare la naturalezza con cui la madre gli stava raccontando quella storia. Era assurdo. Ore e ore a rincorrere frammenti di passato, e adesso... tutto era lì, sulla bocca di sua madre e in quell'album che aveva sfogliato chissà quante volte da bambino.

«Dicono che per colpa sua una delle donne Dessì morì, buttandosi o cadendo in mare.» Fece una pausa, socchiudendo gli occhi, come per ricordare. «Si chiamava Mimì, credo... Lui è fuggito per evitare l'arresto» continuò senza fermarsi. «O forse, peggio, per scampare alla vendetta dei Dessì. Solo da vecchio è tornato a Padria. Per morire.»

Piero la ascoltava, ormai quasi ipnotizzato dal flusso di parole della madre. I dettagli si intrecciavano, un mosaico di leggende e verità deformate dal tempo e dalle lingue. Perché glielo diceva ora? Dopo tanto silenzio?

«Ho avuto paura... paura che quella maledetta storia si ripetesse. Volevo proteggerti. Non volevo che faceste la loro fine...»

Poi, abbassando la voce, gli raccontò che prima di fuggire Emanuele Manca aveva adottato un ragazzino. Un orfano raccolto dalla strada, a cui aveva dato il suo cognome e che aveva affidato a un prete.

«Che bambino?» chiese Piero, aggrottando la fronte.

«Barore Manca. Mio nonno l'ha pure conosciuto.» Lo disse con un filo di orgoglio, come se quella storia appartenesse anche a lei.

Piero si sporse in avanti. «E il prete stava a Paulilatino, magari?» domandò con tono misurato.

Donna Teresina si irrigidì. «E tu come fai a saperlo?»

Piero non rispose. Sua madre non poteva capire e non c'era bisogno che sapesse.

Prese la fotografia dalle mani di Piero, la osservò. «Hai i suoi occhi» disse con naturalezza. Poi chiuse l'album con un gesto secco. «Raccontano che prima di morire andasse sempre in un posto qui vicino. Una chiesa sconsacrata.»

«Perché?»

«Nessuno lo sapeva.» Donna Teresina scrollò le spalle. «E pensa, voleva essere seppellito lì. Aveva chiesto ai nipoti di dargli una tomba a San Saturnino. Ma ovviamente non acconsentirono. Figurati! Mica si possono lasciare i cristiani in giro per la campagna. Abbiamo un cimitero.»

Si segnò un paio di volte e si alzò per riporre l'album. «Adesso sai tutto. Quello che dovevo dire l'ho detto.»

Piero si appoggiò allo schienale della sedia. Emanuele

Manca era alla fine tornato. Perché? Forse perché Augusto Dessì era morto e non c'era più nessuno a dargli la caccia? Almeno di una cosa era certo: era sepolto nel cimitero di Padria, nella tomba della sua famiglia.

59

Il bosco intorno al paese sussurrava, scosso dal vento. Le querce si curvavano sulle roverelle, come a confidare terribili segreti. Lentischi e corbezzoli combattevano tra loro, spargendo foglie come piccoli cadaveri che la terra avrebbe accolto in attesa di una nuova rinascita.

Il primo novembre era arrivato. Il cielo gravava pesante sui tetti, denso di nuvole. Dai comignoli già si alzavano pennacchi di fumo, e tutti gli abitanti del paese si preparavano per *sa chena pro sos mortos*.

Tata spazzò via la cenere con la scopetta di saggina e accese il fuoco. Mise nel pentolone le fave ammollate, la carne, la verza, la cipolla, il sedano, le carote e l'alloro. *Sas animas malas* avrebbero popolato la casa e, sedute alla tavola dei loro cari, sarebbero state accolte con gratitudine. Il passato, libero dalle catene dei segreti, avrebbe forse potuto trovare pace, quella sera.

Prese una grande *corbula* e sistemò i dolcetti per i bambini. Il pomeriggio era dedicato a loro. Si ricordò di quando Iride era piccola, del suo timore per i morti ma anche della sua gioia all'idea di condividere i dolci con le amiche. Bussava alle porte del paese con il sacco vuoto, chiedendo *calchi cosa a sas animas*. Poi tornava a casa con il bottino, arricchendo la tavola.

«Che succede, *fizighè*?» domandò, senza smettere di preparare le fave con il lardo. Iride era appena entrata in cucina, il viso cupo.

«La donna senza volto. Bussava ancora alla finestra.» La voce era tesa, gli occhi arrossati.

Tata non si fermò, continuò a mescolare. «E tu lasciala bussare» disse, senza alzare lo sguardo. «Oggi è il giorno in cui può entrare.»

Iride aprì la bocca per replicare, ma il telefono squillò. Il tono di Piero era concitato. Doveva accompagnare la madre e poi fare alcune ricerche, ma le avrebbe raggiunte dopo cena per raccontare loro una cosa importante che aveva scoperto. Non aggiunse altro.

Iride cercò lo sguardo di Tata, ma lei, intenta nei preparativi, finse di non vederla. Senza trovare sponda, si sedette e iniziò a ritagliare le maschere da fantasma per i più piccoli.

Nel pomeriggio, quando il suono grave e lento della campana annunciò la vigilia del giorno dei defunti, i bambini si riversarono per le strade. Tata lasciò la porta di casa aperta e sistemò nell'andito *sa corbula* colma di dolci, noci e fichi secchi. Iride distribuiva le maschere di cartone.

«*Calchi cosa a sas animas...*» chiedevano i bambini.

«*E tu fizu a chi sese?*» rispondeva Tata, per capire da quale famiglia arrivassero.

Tra una visita e l'altra, tra domande e risatine, preparava le *lantias*: stoppini imbevuti nell'olio, incastrati in pezzi di sughero. Al tramonto li avrebbe lasciati galleggiare nelle scodelle d'acqua, uno per ogni anima.

Iride la vide uscire e unirsi agli altri, perdersi nella processione silenziosa verso la chiesa. Il passato non era solo un peso: le accompagnava, nei passi lenti, nei ceri accesi, nelle parole sussurrate, nella dolcezza della memoria condivisa. Si passò una mano sulla fronte. Un'inquietudine sottile la tormentava da ore. Chiuse la porta e si rintanò nello studio del padre.

Quando Tata fece rientro, mise subito a scaldare *sa suppa cotta*: pane duro, brodo di carne, finocchietti e formaggio. Il profumo di *finocchiu aresti* si diffuse per tutta la casa, insinuandosi tra le stanze come un richiamo. Iride sollevò la testa dai registri e scese in cucina. A tavola scambiarono poche parole. Solo dopo cena iniziarono i preparativi per *sas animas*. Scelsero una tovaglia candida, bordata di pizzo, di quelle che si usavano nelle occasioni importanti. Sistemarono le brocche dell'acqua e del vino, il *pane carasau*, i salumi e i formaggi, il piatto centrale con le fave, i *papassini* e gli *ossus de mortu*, noci e fichi secchi.

Iride posò sulla tavola la foto dei genitori e quella della bisnonna Paola con il padre e la zia. Girando intorno alla tavola, sfiorò il pizzo lavorato all'uncinetto dalla nonna, accarezzò le fotografie, osservandole a una a una. Pensò a Mimì, al suo amore, alla sua vita. A una donna di un altro secolo, capace di sfidare il destino e le convenzioni per seguire la propria strada. Poi il suono del battacchio annunciò Piero.

Entrò stringendosi nel cappotto, ancora avvolto dal freddo della sera. Tata lo accolse con un cenno. Lui, senza dire una parola, rivolse un sorriso a Iride e tirò fuori una piccola fotografia.

«Sediamoci un momento» disse, «devo raccontarvi qualcosa.» Solo quando furono tutti e tre seduti, mostrò loro la foto.

Iride lo fissò. «Chi è?»

«Il mio prozio. Emanuele Manca.» Piero abbassò lo sguardo. «Me l'ha data mia madre. Mi ha raccontato di lui e Mimì...»

Iride rimase immobile, le labbra appena dischiuse, gli occhi color del miele carichi d'incredulità. Tata no. Tata sorrideva. «Oggi ho verificato tutto» continuò Piero. «È davvero Emanuele Manca. Ho rovistato tra le cose di mia madre, quelle che conservava accanto all'album, e ho trovato il suo testamento. Voleva essere sepolto a San Saturnino, ma alla fine lo portarono al cimitero.»

Prese la mano di Iride tra le sue. Lei sentì il calore delle dita, si perse per un attimo in quella vicinanza improvvisa che aveva atteso e temuto. Poi, lentamente, scostò la mano per afferrare la fotografia. Sfiorò il volto dell'uomo ritratto. Occhi profondi, spalle larghe. Qualcosa in quell'immagine le appariva così incredibilmente familiare.

«Perché è tagliata?» sussurrò Iride. «Hai anche l'altra parte?»

Piero scosse la testa. «No, mia madre aveva solo questa.»

«Dov'è stata scattata?» Iride scrutò lo sfondo dietro le spalle dell'uomo. «Si vede il mare, ma non mi sembra la nostra isola.»

«No» rispose lui. «Potrebbero essere... le scogliere della Cornovaglia.»

Iride sgranò gli occhi. «La Cornovaglia? Elisabeth ne parlava spesso, nei suoi racconti.»

«Sì. Probabilmente, quando è fuggito, dopo la morte di Mimì, Emanuele è andato da lei.»

Iride abbassò lo sguardo, turbata. «Forse era lei nell'altra metà della foto.»

«Forse.» Piero la osservò. «Nessuno potrà saperlo. È stata strappata.»

Iride sollevò il viso di scatto. «Tua madre allora sapeva... Com'è possibile che non ti abbia mai detto niente? Perché non ha parlato prima?» Il fiato le si spezzò tra una domanda e l'altra, il bisogno di capire la travolse.

Piero si alzò e la posò sulla tavola, accanto alle altre foto. Rimase in silenzio un istante, poi sospirò.

«Sì... mia madre sapeva... Sostiene di avermi voluto proteggere...» Sfiorò i volti sbiaditi nelle immagini e guardò Iride negli occhi. «Temeva che la storia si ripetesse...»

Iride lo fissava, come in attesa di qualcosa che ancora non riusciva a dire. Le domande restavano sospese tra loro. Tata invece continuava a sorridere. Per lei, le risposte erano già scritte.

«Te l'avevo detto. I segreti, le cose taciute, hanno più potere di quanto immaginiamo. Nelle famiglie, nei piccoli centri, certe verità restano sottotraccia, si insinuano nella vita di intere generazioni, la condizionano...»

Iride tornò a guardare le foto. «Peccato non averne una di Mimì» sussurrò infine, guardando i visi del padre, della madre, della bisnonna e di Emanuele.

Piero fece un passo indietro. «Devo rientrare a casa.» Esitò un istante. Poi aggiunse: «Che ne dici se domani andassimo insieme a San Saturnino?».

Iride annuì, gli occhi velati d'emozione. Il passato si insinuava dentro di lei, non più come un peso opprimente, ma con la dolcezza di un ricordo ritrovato.

Lei e Tata restarono in piedi davanti alla tavola imbandita, in silenzio. Un gesto, uno sguardo, e tutto fu compreso senza rancore. Poi, senza bisogno di parole, si allontanarono, lasciando che le fiammelle tremolanti vegliassero sulla notte, sentinelle silenziose pronte ad accogliere le anime che tornavano.

Il buio calò, dolce come *sappa*.

Le tenebre a volte sanno essere dolci e propizie. Quelle che avvolsero Iride e Piero, in quella notte dedicata alle anime, portarono leggerezza.

La casa sembrò respirare più lieve, liberata da un peso antico.

60

Tata era già sveglia quando le dita affusolate dell'alba strapparono il mantello scuro della notte, liberando Padria dalle ombre. Rimase sulla soglia, osservando il cielo schiarirsi, mentre la campana della chiesa richiamava il giorno.

Di lì a poco il paese si sarebbe destato. Alcuni si sarebbero alzati con il cuore più leggero, altri avrebbero avvertito solo il peso di quella notte speciale. Non tutti erano in grado di ascoltare certi sussurri. Avevano apparecchiato le tavole, offerto pane, vino, qualche dolce. Ma quanti avevano davvero accolto il dono invisibile delle anime?

Tata inspirò l'aria nuova del mattino, lasciando che il freddo le riempisse i polmoni. La notte era stata lunga, densa di sussurri. Come sempre, aveva ascoltato, camminando tra le stanze, in silenzio, permettendo alle anime di raccontarsi a modo loro.

Si fermò a guardare la grande tavola apparecchiata. I piatti erano intatti, come sempre. Aveva scelto con cura le erbe più potenti della terra, sapendo che gli spiriti si nutrono solo di profumi.

Sorrise, ripensando a Iride e Piero. Qualcosa si era mosso, lo sentiva. Forse, senza rendersene conto, avevano appena accolto la loro vera eredità.

Nella sua camera, Iride rimase a lungo sotto le coperte a fissare il lampadario di vetro, seguendo con lo sguardo i riflessi della luce sulle superfici levigate. Poi si alzò, aprì la finestra e inspirò anche lei quell'aria fredda. Quante cose erano successe in quei pochi giorni, quante vite si erano intrecciate alla sua. Quante storie aveva ascoltato. E quanto aveva compreso. La morte di sua madre, il silenzio di suo padre, Mimì, Emanuele, il loro amore e la loro storia non erano più solo un enigma da decifrare. Ormai erano parte di lei.

Il cielo era terso e il vento freddo. Iride si strinse nel cappotto pesante, il bavero alzato, gli occhiali scuri a schermare lo sguardo. Piero era già sul fuoristrada, pronto a partire, le dita che tamburellavano sul volante.

Tata li salutò con un cenno della mano, senza parlare. Il sorriso lieve di chi conosce già la direzione di certi destini.

Il tragitto per San Saturnino fu breve. Quando scesero dalla vettura Piero prese dal portabagagli una piccozza e una pala.

Iride lo fissò, il sopracciglio appena sollevato. «Cosa vuoi farci con quelle?»

«Potrebbero servirci... ora ti spiego.»

La campagna era viva intorno a loro: il fruscio delle lucertole tra le pietre, il canto lontano di una cinciallegra, il battito d'ali di una gallina prataiola che si levava all'improvviso. Gli sterpi e i cespugli scricchiolavano sotto i loro passi, accompagnandoli verso le rovine. La chiesa sconsacrata li attendeva. L'arco a sesto acuto resisteva indomito, libero dai rampicanti, come se persino la natura avesse riconosciuto la sacralità di quel luogo. Poco distante, le antiche vasche termali erano ormai una distesa di erba selvatica e rigogliosa.

«Si sono amati qui» sussurrò Iride, fermandosi. Chiuse gli occhi. Le parve di sentire zoccoli sul terreno, risate leggere, una promessa sussurrata. Per un istante le sembrò di vederla, Mimì, il viso acceso dall'emozione, i capelli scompigliati dalla corsa. «È un posto molto bello» mormorò, accennando un sorriso.

«Ascoltami. Ho voluto che venissimo qui per un motivo» le confessò infine Piero, facendo una pausa, come se stesse scegliendo con cura le parole. «Dimmi se anche per te ha senso.»

Iride lo osservò, lo sguardo interrogativo.

«Io penso che Mimì possa essere qui, da qualche parte...» sussurrò lui, la voce appena più forte del vento. «Se è davvero morta prima di arrivare sulla nave, dopo aver lasciato la riva... Emanuele non è partito quella notte.»

Iride annuì.

«Non l'avrebbe mai abbandonata in mare» continuò Piero sempre più convinto. «Sarebbe tornato indietro, a costo della vita. L'avrebbe seppellita.»

«Quindi secondo te è fuggito solo dopo... dopo averle dato sepoltura... E tu credi che potrebbe essere qui?»

«Sì. Pensa alle parole di mia madre... andava sempre a San Saturnino... nessuno capiva perché...»

Piero le si avvicinò. Il suo profumo si mescolò all'odore umido della pietra. Le mise una mano tra i capelli, un gesto lieve, familiare.

«Potrebbe essere sepolta qui, hai ragione, e lui... voleva stare con lei almeno nella morte.» Iride abbassò lo sguardo, accarezzando con le dita la pietra fredda accanto a sé. «Se è davvero qui, nessuno lo ha mai saputo.» Fece un respiro profondo. «Cosa diceva esattamente nelle disposizioni testamentarie?»

Piero esitò un istante. «Faceva riferimento a un patriarca... diceva di voler riposare all'ombra del grande patriarca.»

«Il grande patriarca...» ripeté Iride.

«Sì.» Piero si passò una mano sulla nuca, pensieroso. «Ho cercato riferimenti... ma San Saturnino era un martire, non un patriarca.»

Si scambiarono un'occhiata. Il vento soffiava piano tra le rovine, portando con sé il profumo dell'erba umida.

«Forse...» Iride si fermò, stringendosi le braccia al petto. Poi si voltò di scatto verso di lui.

«Non è un uomo.»

Piero la guardò, confuso.

Lei indicò il tronco contorto dell'ulivo, le radici profonde che sembravano abbracciare la terra.

«È lui il grande patriarca.»

61

Attraversarono il prato e si fermarono davanti al grande ulivo. Il tronco si apriva con fenditure profonde come rughe. I rami nodosi si estendevano in ogni direzione, intrecciandosi tra loro.

Iride posò le dita sulla corteccia scura e screpolata. Un brivido. Chiuse gli occhi. Nel cielo il grido di *s'astore* la riportò alla realtà. Aprì gli occhi di scatto. Non era paura. Qualcosa attirò la sua attenzione. Aveva le mani posate sul busto dell'albero, le dita che scivolavano lungo la corteccia.

«Piero!»

Lui seguì il movimento, lo sguardo scese fino al terreno. Una pietra. Diversa dalle altre. Più grande. Più levigata.

Si avvicinarono senza parlare. Toccarono la superficie, poi con la piccozza pulirono i bordi. La terra umida si insinuò sotto le unghie. La pietra si mosse appena. Si scambiarono un'occhiata.

Scavarono con cautela. Iride dettava i tempi, i modi. Le dita sottili affondavano nel terreno, ogni gesto sincronizzato, come se l'avessero già fatto mille volte. Centimetro dopo centimetro, la pietra cedette, finché non riuscirono a spostarla di lato.

La terra franò. Le radici affiorarono e, come dita scheletriche, stringevano qualcosa. Lo proteggevano.

Dopo quasi un'ora, il respiro sempre più corto, braccia e gambe che bruciavano per la fatica, Piero lasciò cadere la piccozza, sedendosi di colpo. «Forse stiamo sbagliando...»

Iride si passò una mano sulla fronte, sporcandosi il viso di terra. Lo guardò ostinata. «No!» Il suo sguardo brillava. «Siamo nel posto giusto. Lo sento.»

Piero la osservò. Quel tono, quella convinzione. Era buffa, bellissima, con le guance rigate di terra e la foga di chi sa di non potersi fermare. Le sorrise e riprese a scavare.

Poi accadde. Un bagliore, appena un riflesso tra la terra smossa. Il cuore le rimbalzò nel petto.

«Piero!» gridò, scattando in avanti.

«Che c'è?»

«Ho visto qualcosa!» In ginocchio, le mani frugavano nel terreno. «Guarda, lì.»

Piero si avvicinò. Una cavità tra le radici. Con le dita tastò la parte della buca, poi si fermò. Uno spigolo.

«Avevi ragione, Iride, avevi ragione...» Si sporse di più, inclinò il telefono per fare luce. «... c'è qualcosa.»

Lavorarono in silenzio, il respiro spezzato dalla fatica e dall'eccitazione. Con un ultimo sforzo, Piero si sdraiò sul terreno e, con delicatezza, estrasse un contenitore in ceramica finemente smaltata, decorato con motivi floreali in rilievo che, nonostante il terriccio rimasto sulla superficie, brillavano, sfidando il tempo.

Rimasero inginocchiati senza parlare, senza riuscire a distogliere lo sguardo. Dopo giorni di dubbi, supposizioni, ricerche avevano trovato qualcosa, anche se completamente diverso da ciò che si aspettavano. Qualcosa forse capace di raccontare un'altra storia.

Iride deglutì, avanzò di un soffio e allungò una mano. Con le mani ancora sporche di terra, sfiorò la superficie dell'oggetto, lasciando che le dita ne seguissero i contorni. Era liscio, sorprendentemente intatto, come se il tempo non avesse osato intaccarlo. Solo allora, alla luce del sole che filtrava tra le fronde, lo videro chiaramente.

Iride lo prese e se lo rigirò tra le mani. «Sembra un'urna Art Nouveau...» bisbigliò con un filo di voce. Era un oggetto fuori luogo, fuori tempo, eppure era lì, come se li attendesse.

Piero si accovacciò accanto a lei. «Qui, in Sardegna, alla fine dell'Ottocento? È strano.» Esitò, osservando il contenitore che Iride sosteneva con cautela. «Non avevamo di certo questa manifattura. E poi, chi avrebbe mai pensato di cremare un corpo?»

«E se non fosse Mimì?» mormorò Iride.

Il vento sollevò all'improvviso polvere e foglie secche intorno a loro.

Abbassarono lo sguardo. Una catenina d'oro pendeva dalla chiusura, il ciondolo ovale dondolava appena, poco più grande di una moneta. In lontananza, il verso del falco si levò sopra i suoni ovattati della campagna. Iride rabbrividì mentre con gesti timorosi sfilava la collanina, le dita che sfioravano il delicato decoro.

«Sono le loro iniziali...» sussurrò. «M ed E.»

Pieno si chinò per osservarlo meglio. «Potrebbe appartenere a qualcun altro?»

Iride serrò le labbra. Era possibile, certo. Ma dentro di

sé sentiva che non era così. «Se fosse davvero loro...» mormorò, abbassando lo sguardo sull'urna.

Piero annuì. «L'unico modo per saperlo è aprirlo.»

Iride deglutì. Trovò il meccanismo del ciondolo e fece scattare la chiusura.

Il tempo si fermò.

Non era il ritratto di una giovane donna. Non era la dolce Mimì a vent'anni, nel pieno della sua bellezza. La donna che li guardava doveva avere almeno sessant'anni. Ma il sorriso... il sorriso era lo stesso. Uguale a quello della figlia. A quello di Iride.

«È l'altra metà della tua fotografia... guarda il taglio...» sussurrò Iride, quasi balbettando. «Sembra lo stesso sfondo. Ma allora...»

Piero osservò l'immagine di Mimì, poi il volto di Iride, come se stesse cercando una risposta anche in lei.

«Allora non era morta. Non quella notte...»

Iride trattenne il fiato, strinse il ciondolo tra le dita. «Vuoi dire che sono andati in Inghilterra? O da qualche altra parte? Che lei ha lasciato tutto per...» S'interruppe. La voce le tremava. Come se qualcosa la stesse scuotendo. Qualcosa che non parlava di un lontano passato.

Chiuse gli occhi, trattenendo a stento le lacrime. L'eco di un colpo ai vetri. La donna con il volto coperto che bussava alla sua vita, risvegliandola dal torpore che l'aveva avvolta troppo a lungo.

Mimì aveva amato fino in fondo. Aveva seguito il suo cuore, senza sapere dove l'avrebbe portata. Era stata forte. Aveva avuto coraggio. Aveva sfidato tutto per restare accanto all'uomo che amava. Il pensiero la trafisse come una spada. Non era Mimì a farle tremare il respiro, a serrarle la gola: era la paura di non avere la sua stessa forza.

Un battito d'ali nel cielo. Iride alzò lo sguardo. *S'astore* volteggiava sopra di loro, libero e fiero, come quella trisnonna a cui somigliava tanto.

Poi abbassò gli occhi su Piero, che aspettava in silenzio. Qualcosa dentro di lei cedette, come se una porta si fosse finalmente spalancata e lasciasse entrare folate di vento.

Piero non disse nulla. Le sfiorò la mano e la strinse forte, quasi avesse già capito.

Tata aveva ragione. Le anime tornano quando qualcuno è pronto a sentirle.

62

Ora Iride Dessì lo sapeva...

Le anime non scompaiono. Restano, si intrecciano al respiro del vento, si fondono con le ombre della sera. Ritornano quando il confine tra i mondi si assottiglia, quando qualcuno è disposto ad ascoltarle.

Non avrebbe mai saputo se Mimì avesse sofferto, se il suo amore fosse stato abbastanza forte da resistere al tempo, se fosse riuscita a sopravvivere lontano da sua figlia, se avesse trovato pace. Ma la sua storia non si era dissolta, aveva continuato a esistere nell'attesa di essere vista davvero.

Il segreto era sempre stato lì. Nessuno lo aveva saputo ascoltare.

Un giorno lei lo avrebbe raccontato ai suoi figli e chissà, forse ai suoi nipoti, riuniti davanti al fuoco di quella grande casa di famiglia. Avrebbe detto loro che il passato non è solo memoria e non va solo ricordato. Il passato è segno, richiamo. E va compreso lasciandosi guidare dalla bussola del cuore.

NOTA DELL'AUTRICE E RINGRAZIAMENTI

La tradizione di *sa chena pro sos mortos*, la cena delle anime, esiste ancora in alcune zone della Sardegna e nelle case di chi ne custodisce il senso profondo. Spesso sminuita come "Halloween sardo", è in realtà l'espressione di un culto ancestrale, di un legame indissolubile con gli antenati. Questo romanzo si nutre di quell'eredità, intrecciando memoria, presenze invisibili e storie che, in un modo o nell'altro, continuano a vivere. Perché le storie, come le anime, tornano sempre, per chi è disposto ad ascoltarle.

Vincenzo Dessì era il mio bisnonno, ma nel romanzo ha assunto un'altra veste. Editore, studioso, numismatico, archeologo e grande collezionista, la sua raccolta di reperti nuragici è oggi custodita nel Museo nazionale archeologico ed etnografico "Giovanni Antonio Sanna" di Sassari, grazie alla donazione degli eredi. Tra tutti, ce n'è uno che mi ha affascinato fin da bambina: le tre spade di Padria, l'insegna cultuale che svetta al centro della grande sala a lui dedicata.

I racconti di suo figlio, Aldo Dessì, mio nonno, e l'esempio di mia nonna, Maria Dessì Ruju – che scriveva roman-

347

zi d'amore per le più importanti riviste del paese, su una Remington nera, e con una sigaretta al mentolo tra le dita –, hanno lasciato un segno profondo. Questo romanzo, in fondo, è anche il frutto di quella memoria. Le loro anime mi hanno accompagnata sempre.

Per raccontare la Sardegna dell'Ottocento mi sono lasciata guidare dai primi viaggiatori che l'hanno descritta con sguardo curioso e spesso stupito. Come diceva Manlio Brigaglia, fino alla metà dell'Ottocento l'isola si raggiungeva per caso, spinti dai capricci del vento o dalle bizzarrie delle ciurme: restava ai margini del *Grand Tour*, quell'iniziazione alla cultura europea riservata ai giovani aristocratici e borghesi. Attraverso gli occhi di quegli esploratori ho percorso campagne e paesi, ho visto la vita dura del mio popolo, le privazioni, l'abbandono da parte delle dominazioni che si sono succedute e il banditismo come estrema reazione. Penso a Lawrence, Bottiglioni, Bechi, Pancrazi, Zervos, Wagner, La Marmora, Unger e Mary Davey, l'unica viaggiatrice. Preziosa è stata la lettura di *Viaggio e scrittura. Le straniere nell'Italia dell'Ottocento* per descrivere l'abbigliamento e il corredo delle viaggiatrici dell'epoca. Il personaggio di Elisabeth è nato da tutti loro, ma dentro di sé porta soprattutto l'anima di mia zia Elisabeth Mary Durlacher, nipote del Conte di Clonmell, che negli anni Sessanta sposò un fratello di mio padre e si ritrovò catapultata in una Sardegna lontana dalle sue origini. Esilaranti i suoi racconti.

Tata incarna quella cultura ancestrale e magica, tramandata di generazione in generazione. Di grande ispirazione, per me, sono stati Alziator, Cossu, Delitala, Turchi e Zedda. Per ricreare sapori e atmosfere ho attinto alla *Cucina delle Janas*, di Roberta Deiana. Per l'uso curativo e magico delle piante, un riferimento fondamentale è stato *Le piante nella tradizione popolare della Sardegna*, di Aldo Domenico Atzei.

A guidare la mia penna, sempre con me, ci sono Grazia Deledda, Giuseppe Dessì, Maria Giacobbe e Joyce Lussu. Li ritroverete tra le righe. Non conosco l'autore della poesia recitata da Mimì. Potrebbe appartenere alla tradizione dei *mutos de amore*, componimenti orali anonimi tipici della cultura popolare sarda.

Per avere le idee chiare su mitologia familiare e psicogenealogia, mi sono affidata alla lettura della *Sindrome degli antenati*, di Anne Ancelin Schützenberger.

Di grande ispirazione è stato il testo *Anime maledette* del giornalista Piero Mannironi.

I templi a pozzo sono luoghi di culto della civiltà nuragica, allestiti in siti mistici e ricchi di fascino paesaggistico. Santa Cristina è una delle massime espressioni architettoniche, risalente a circa tremila anni fa. Sorprende per la sua geometria perfetta e i blocchi squadrati che sembrano scolpiti oggi. Ogni 18,6 anni, in occasione del lunistizio maggiore, la luce della luna raggiunge lo specchio d'acqua attraverso il foro sommitale, un fenomeno studiato da Maxia e Fadda, e approfondito dall'astronomo Arnold Lebeuf nel suo libro *Il pozzo di Santa Cristina. Un osservatorio lunare*. Mito, scienza e mistero si intrecciano, rendendo questo luogo un punto d'incontro tra storia e leggenda.

Il pozzo sacro dei Dessì, invece, è un'invenzione narrativa: un luogo immaginario che si ispira alla suggestione di Santa Cristina.

Le tombe dei giganti, monumenti funerari della civiltà nuragica, continuano ad attrarre visitatori. Alcune, come *Li Mizzani*, a Palau, sono mete di chi cerca un'energia speciale, sostando tra le imponenti pietre dell'esedra e del corpo funerario.

E ora, i ringraziamenti: nessuna storia nasce mai da sola.

Grazie a Carlo Carabba, per la sua gentilezza e la fiducia con cui mi ha preso per mano, credendo in me e nel realismo magico che la mia penna sembrava raccontare. Grazie ad Alessandra Penna, per la sua pazienza e la grande professionalità. Questo romanzo non sarebbe lo stesso senza di voi.

Grazie di cuore a tutto il team di HarperCollins per avermi accompagnato con passione e competenza.

Grazie alle mie fate madrine, Cristina Tizian ed Emanuela Canali, le mie agenti. Senza di loro non sarei sulla carrozza di HarperCollins.

Un ringraziamento speciale va ad Antonio Passino, che mi ha accompagnato dentro Padria, e che, purtroppo, ci ha lasciato prima che il romanzo prendesse vita. Possa la sua anima gentile riposare in pace.

Grazie a Filippo Fois, che mi ha aperto le porte della sua straordinaria casa a Padria, un luogo fermo nel tempo: armadi colmi di abiti d'epoca, arazzi, la grande cucina, i camini, la stalla con i carri e le carrozze. Un paradiso custodito con amore. In quelle stanze ho visto Mimì ed Emanuele prendere vita, ho sentito i loro passi, il peso delle loro scelte, il soffio delle loro emozioni.

Grazie a Piero Angelo Orecchioni, a cui ho rubato il personaggio di *tzia* Manuella. Nel romanzo è Tata, nella realtà era sua nonna.

Grazie ad Anna Giulia Pecoraro e a Fabrizio Forgione per i preziosi suggerimenti "medici", essenziali per alcuni dettagli del romanzo.

Grazie a Roberto Sirigu per le sue conoscenze, che hanno arricchito il racconto di dettagli archeologici fondamentali.

Grazie a Giovanni Fancello per il prezioso aiuto sulla nostra *limba*, il sardo. Senza di lui, molti errori sarebbero rimasti.

Grazie, come sempre, a Giampaolo, la mia dolce metà, che legge ogni mia bozza. Grazie a chi mi ha raccontato storie dimenticate, a mia madre che mi ha sempre sostenuto e spronato, alla mia famiglia, ai miei figli d'anima, Tullio e Domizia, alle mie amiche e ai miei amici, e a chi ha creduto in questo romanzo, quando io stessa ne dubitavo.

Questo volume è stato stampato nel luglio 2025
presso Rotolito S.p.A. - Milano